कथा संग्रह

परछाइयाँ

महेश बजाज

परछाइयाँ

महेश बजाज

महाप्रबंधक (सेवानिवृत)
सेन्ट्रल बैंक ऑफ़ इंडिया
मोबाइल- 9570900465

ई-मेल- maheshbajaj.author@gmail.com

प्रथम संस्करण 2024

अस्वीकरण / Disclaimer

पुस्तक में संकलित कथाएँ व लघु कथाएँ लेखक की कल्पना एवं अनुभवों पर आधारित है। संदर्भित कथा-चित्रण का किसी व्यक्ति, जीवित अथवा मृत, घटना अथवा स्थान से यदि कोई समरूपता पायी जाती है तो यह मात्र संयोग होगा।

'संस्मरणों' का संकलन लेखक की स्मृतियों पर आधारित है। निजता / privacy का ध्यान रखते हुए कुछ स्थानों पर नाम बदल दिए गए हैं।

लेखक ने पूरी ज़िम्मेदारी के साथ इस बात का ध्यान रखा है कि उक्त चित्रण द्वारा किसी व्यक्ति विशेष, जाति, समुदाय अथवा समाज की भावनाएँ आहत न हों।

मुद्रक : NOTION PRESS
ग्राफ़िक डिज़ाइनर: ILANOS STUDIOS 9422517939

PRICE : ₹ 400/-

परछाइयाँ : मेरी नज़र में

फ़ारसी ज़बान की एक मशहूर कहावत है : 'क़लम गोयद के मन शाहे–जहानम' अर्थात् क़लम का कहना है कि वो सारे जगत् का सम्राट् है। महेश बजाज की सशक्त लेखनी से उपजी विविधवर्णी रचनाओं को पढ़ते हुए फ़ारसी की यह कहावत बरबस ज़ेहन में कौंध जाती है। उनका ताज़ातरीन कथा संग्रह 'परछाइयाँ' उनकी सतत रचनाधर्मिता और सृजनात्मकता का परिचायक है। इस में सारगर्भित कथाएं, लघु-कथाएं, तीक्ष्ण व्यंग्य एवं रोचक संस्मरण सम्मिलित हैं।

बहुआयामी व्यक्तित्व के धनी महेश बजाज का शुरू से साहित्य के प्रति रुझान रहा है। आप सेंट्रल बैंक ऑफ इंडिया के महाप्रबंधक के पद से सेवनिवृत हुए। बैंक से संबंधित व्यवसायिक एवं प्रशासनिक ज़िम्मेदारियों का सफलतापूर्वक निर्वाह करते हुए आप निरंतर साहित्य की सेवा में भी निरत रहे हैं। प्रस्तुत संग्रह की रचनाएँ इस बात की परिचायक हैं। साहित्य की हर विधा आपकी लेखनी से स्पर्शित हुई है। उनकी रचनाओं को पढ़ते हुए एक विशिष्ट आत्मीयता का बोध होता है। कहानियाँ पाठकों से बात करती प्रतीत होती हैं। उनके संस्मरणों में एक ख़ास क़िस्म का अपनत्व नज़र आता है। एक संस्मरण 'ख़ान साहब' पढ़ते हुए आपको ऐसा लगेगा गोया आप ख़ान साहब को देख रहे हों और वे आपसे मुख़ातिब हों। महेश जी शब्दों से तस्वीरें उकेरते हैं। उनका शब्द-चित्रण इसलिए बड़ा ही सटीक, समीचीन और सशक्त होता है। सहजता उनकी विशिष्टता है। उनका स्वाभाविक हास्य-बोध भी उनकी रचनाओं के माध्यम से मुखर होता है। उनकी कहानियों में अनुभूत सत्य होता है। वे गजदंत मीनार (ivory tower) में बैठकर कहानियाँ या संस्मरण नहीं लिखते हैं। कहानियों के पात्र ज़मीन और ज़िंदगी से जुड़े होते हैं। वे अस्वाभाविक और असहज नहीं लगते।

आप जब उनकी लघु-कथा 'गुटर-गूँ' पढ़ते हैं तो मन में प्रश्न उठता है कि इतना सरल विषय मुझे क्यूँ नहीं सूझा? यह सरलता ही उनकी रचनाओं को पठनीय बनाती है।

मेरा विश्वास है कि उनका नवीनतम कथा-संग्रह प्रबुद्ध पाठकों की कसौटी पर खरा उतरेगा। मेरी कामना है वे इसी तरह साहित्य सेवा में निमग्न रहें और निरंतर लिखते रहें।

शुभेच्छु
सुमित पॉल
लेखक एवम् विचारक

परछाइयाँ - मेरी नज़र में

कवि कथाकार महेश बजाज ने संवेदना को जिस रूप में कविताओं में पिरोया है, ठीक उसी तरह कहानियों और संस्मरण के आधार पर ऐसे रचना संसार का ताना-बाना बुना है, जो किसी तिलस्मी दुनिया का हिस्सा नहीं बल्कि हमारे परिवेश का यथार्थ है। कथा संग्रह -"परछाईंयाँ" समाज का बेबाक चित्रण है जो अनायास मानस पटल पर उतर आता है। जीवन, संघर्ष, बेबसी, भूख-प्यास और तमाम तरह की विसंगतियों से जूझते हुए पात्र ऐसे कथा संसार की रचना करते है जहां ज़िंदगी पूरी सादगी और सच्चाई के साथ पाठक से रूबरू होने लगती है।

लेखक ने जिस संवेदना के साथ मानव जीवन के बारीक पहलू को उजागर किया है वो वाक़ई क़ाबिले तारीफ़ है। संघर्षशील मेहनतकाश युवा जो माँ बाप के दर्द को बहुत क़रीब से महसूस करता है, इसी दर्द को सीने में समेटे रोज़गार की तलाश में एक प्रवासी पात्र आप तक पहुँचता है और आप इसके हो जाते हैं, मानो यह हमारी ही कहानी हो। साँवली माटी के सौंधापन को आप महसूस कर सकते हैं। कहानियों में गाँव-समाज के देसी महक को अपने दामन में समेटे हुए इन कहानियों के पात्र आप से बात करते हैं।

ज़िंदगी के पेच-ओ-ख़म और जद्दोज़हद को लेखक ने "दूसरी पारी", "घुँघरू" "अंतिम प्रश्न" "चिंता" "करवाँ चौथ" आदि कहानियों के माध्यम से बख़ूबी बयाँ किया है। लघु कथाएं "उसने कहा था", "एड़ा", "गर्ल-फ्रेंड" व "फ़ातिहा" अत्यंत मर्मस्पर्शी हैं। "संस्मरण" व "यात्रा वृतांत" का सजीव चित्रण लेखक की दमदार लेखनी का सबूत है। व्यंग्य रचनाओं – "निकाह" व "हादसा" से लेखक की आमोद-प्रियता साफ़ झलकती है।

"परछाइयाँ" हमारी और आपकी ही हैं। जिसे महेश बजाज ने अपनी समृद्ध भाषा-शैली और मानवीय भावना के आधार पर उकेरा है।

"परछाइयाँ" - "गागर में सागर" लोकोक्ति को सार्थक करती है।

शुभकामनाओं सहित,

असलम हसन IRS

कमिशनर – जी० एस० टी० मुंबई

दो शब्द

कहानियाँ जीवन का अभिन्न अंग हैं। ज़िंदगी का सफ़र अपने बुजुर्गों की ज़बानी कहानियाँ सुन कर शुरू होता है। छोटी-छोटी मंज़िलें तय करते हुए इंसान इस सफ़र में आगे बढ़ता है। अनेकों पड़ाव। हर मंज़िल कुछ वक़्त के बाद एक पड़ाव का रूप ले लेती है। इंसान अगली मंज़िल की ओर क़दम बढ़ाता है। यही ज़िंदगी है। इस सफ़र में लोग मिलते हैं – बिछड़ते हैं। फिर मिलने के लिए। किसी अन्य रूप में। यह मिलने बिछड़ने का खेल जीवन पर्यंत चलता रहता है। यह मिलना-बिछड़ना अनायास नहीं। कोई सूत्रधार इसे संचालित करता है।

डॉ० हरिवंशराय बच्चन के शब्दों में –
"मिलना हम दोनों का भी तो है अन्य किसी का ही निर्णय
तेरा-मेरा संबंध यही - तू मधुमय औ' मैं तृषित हृदय।

हृदय की तृष्णा हमें लोगों से मिलाती है। क़रीब लाती है। प्रेम का एहसास दिलाती है। एहसास कभी कविता बन फूट पड़ते हैं कभी दिल में ही दफ़्न रहते हैं। अहसास, जिनका बयाँ किन्हीं कारणों से प्रत्यक्ष रूप ने न हो पाया, कहानियाँ बन कर हमारा साया बन जाते हैं। साया ज़िंदगी भर पीछा करता है। यादों का गुबार बोझ बन कर लेखक के अंतर्मन को कचोटता रहता है। क़िरदार, लेखक की लेखनी से कागज़ पर उतरने के बाद सजीव हो जाते हैं। दिल का बोझ यकायक ग़ायब हो जाता है। कहानियाँ जन्म लेती हैं।

"परछाइयाँ" एक कथा-संग्रह है। जिसमें संस्मरण हैं, एहसास हैं, कड़वे-मीठे अनुभव हैं। कहानियों के पात्र हमारे इर्द-गिर्द हैं। जीवन के संघर्ष में जूझ रहे हैं। भूख-प्यास व अभाव का सामना करते हुए जीवन के सभी रंगों का आनंद ले रहे हैं। इन रंगों में प्रेम का गुलाबी व जद्दोजहद का स्याह-सफ़ेद मुखर है।

38 वर्षों के बैंकिंग क्षेत्र में सेवाकाल के दौरान भारत के अनेक भू-भागों में कार्य करने एवं स्थानीय संस्कृति को क़रीब से समझने का अवसर प्राप्त हुआ। अनेकों से मित्रता हुई। संबंध बने। बड़े – छोटे – हमउम्र। विद्यालय की शिक्षा की अपेक्षा समाज से अधिक सीखने को मिला। 'परस्परसंवाद' से मानस पटल पर कहानियाँ अंकित होती गईं। आज समय की उपलब्धता पा, परिपक्व हो लेखनी के माध्यम से कागज़ पर उतर आईं।

मुझे आशा है पाठक इन कहानियों में स्वयं को सजीव देख सकेंगे। गत चार दशकों के सामाजिक परिवर्तन को अनुभव कर पाएँगें।

इस अवसर पर यदि उन मित्रों का, जो पात्र बन कर इन कहानियों में सिमट आए हैं, धन्यवाद न किया तो निश्चय ही अनुचित होगा। सोनाली रसाल ने न केवल तकनीकी सहयोग प्रदान किया अपितु समय-समय पर बहुमूल्य टिप्पणियों द्वारा इस कार्य को मूर्त-रूप देने की प्रेरणा स्त्रोत बनी। इसके अतिरिक्त प्रेरणा स्वरूप, मार्ग-दर्शक व सहयोगी मित्र भी धन्यवाद के पात्र हैं।

पाठकों का समय अमूल्य है। इन कहानियों के माध्यम से 'प्रेम-संदेश' पहुँचा कर मन में निवृति का भाव जगा है। प्रबुद्ध पाठकगण के प्रति आभार व्यक्त करता हूँ।

स्नेहिल !

महेश बजाज

दामन - ग़ज़ल

यूँ बेवजह किसी से प्यार नहीं होता
बिन डूबे कोई दरिया पार नहीं होता

बहुतों से जहां में आशनाई है मिरी
हर आश्ना मगर वफ़ादार नहीं होता

राह ग़लत चुनी उल्फ़त में मैंने ख़ुद
वरना दामन मिरा दाग़दार नहीं होता

ख़ून ए जिगर से सींचना पड़ता है
बिन वफ़ा रिश्ता शानदार नहीं होता

मुबारक उन्हें ये शान ओ' शौकत
क़ाबिल ए एहतराम ऐय्यार नहीं होता

लड़ जाती हैं नादां से नज़रें जवानी में
हर हम-प्याला समझदार नहीं होता

नाहक़ न पड़ते इस झमेले में 'अंजुम'
ख़ूबसूरत गर वो रुख़सार नहीं होता

~ अंजुम लखनवी ~

कहानियाँ

खामोशियों की भी इक जुबाँ होती है
कोई दास्ताँ सरगोशियों में बयाँ होती है

-अंजुम लखनवी

गुटर गूँ

मुझे उनकी मोहब्बत से ईर्ष्या होने लगी थी। इतनी मोहब्बत भला कोई कैसे कर सकता है। फिर चाहे वो परिंदा ही क्यूँ न हो?

सुरैया और सलिल। दोनों में बे-इंतहा मोहब्बत थी। हर वक़्त किलोल करते रहते। सुरैया गोल-गोल आगे घूमती। सलिल उसके पीछे हुंकारें भरता हुआ। गर्व से गर्दन फुलाए। झट से जब चाहे सुरैया की गर्दन दबोच लेता। चोंच गड़ाता और फिर छोड़ देता। सुरैया और फुदक-फुदक कर गोल-गोल घूमती। दोनों का बसेरा मेरी बालकनी में रखी पुरानी अलमारी की छत पर था। जब भी आराम करने मैं वहाँ जाता उनकी गुटर-गूँ मुझे जगाए रखती। ज़िंदा होने का एहसास दिलाती।

धीरे-धीरे, मेरी ईर्ष्या चिढ़ में तब्दील होने लगी और फिर नफ़रत में तब्दील हो गई। मैं उन दोनों को वहाँ से भगाने की तरक़ीब सोचने लगा। एक छड़ी ला कर रखी। जब भी अवसर मिलता उनको उड़ा देता। अगली बार आता तो उन दोनों को फिर वहीं पर पाता।

वही गुटर-गूँ गुटर-गूँ। मेरी नफ़रत बढ़ती गई।

उस दिन सुबह सुरैया अकेली थी। सलिल दाना–पानी की खोज में निकला था। धीरे से मधुर स्वर से मैंने सुरैया को फुसलाया। पुचकारा। वह उतर कर नीचे फ़र्श पर आ गई जहाँ मैंने कुछ गेहूं के दाने बिखेरे थे। दाना खाते-खाते वह घर के अंदर आ गई। पूरे घर में घूमी।

बहुत ख़ुश नज़र आ रही थी। मगर उसकी ख़ुशी ज़्यादा देर तक न टिक सकी। बेचैनी से गर्दन उठा कर सलिल को ढूंढ रही थी। मैंने घर का मुख्य द्वार खोल दिया। सुरैया फुदक कर बाहर निकल गई, जिधर बिल्डिंग की सीढ़ियाँ थीं। दरवाज़ा बंद कर मैंने राहत की साँस ली।

दोपहर जब ख़ाना खाने के लिए बाहर जा रहा था तो देखा कि सुरैया अभी भी वहीं मंडरा रही है। बेचैनी से फड़फड़ा रही है। उसे दिशा-भ्रम हो गया था। अपने ठिकाने वापस जाने का रास्ता न मिलने से बेचैन थी।

अचानक एक अन्य कबूतर प्रकट हो गया। जैसे कोई ख़ुदाई ख़िदमतगार। सलेटी रंग के इस कबूतर की गर्दन काली थी। स्वस्थ था। उसकी आवाज़ में ग़ुरूर था। 'शाहबाज़' को देख कर सुरैया शांत हो गई।

इस क़िस्से को मैं लगभग भूल चुका था। अचानक एक दिन बाल्कनी में रखी आलमारी पर सलिल को देखा। बहुत कमज़ोर हो गया था। शांत बैठा था। न कोई गुटर-गूँ न गोल-गोल घूमना। मुझे उस पर दया आ गई। हर सुबह उसको दाना-पानी देने लगा। धीरे-धीरे उसकी सेहत अच्छी हो गई। मगर उदासी न गई। कहीं नहीं जाता था। शायद उड़ान भरना भूल चुका था। हम मनुष्यों की भाषा में वह 'अवसाद' का शिकार हो गया था। इधर कुछ दिनों से दाना भी कम खाने लगा। दिन भर सोता रहता। या फिर रोता रहता। आँसू भी दिखाई नहीं देते थे। शायद सूख गए थे।

आज सुबह, जब बालकनी में अपनी पहली चाय लेकर गया तो वहाँ सुरैया दिखाई पड़ी। साथ में शाहबाज़ भी था। सलिल की गर्दन लुढ़की हुई थी। सुरैया उसके गिर्द चक्कर लगा रही थी। अपनी नुकीली चोंच अलमारी की छत में गड़ा रही थी। शाहबाज़ उड़ान भरता और क्षण भर में वापस आ जाता। सुरैया उसके साथ उड़ान नहीं भर रही थी। कुछ देर बाद दोनों ने मृत सलिल के गिर्द गोल-गोल चक्कर लगाए। मगर गुटर-गूँ की आवाज़ नहीं आई।

शाहबाज़ ने दौड़ कर सुरैया को दबोचा। अपनी चोंच उसकी गर्दन में गड़ा दी। दोनों फुर्र से खुले आसमां में विलीन हो गए।

मेरे कान गुटर-गूँ की आवाज़ सुनने को तरस रहे हैं।

कम्पनी के एम. ड़ी. का भोपाल का दौरा तय हो गया। भोपाल में राज्य का मुख्यालय होने के कारण राज्य सरकार से उनका निरन्तर सम्पर्क में रहना ज़रूरी था। जब भी उनका भोपाल का दौरा होता मेरे लिए उपस्थिति दर्ज कराना लाज़िमी होता। सुन्दर झीलों का शहर। ख़ूबसूरत पार्क और चौड़ी साफ़ सुथरी सड़कों का शहर। राजधानी की सर्व-सुविधा युक्त शहर। भोपाल हिंदुस्तान के उन चंद शहरों में से एक है जहाँ उर्दू अदब और तहज़ीब के निशाँ बाक़ी हैं। भोपाल ने उर्दू अदब को बहुत से शायर दिए हैं। इसलिए भोपाल को 'शहर-ए-ग़ज़ल' भी कहा जाता है।

भोपाल से बहुत सी यादें जुड़ी थीं। भोपाल शहर जितना सुंदर था उतनी ही सुंदर यादें। वो ख़ूबसूरत पल ज़िंदगी का हिस्सा बन चुके थे। एक टीस उभरती है भोपाल शहर के ज़िक्र से।

प्रमोशन पर मैं भोपाल आया था। कम्पनी के लोकल दफ्तरों में अक्सर जाना पड़ता था। नीलोफ़र जिस ब्रांच में थी वहाँ पहले भी करीब 4-5 बार जाना हो चुका था लेकिन कभी हम लोगों का सामना नहीं हुआ। उस दिन की पहली मुलाक़ात भी यादगार न बनती अगर उसने ऐसा तीखा सवाल न किया होता। उस दिन मैं अपने एक सहयोगी के साथ उस ब्राँच के इन्सपेक्शन के लिये गया। मेरे साथ गये साथी नीलोफ़र से पहले से वाकिफ़ थे। दोनों गुफ़्तगू में मशग़ूल हो गये। चूँकि मैं भी साथ ही था तो मैंने शिरकत करने की कोशिश की। इसके साथ ही एक खनकती हुई आवाज़ ने पूछा – "आप कौन?"

ऐसा तीखा सवाल सुन कर मैं अवाक रह गया। लेकिन जिस एतमाद से गर्दन उपर उठा कर सवाल पूछा गया था उसने मुझे उस आवाज़ की मलिक़ा का क़ायल कर दिया। मैंनें फ़ौरन अपने साथी से कहा - "इनको बतला दीजिए, हम कौन हैं?" उन्होंने हम दोनों का परिचय कराया।

कुछ देर में अपना काम करके हम लोग लौट आए। लेकिन उसका चेहरा व उसका तीखा सवाल "आप कौन?" ज़ेहन में घूमता रहा। न जाने कौन सी ताक़त थी जो मुझे उसके बारे में ज़्यादा से ज़्यादा जानने को मजबूर कर रही थी।

रह-रह कर मुझे मिर्ज़ा ग़ालिब का वो शेर याद आ रहा था -
"पूछते हैं वो, गालिब़ कौन है?
कोई बताए कि हम बतलाएं क्या?"

कुछ दिन गुज़रे। मुझे फिर किसी काम से उसके दफ़्तर में जाने का मौका मिला। दफ़्तर भर में घूमते हुए मैंने उसकी सीट को ढूँढ लिया। जैसे ही नज़दीक पहुँचा उसने ख़ूबसूरत अदा से आदाब़ किया। मैंने जवाब देते हुए उसे बैठे रहने का इशारा किया और एक कुर्सी खींच कर उसके टेबुल के सामने बैठ गया। हाल-अहवाल की पूछताछ के बाद मैंने उसकी रिहायश, घर में और कौन-कौन हैं, इसके बारे में पूछा।

उसने बताया कि उसका घर भोपाल की चुँनिन्दा कॉलोनी "कोहेफ़िज़ाँ" में है। वालिद सरकारी नौकरी में एक्सीक्यूटिव इंजीनियर के औहदे पर हैं। कुछ व़क्त पहले ही उनका तबादला मध्यप्रदेश के ही बैतूल शहर में हो गया। लेकिन नीलोफ़र की नौकरी, छोटे भाई-बहन की पढ़ाई, व अम्मी की नाज़ुक तबीयत की वजह से उन्होंने परिवार को भोपाल में रखना मुनासिब समझा। हर इतवार को पापा आते हैं और सोमवार सुबह लौट जाते हैं। छोटी बहिन नाहीद़ व भाई ज़ुबैर शहर के अच्छे स्कूलों में 12वीं व 8वीं क्लास में तॉलीम हासिल कर रहे हैं। अम्मी को पिछले दो साल से "डायईबिटीज़" और "ब्लडप्रेशर" ने घेर लिया है। सुबह शाम उनकी दवा और आराम-परहेज़ का ख़याल रखना नीलोफ़र का रोज़मर्रा का काम बन चुका है।

दफ़्तर आते हुए ज़ुबैर को स्कूल में छोड़ना, शाम को लौटते हुए अम्मी की दवाएं, ज़ुबैर और नाहीद की फरमाईश के मुताबिक फास्ट फूड कार्नर से स्नैक्स लेते हुए घर पहुँचना एक "रेगूलर फ़ीचर" बन चुका था। बड़े ही भोलेपन से फ़ास्ट फूड कार्नर का नाम भी बयाँ किया। पूरी मुलाक़ात के दौरान मुझे अपने बारे में कुछ कहने का ख़याल ही नहीं आया। गुज़रते वक़्त का ख़याल आते ही मैंने बातचीत का सिलसिला ख़त्म किया और फिर मिलने को कहकर रुख़सत हुआ।

आज की मुलाक़ात नीलोफ़र से दूसरी मुलाक़ात थी। उसने अपने बारें में बहुत कुछ बतलाया, लेकिन, मेरे बारे में उसने न कुछ पूछा और न ही मैं कुछ बता पाया। उसके सामने पड़ते ही मेरी निगाहें उसके चेहरे पर टिक जाती और जुबाँ मानों खामोश़ हो जाती।

अगले हफ़्ते मुझे कम्पनी के काम से क़रीब एक महीने के लिए मुम्बई जाना पड़ा। प्रोग्राम इतनी जल्दी में बना कि चाह कर भी जाने से पहले नीलोफ़र से न मिल सका।

मुम्बई में गुज़रे इस एक महीने में मुझे बार-बार उसकी याद आ रही थी। उसका भोलापन, अंदाज़े बयाँ, ख़ूबसूरत चेहरा, सलीकेदार पहनावा, हर चीज़ का एक ख़ूबसूरत अंदाज़ ज़ेहन से उतरता ही न था। लौटने से एक दिन पहले शॉपिंग के लिए निकला तो तौहफ़े के तौर पर नीलोफ़र के लिए एक ख़ूबसूरत पेन सेट खरीदा। गिफ़्ट पैक करा कर सहेज कर रख लिया।

भोपाल लौटे एक सप्ताह हो गया लेकिन सरकारी कामकाज से फ़ुरसत ही नहीं मिल रही थी। हमारी मुलाक़ात न हो सकी। उस रोज़ इतवार था। मन में नीलोफ़र को फोन करने का ख़याल आया। गली के नुक्कड़ पर पी.सी.ओ। था। वहीं से काँपते हाथों से पहली बार मैंने उसका नम्बर डायल् किया था। इत्तिफ़ाक़ से फोन नीलोफ़र ने ही उठाया। बातचीत हुई।

उसने पूछा - "आज शाम क्या कर रहे हो?"
"फ़ुरसत में हूँ"- मैंने कहा।
"यहाँ हमारे घर पर चले आओ, पापा आए हुए हैं, उनसे भी तुम्हारी मुलाक़ात हो जाएगी" - उसने कहा।
मुझे तो मानो मुँह माँगी मुराद मिल गई। शाम के इन्तज़ार में एक-एक पल एक घड़ी की तरह बीता। ज़ेहन में सवाल थे। पापा न जाने कैसे होंगे? क्या बात करेंगे? कहीं उनको मेरा नीलोफ़र से मिलना नागवार गुज़रा तो? नहीं, नहीं सब ठीक ही होगा। नीलू ने मुझे आने को कहा है तो सोच-समझ कर ही कहा है। वो कोई आम लड़की नहीं है।

शाम होते ही कोहेफ़िज़ा का रुख़ किया और 15 मिनट में उसके घर की कॉल-बेल को ख़नख़ना दिया।

ज़ुबैर ने दरवाज़ा खोला और बड़े अदब से ले जाकर ड्राईंग रूम में बैठा दिया। पहले नीलोफ़र आई फिर नाहीद व अम्मी ड्राईंग रूम में आईं।

नीलोफ़र ने एक-एक कर सबसे परिचय कराया। पापा अभी-अभी कहीं पड़ोस में मिलने गये हैं, आते ही होंगे। उसने बतलाया। बातचीत का सिलसिला चलता रहा। इस बीच नाहीद चाय-नाश्ता लेकर आ गई। मैंने अम्मी की तबीयत, नाहीद व ज़ुबैर की पढ़ाई के बारे में जानकारी हासिल की। तभी बेल बजी और पापा भी आ गये। उनसे भी परिचय कराया गया। लम्बा क़द। आकर्षक और रौबदार चेहरा उनके ऊँचे सरकारी ओहदे पर होने की पुष्टि कर रहा था। मगर बहुत दिलचस्प और खुश मिज़ाज। मेरे मन का डर जाता रहा।

नाश्ते के दौरान उन्होंने मेरे जॉब व एजूकेशन के बारे में पूछताछ की। ज़िंदगी में आगे बढ़ने की सलाह दी। ख़ैरबाद कहा। मुझे उन सबसे मिलकर बहुत ही खुशी हुई। रुख़सत का वक़्त आया तो नीलोफ़र बाहर तक छोड़ने आई। बाहर आकर मैंने गिफ़्ट दिया तो उसने शरमा कर क़ुबूल तो किया लेकिन फिर कभी गिफ़्ट वगैरह का तकल्लुफ़ न करने की जैसे ताक़ीद ही कर डाली।

इसके बाद ग़ाहे-बग़ाहे हम लोगों की मुलाक़ातें होती रहीं। हम दोनों अपने अपने जॉब की बातें, एक दूसरे से तबादला-ए-ख़याल करते-करते एक दूसरे को करीब से जानने लगे। दिल ही दिल में मैंने सपने संजोने शुरू कर दिए। जीवन साथी के रूप मे। एक एक दिन गिन कर गुज़रता। हफ़्ता होते होते मन उड़ान भरने लगता था कि कब मुलाक़ात हो?

फिर अचानक जैसे सब कुछ बदल गया। पिछले महीने में मैं तीन-चार बार अपनी मुक़र्रर जगह पर नीलू का इन्तज़ार कर चुका था। मगर उसकी कोई ख़बर नहीं थी। उसके न आने से मेरी बेताबी बढ़ रही थी। हार कर मैंने ऑफ़िस में पता किया तो मालूम हुआ कि उसने नौकरी से इस्तीफ़ा दे दिया है।

"इस्तीफ़ा दे दिया है? मगर क्यूँ?" – मैंने मैनेजर से सवाल किया।
"जी, कोई वजह नहीं लिखी है। किसी व्यक्तिगत कारण से।" – मैनेजर ने जवाब दिया।

कुछ समझ नहीं आया। अचानक इस्तीफ़ा देने की क्या वजह हो सकती है? किसी अनहोनी की आशंका से मेरा दिल बैठा जा रहा था। ख़ुद को रोक न पाया और नीलू के घर जा पहुँचा।

काँपते हाथों से बेल बजायी। थोड़ी देर के बाद नीलू की अम्मी ने दरवाज़ा खोला।

"आदाब" – मैंने कहा।
"सलामत रहो बेटा। कैसे हो? अंदर आ जाओ."– कह कर अम्मी ने रास्ता छोड़ा और मुझे ड्रॉइंग रूम में बैठने का इशारा कर अंदर चली गईं। मेरे दिल की धड़कन तेज़ी से चल रही थी। आँखे अंदर से आने वाले रास्ते पर लगी थीं। किसी भी पल नीलू सामने आएगी। मुस्करा कर दुपट्टा सम्भालते हुए। एक-एक पल एक घड़ी के समान गुज़र रहा था।

अचानक पायल की छन-छन की आवाज़ सुनाई दी। मन रोमांचित हो गया। साँसे रुक गयीं। मगर यह क्या? जहाँ से नीलू के आने का इमकान था वहाँ से एक कमसिन लड़की आती दिखाई दी। हाथों में नाश्ते की ट्रे लिये। मेरी आँखें खुली ही रह गईं। लब थे कि जैसे सिल गए हों।

मुझे आश्चर्यचकित देख कर वह बोली - "मेरा नाम सलमा है। नीलू दीदी के जाने के बाद बेगम साहिबा ने मुझे यहीं रहने को कहा है। आप नाश्ता कीजिए वो आती ही होंगी।" नाश्ता रख कर जिधर से वह आयी थी छन-छन करती उधर लौट गयी। मेरी परेशानी बढ़ती जा रही थी। तभी अम्मी के आने की आहट हुई। मैं सोफ़ा पर सीधे हो कर बैठ गया। मेरी साँसों की आवाज़ मुझे कानों में सुनाई दे रही थी।

इसके बाद अम्मी ने जो बतलाया वह सुन कर मुझ पर आसमान ही टूट पड़ा। नीलू अपने शौहर के साथ दुबई जा चुकी थी। मैं कुछ समझ नहीं पाया। नीलू, शौहर, दुबई? आख़िर माजरा क्या है? मुझे हैरान देखकर अम्मी ने ख़ुलासा किया कि नीलू के शौहर दुबई के एक होटल में मैनेजर हैं। वीज़ा मिलते ही उन्होंने टिकट भेजकर नीलू को वहीं साथ रहने के लिए "एअर" से बुलवा लिया।

मैंने और कुछ पूछना मुनासिब नहीं समझा। उठ कर चला आया।

मेरी नज़र में नीलू कुआँरी थी। उसकी शादी कब हुई? मुझे मालूम ही नहीं हुआ। मेरा जैसे दिल ही टूट गया। मैंने शहर छोड़ कर जाने की ठान ली। कम्पनी के हेड ऑफिस में अर्ज़ी देकर अपना ट्रांसफर वापस अपने शहर हैदराबाद करवा लिया। इस सब में क़रीब एक साल लग गया।

आज रात की गाड़ी से ही रिज़र्वेशन है। सभी मिलने वालों व दोस्तों से रुख़सत ले चुका हूँ। दोस्तों को मैंने स्टेशन पर आने के लिए मना कर दिया। इस शहर से जाने के वक़्त मैं सिर्फ़ नीलोफ़र का चेहरा देखना चाहता हूँ। सामने न सही तस्ववुर में ही सही। दूसरे लोगों की मौजूदगी में हमारी मुलाक़ात में ख़लल पड़ता। नीलू से हुई एक-एक मुलाक़ात मेरे ज़ेहन में घूम रही थी।

तभी दरवाज़े पर हल्की दस्तक हुई।

यह इस वक़्त कौन है? यह दस्तक तो जानी पहचानी लग रही है। क्या कोई सच में दस्तक दे रहा है। नहीं, यह दस्तक तो सिर्फ नीलू की हो सकती है। शायद मैंने गलत सुना है। इतने में फिर दस्तक हुई। रहा नहीं गया। उठ कर दरवाज़ा खोला तो बस देखता ही रह गया। ज़ुबान ने हिलने से इन्कार कर दिया। निगाहों में निगाहें उलझ कर रह गईं। चन्द लम्हों के लिए दिल की धड़कन रूक गई। सामने नीलोफ़र खड़ी थी। गुलाबी सूट ऊपर से हल्के गुलाबी रंग का दुपट्टा लिये।

दुपट्टे में चाँदी के रंग के सितारे टंके थे। चेहरे का गोरा रंग भी गुलाबी रंगत लिये था। कानों में लटकते चाँदी के सुंदर झुमके उसकी ख़ूबसूरती में चार चाँद लगा रहे थे।

आज अरसे के बाद अचानक उसको देख कर मैं देखता ही रह गया। आज से पहले इतनी ख़ूबसूरत नीलोफ़र को कभी नहीं देखा था। उसका चेहरा उसकी ख़ुशहाल ज़िंदगी का इश्तहार था।

अन्दर आने को नहीं कहोगे, अंजुम?
आईये, आईये, घबड़ा कर मैंने रास्ता छोड़ा।

खाली घर व तैयार अटैची-सूटकेस देख कर उसने पूछा- "कहाँ जा रहे हो?"

नीलू जिस शहर से तुम्हारी यादें जुड़ी हों उसमें मैं तुम्हारे बिना नहीं रह सकता तुमने ऐसा क्यों किया? अचानक चली गई? तुम शादी-शुदा हो तुमने कभी ज़िक्र तक नहीं किया। तुम्हें लेकर मैंने क्या-क्या ख़्वाब देखे थे? सब एक नाजुक शीशे की तरह टूट गए।

मैं तुम्हें बतलाना चाहती थी लेकिन हम लोगों के बीच ऐसा कोई ज़िक्र ही नहीं आया। मेरी शादी तो तीन बरस पहले ही हो गयी थी। मेरा वीज़ा न होने की वजह से नासिर साहब वहाँ अकेले रहते थे। फिर अचानक वीज़ा मिलने पर उन्होंने टिकट भेजे और मुझे फ़ौरन जाना पड़ा। अब हम ईद के लिए 10 दिनों की छुट्टियाँ लेकर सबसे मिलने आये हैं। आज शाम का खाना तुम हमारे साथ घर पर ही खाना। नासिर भी तुमसे मिलना चाहते हैं।

तो तुमने उनको मेरे बारे में बतला दिया है ?
और नहीं तो क्या? छुपाऊँगी क्यों? हम लोग दोस्त हैं और दोस्त रहेंगे। नासिर का नज़रिया तंगदिल नहीं है।
नहीं नीलू रहने दो, मैं उनके सामने नहीं आ पाऊँगा।
तुम्हें आना ही होगा। न आने से हमारे रिश्ते को ग़लत समझे जाने का अंदेशा है।

नीलू के बहुत इसरार के बावजूद उस रात मैं उसके घर नहीं गया। न जाने नासिर ने क्या समझा होगा और नीलू ने भी। मुझे भोपाल छोड़े बरसों हो गये हैं। शाम होते ही कान दरवाज़े पर दस्तक सुनने को बेताब हो जाते हैं। नीलू के पास मेरा पता भी नहीं है और वह यहाँ से हज़ारों मील दूर दुबई में रहती है।

चाह कर भी मैं उसको भुला नहीं पाया।

नीलू की यादें परछाई बन मेरा पीछा करती हैं।

अर्थव्यवस्था और स्त्री

आज रविवार है। मध्याह्न भोजन के लिए राजेश्वर बाबू घर पर ही हैं। अन्य दिनों तो ऑफ़िस में 'डब्बा' खाना पड़ता है। उसमें भी कभी-कभी सहयोगी सहयोग करते हैं तो बेचारे अध-पेट भूखे ही रह जाते हैं। पत्नी के हाथों के गरमा-गरम लंच की बात ही कुछ और है। फूली-फूली चार चपाती, चावल, दाल, सब्ज़ी और रायता। साथ में सलाद और छाछ डकारने के बाद मीठा खाने की प्रबल इच्छा हुई। गर्दन 40 डिग्री दाएँ व 40 डिग्री बाएँ घुमाने पर भी पत्नी-दर्शन से वंचित होकर आवाज़ लगायी।

"अजी, सुनती हो?"
"जी, क्या है?" दूर कहीं से आवाज़ आयी।
"अरे, हम वो रसगुल्ला का डिब्बा लाए थे, दो रसगुल्ला तो खिला दो, भागवान।"
– राजेश्वर जी ने बहुत उम्मीद से भरी नज़रों से छत को ताकते हुए कहा।
"वो तो कब का ख़त्म हो गया।" – पत्नी ने सपाट स्वर में जवाब दिया।
"तो, वो जो ठेकेदार ने काजू कतली का डिब्बा भिजवाया था, वही ले आओ"
– राजेश्वर जी ने उम्मीद का दामन न छोड़ते हुए कहा।
"अरे, वो तो कब का ख़त्म हो चुका। परसों मेरी सहेलियाँ आयीं थीं, चाय पर" – पत्नी ने हार्ट-ब्रेकिंग न्यूज़ दिया।
"वाह भई, कमाल करती हो। जो कुछ भी लाते हैं, आनन-फ़ानन में ख़त्म हो जाता है। लगता है देश कि अर्थ-व्यवस्था की ज़िम्मेदारी पत्नियों को ही सौंप दी गयी है" – दिल के दर्द को छुपाने की कोशिश करते हुए राजेश्वर बाबू ने कहा।

उठे और वॉश-बेसिन पर हाथ धो कर अपने कमरे में चले गए। मायूसी से मन भर आया। फट से शैयासीन हो आँखें बंद कर विचारमग्न हो गए। नींद कोसो दूर थी। विचारों की शृंखला बनती गयी। अर्थशास्त्र के स्नातक राजेश्वर बाबू को एक नया पाठ पढ़ने का अवसर प्राप्त हुआ। वह पाठ जो विद्यालय में अध्यापकों ने नहीं पढ़ाया। शायद पाठ्यक्रम में था ही नहीं। जीवन का पाठयक्रम कक्षा के पाठयक्रम से भिन्न होता है।

अर्थशास्त्र के दिवंगत प्रोफ़ेसर सिन्हा की छवि मानस पटल पर उभर आयी।

अर्थव्यवस्था ख़र्च के बल पर चलती है। न कि कमाई के पैमाने पर। उपभोग की महती भूमिका है। सरकार के ख़ज़ाने में राशि लाने वाले जितने भी माध्यम हैं जैसे – कस्टम, इक्साइज़, जी.एस.टी., सर्विस टैक्स, सरचार्ज वग़ैरह सब ख़र्च करने वालों के मोहताज हैं। यह उपाय तभी कारगर हैं जब समाज का प्रत्येक वर्ग ख़र्च करता है।

अक्सर यह समझा जाता है कि घरेलू महिलाओं का अर्थव्यवस्था में कोई योगदान नहीं होता। केवल वही महिलाएँ, जो दफ़्तर जाती हैं या किसी व्यवसाय में रत हैं, देश की आर्थिक उन्नति में सहायक होती हैं। यह धारणा मिथ्या है। इससे ज़्यादा मिथ्या कुछ हो ही नहीं सकता। विधाता ने पुरुष को शारीरिक रूप से बलवान बनाया ताकि वह अर्जित कर परिवार का भरण-पोषण एवं रक्षण कर सके। परन्तु मात्र अर्जन करना पर्याप्त नहीं।

पुरुष व स्त्री एक दूसरे के पूरक हैं। यदि पुरुष "अर्जन" करता है तो स्त्री "विसर्जन"। स्त्री के बिना पुरुष का अस्तित्व नगण्य है। जीवन के प्रत्येक मुक़ाम पर उसे स्त्री की ज़रूरत महसूस होती है। जीवन भर की कमाई, प्रॉविडेंट फ़ंड, पेन्शन आदि में नामित करने के लिए पत्नि के रूप में स्त्री की ज़रूरत होती है। यहाँ तक कि मरणासन्न स्थिति में वसीयत के लिए भी। पुरुष के द्वारा अनेकानेक माध्यमों से अर्जित धन एवं जमा पूँजी को उपयोग में लाने के लिए स्त्री की विशिष्ट भूमिका है। शादी, विवाह, बच्चे, आभूषण, गाड़ी, मकान, जायदाद आदि सभी लक्ष्य एवं इनको हासिल करने के प्रयास, स्त्री केंद्रित हैं।

घर में स्त्री न हो तो ख़र्च कैसे हो? इसलिए परिवार की कल्पना की गयी। जिससे अर्थव्यवस्था को गति मिल सके। पुरुषों को काम के प्रति आसक्ति हो सके। पत्नी को ख़ुश रखने के लिए एवं उसकी भौतिक इच्छाओं की पूर्ति के लिए पुरुष क्या नहीं कर सकता?

द्रौपदी की प्रताड़ना एवं प्रोत्साहन से ही पाण्डव महाभारत का युद्ध जीत सके। स्त्री की प्रताड़ना से साधारण मानव - गौस्वामी तुलसीदास बन सका। ऐसे अनेक उदाहरणों से इतिहास भरा पड़ा है।

प्रेरणास्त्रोत के रूप में नारी पुरुष को सदा से ही आगे बढ़ने के लिए उकसाती रही है। बड़ी बड़ी संस्थाओं की HR Policies जो काम नहीं करा सकती, पत्नी के एक इशारे पर सम्भव है। बहुमुखी प्रगति में पत्नी का यह अप्रत्यक्ष योगदान निश्चय ही सराहनीय है।

यदि विकास करना है तो ख़र्च के महत्व को समझना होगा। ख़र्च की परिकल्पना को मूर्तरूप देने में जिन देश-सेवी महिलाओं का योगदान है उनको नमन करना होगा। उनको आर्थिक योद्धा की उपाधि से सम्मानित करना होगा। घरेलू स्त्रियों/ पत्नियों के योगदान को उचित सम्मान देना होगा। साथ ही, पुरुष के सशक्तिकरण की भी अत्यन्त आवश्यकता है। पुरुष का मनोबल बढ़ने की दशा में वह ख़र्च जैसे महत्वपूर्ण मुद्दों पर स्वयं निर्णय लेने में सक्षम होंगे।

कुछ स्त्री-विशेष उपाधियों जैसे "ख़र्च-श्री" "ख़र्च-विभूषण" के आविष्कार का समय आ गया है। आइए, हम सब अपने-अपने घर से एक नयी शुरुआत करें। पत्नी के आर्थिक योगदान को नमन करते हुए उन्हें आर्थिक योद्धा का सम्मान दें।

निश्चय ही इन क़दमों से देश व विश्व की आर्थिक प्रगति सुनिश्चित् की जा सकेगी।

बरसात का मौसम था। वर्मा जी चाय का प्याला ख़ाली कर चुके थे।

कनिष्ठ सहायक की हैसियत से शुरू कर सुपरवाईज़र तक का सफर उन्होंने बड़ी मुस्तैदी से पार किया था। कब 60 साल के हो गए पता न चला। सरकारी नौकरी की विशेषता है कि वहाँ बाकी कुछ तय हो न हो लेकिन आपकी उम्र का हिसाब एक दम ठीक से रखा जाता है। कल तक आप बहुत ज़रूरी थे। आपके बिना आपके दफ़्तर में भूचाल आ सकता था। लेकिन जैसे ही 60 के हुए आप की उपयोगिता शेयर बाज़ार मे पिटे हुए शेयर जैसी हो जाती है। आपके सहकर्मी बड़े अदब से आपको घर तक पहुंचा कर चैन की साँस लेते हैं।

"आपने बहुत मेहनत की है – 37 बरसों तक। अब आराम करने का वक़्त है।" – यानी अब अपनी शक़्ल ऑफिस में मत दिखाइएगा।

अपना बस्ता समेटे वर्मा जी को दो साल हो चुके थे। ऑफिस के ऐश ओ' आराम को भुलाने के लिए इतना समय भी कम पड़ता था। लिहाज़ा जहाँ-तहाँ मन को लगाने की कोशिशों में व्यस्त रहते थे। चाय व कॉफ़ी से बेहतर और कौन साथी है? इस उम्र में न पत्नी को आपकी ज़रूरत रहती है न बच्चे आपकी सुनते हैं।

अब पहली चाय के साथ हिन्दी और कॉफ़ी के साथ अंग्रेज़ी अखबार पढ़ना प्रतिदिन के सुबह के कार्यकलाप में इस तरह शामिल था जैसे चाय में चीनी। अनुपात भी ठीक होना चाहिए। चाय पीते हुए अपने देश की चिंता सताती। उनकी मान्यता थी कि चाय हिंदुस्तानी स्वदेशी ड्रिंक है जबकि कॉफ़ी अंग्रेज़ी। इसलिए अंग्रेज़ी अखबार के साथ कॉफ़ी। हिंदी अख़बार पढ़ने के बाद देश के हालात का एक जायज़ा लिया। कहीं बाढ़ और कहीं सूखा। उनके पैतृक राज्य बिहार में दोनों एक साथ एक ही समय अनुभव किए जा रहे थे। जहाँ उत्तर बिहार नेपाल के बांध से छोड़े जाने वाले पानी के कारण सैलाब मे डूबा था वहीं दक्षिण बिहार के ज़िले सूखे का सामना कर रहे थे।

यह एक वार्षिक अनुष्ठान था। गाँववासियों की समस्या से उनका दिल दुखी हो जाता था। दिन भर शासन और प्रशासन को कोसते रहते। यह अलग बात है कि उनको गाँव का रुख़ किए ज़माना हो चुका था। कभी किसी की मृत्यु अथवा शादी के चलते गाँव जाने का अवसर आया भी तो देश-दुनिया की ज़िम्मेदारियाँ आड़े आ गईं।

देशभक्ति व देशप्रेम को अभिव्यक्त करने का उन्हें एक ही तरीक़ा मालूम था – "ऑफिस में समय से हाज़िरी। छुट्टियों का त्याग कर ऑफिस की उपलब्ध सुविधाओं का उपभोग।"

अंग्रेज़ी का पेपर उठाने वाले थे कि -
"टन्न"
दरवाज़ा खोला तो सुमित्रा बाई थी। बुरी तरह बारिश में भीग गयी थी।
"अरे, छाता क्यूँ नहीं लेती? बीमार हो गयी तो?"
"तो क्या बाबू जी?"
"बिस्तर पर पड़ गयी तो?"
"हमारे घर में बिस्तर नहीं है। हम ज़मीन पर सोते हैं। इस मुई बरसात ने वो भी बंद करवा दिया।" – सुमित्रा ने कहा।
"इसलिए बिस्तर पर पड़ने का कोई ख़तरा नहीं है"
- गहरा साँस लेते हुए सुमित्रा बोली।

उसके जवाब से संतुष्ट हो कर वर्मा जी ने अंग्रेज़ी के अख़बार में नज़रें गड़ा लीं।

पत्नी को आवाज लगाई – "अरी भागवान! एक कप कॉफ़ी तो ले आओ।"

चिन्ता

"**टन्न**" घंटी की आवाज़ हुई। गोपाल बाबू की निगाह सामने दीवार पर टँगी पुश्तैनी घड़ी पर गयी। 8 बजे थे। उठ कर दरवाज़ा खोलने को आगे बढ़े। आदतन, आँखों का चश्मा उतार कर बाँए हाथ में ले लिया और दाएँ हाथ से कुंडी खोल दी। यह समय था काम वाली बाई सुनीता के आने का। आज उसके साथ एक बालक भी आया था।

"यह कौन है?" – गोपाल बाबू ने चश्मा वापस चढ़ाते हुए पूछा।
"मेरा बेटा है, बाबू जी।" – सुनीता ने जवाब दिया।
"तो, यहाँ काम पर क्यूँ लाई हो? इसे तो स्कूल जाना चाहिए" – गोपाल बाबू ने अपनी आँखों को थोड़ा बड़ा करते हुए कहा।
"इसका पैर जला है। दवाख़ाने जाऊँगी। यहाँ काम कर के। 9 बजे खुलता है दवाख़ाना" – सुनीता ने स्पष्ट किया।
"ठीक है, अंदर आ जाओ। लेकिन इसका पैर जला कैसे? काफ़ी बड़ा घाव मालूम पड़ता है" – गोपाल बाबू ने फिर से चश्मा हाथ में ले लिया।
"मैंने जलाया है" – सुनीता ने निर्विकार भाव से जवाब दिया।
"तुमनेऽऽऽ" – "लेकिन क्यूँ" –आश्चर्य भाव से गोपाल बाबू ने पूछा।
"बहुत बार मना किया। फिर भी यह नदी किनारे खेलने और नदी में नहाने जाता था।" - सुनीता ने जवाब दिया।
"तो?" –गोपाल बाबू की जिज्ञासा बढ़ गयी।
"मैंने इसका पैर जला दिया। मानता नहीं था। कहीं डूब जाए नदी में तो कौन ढूँढने जाएगा?अब घर पर तो रहेगा, मेरी आँखों के सामने" – सुनीता ने ख़ुलासा किया।
"अरे, यह भी कोई तरीक़ा है, बच्चे को समझाने का?" –गोपाल बाबू के आश्चर्य की सीमा न थी।
"तो क्या करती बाबू जी? इसका बाप शराब पी कर दिन भर लुढ़का रहता है। एक दिन काम पे जाता है, चार दिन घर पे रहता है। ख़र्चा नहीं देता। राशन नहीं लाता। जो मैं कमाती उसी से खाता" – सुनीता ने व्यथा कही।

गोपाल बाबू बिना पलक झपकाए उसकी गाथा सुने जा रहे थे।

"अब आप ही बताइए, यदि यह नदी में डूब जाए तो कौन पीछे भागेगा? मैं अपना काम करूँ कि इसके पीछे दौड़ूँ? काम छूट गया तो खाएँगे क्या? इसलिए मैंने इसका पैर जला दिया। अब यह न कहीं जा पाएगा, न मुझे चिंता रहेगी" – सुनीता ने कथा का अंत किया।

इधर गोपाल बाबू न जाने किस चिंता में मगन थे। धीरे – धीरे चलते हुए अपनी आराम कुर्सी पर जा बैठे। चश्मा वापस अपनी जगह पर आ चुका था। अख़बार उठाया और देश व दुनिया की चिन्ता में लीन हो गए।

सुर्ख़रू करती हैं मुश्किलें इन्सान को
इक अज़ीयत है बिन तकलीफ़ के जीना

-अंजुम लखनवी

करवाँ चौथ

ऑक्टोबर का महीना। त्योहारों का महीना। देवकरन बाबू पत्नी सरला के साथ सुबह की चाय की चुसकियों में मगन, बालकनी से नीचे आने-जाने वालों के दैनिक कार्य-कलाप को निहारते हुए, हर रोज़ की तरह सुबह की ठंडी हवा का सेवन कर रहे थे। बैंत की दो आराम कुर्सियाँ और एक छोटा स्टूल, जो सेंटर टेबल का काम करता था उनको बहुत प्यारा था। अपने लखनऊ कार्य-काल के दौरान ख़रीदे गए इस सेट को 'रिटाइरमेंट प्लानिंग' का हिस्सा मानते थे। चाय की प्यालियाँ, अख़बारऔर नाश्ते की कटोरियाँ इस की शोभा बढ़ातीं थीं। उनका मानना था कि 38 बरस सरकारी नौकरी करने के पश्चात उन्होंने यह सुख-सुविधा अपने लिए बड़ी मेहनत से अर्जित की है। इसका आनंद लेने में उन्हें कोई अपराध-बोध नहीं। यह उनका हक़ है। हक़-हलाल की कमाई। ईमानदारी से की गई नौकरी से बहुत ज़्यादा धन-संपत्ति तो अर्जित नहीं कर पाए। पर हाँ, दोनों बच्चों को अच्छी शिक्षा दिलाई। वर्तमान में दोनों निजी क्षेत्र में अच्छी ख़ासी तनख़्वाह पा रहे हैं। पार साल बड़े बेटे आकाश की शादी बहुत धूम-धाम से की। बहू सॉफ़्टवेयर इंजीनियर है। छोटा बेटा आज़ाद है। बंधन मुक्त जीवन का आनंद ले रहा है। शादी के लिए अभी और समय चाहता है। बच्चों की अपनी मर्ज़ी है।

उनको अपना वक़्त याद आता है। उनके पिता रामसरण बाबू ने उनसे पूछे बिना उनकी शादी की बात तय कर दी थी। सरला को उन्होंने 25 वाट के बल्ब की पीली रोशनी में पहली बार देखा था। सकुचाई सी – गठरी बन कर 10 x 10 के कमरे में 6 x 5 के पलंग पर बॉम्बे डाइंग की फूल वाली चादर पर एक कोने में बैठी हुई। सामान्य सूरत व नैन नक़्श। लेकिन उसने अपने स्वभाव से सबका मन मोह लिया। उनके लिए इतना ही काफ़ी था। घर में जल्दी ही रम गई। माँ को रसोई से मुक्त कर दिया। बाबू जी की दवा, चाय और नाश्ता सब का ख्याल रखती। उज्जैन के मंदिर दर्शन करने गई तो वहाँ से गीता और सच्चे रुद्राक्ष की 101 मनकों की माला ला कर माँ जी को दी। माँ धन्य हो गई।

सरला सभी तीज त्योहारों पर माँ की आशा के अनुसार विधि-नियम का पालन करती। हर करवाँ चौथ पर व्रत रखती और माँ-बाबू जी का आशीर्वाद लेती।

"अरे, सुनती हो। अगले रविवार करवाँ चौथ है" अचानक उनके विचारों को अर्धविराम की बाधा उत्पन्न हुई।

"जी, मुझे याद है" – सरला ने सहज भाव से कहा।

"अरे, वो मुझे मालूम है। अपनी बहू का पहला करवाँ चौथ है। उसे समझा देना, कैसे क्या करना है?"

"जी, समझा चुकी हूँ। कोई फ़ायदा नहीं है। पढ़ी-लिखी बहू है। समझाने से नहीं समझती।"

"क्यूँ, क्या हुआ?" – देवकरन बाबू ने अख़बार सामने पड़ी टेबल पर रख दिया। चश्मा आँखों से उतर कर बाएँ हाथ में आ गया। एक-टक सरला को देख रहे थे।

"उसने साफ़ कह दिया है कि उसे इन रीति-रिवाजों में कोई रुचि नहीं है"

"अच्छा !" – देवकरन बाबू की आँखें आश्चर्य से और चौड़ी हो गईं।

"उल्टे कहती है, आप आकाश से कहें – वो चाहे तो व्रत रख ले।" – सरला ने बात ख़त्म कर गहरी सांस ली। मानों सर से बड़ा बोझ उतर गया हो।

देवकरन बाबू ख़ामोश रहे रहे। कुछ कहते नहीं बना। गंभीर चिंतन में थे कि एक महीन स्वर से उनकी तंद्रा टूटी।

"बाबू जी।" – देखा तो सामने सुनीता बाई खड़ी थी। सर पर पल्लू डाले। नज़र नीचे झुकाए हुए।

"क्या है? सुबह-सुबह? क्या फिर कोई विपत्ति आई है? क्या तुम्हारे आदमी ने फिर मार-पीट की है?"

"बाबू जी, वो तो ऐसा ही करता है।"

"फिर अब क्या हुआ?" – देवकरन बाबू झुँझला कर बोले।

"मैं रविवार को काम पर नहीं आऊँगी। यही बताना था।" – सुनीता ने कहा और चुप हो गई।

"क्यूँ, क्या है रविवार को?"

"करवाँ चौथ"

"तो? तुझे उससे क्या?"
"मेरा व्रत है। मैं काम से छुट्टी करूँगी।"

"तू किस के लिए व्रत रख रही है? वो तेरा पति जो तुझ से रोज़ मार-पीट करता है। उसके लिए?" – देवकरन बाबू ने खीजते हुए पूछा।

"जी"

"मगर क्यूँ? बहुत प्यार करती है तू उसे?"

"बाबू जी, प्यार क्या है वो तो नहीं जानती। मगर व्रत तो करना है।"

– सुनीता ने निर्णायक स्वर में कहा।

"और वो जो तुम्हारे साथ दुर्व्यवहार करता है? आए दिन मारपीट - उसका क्या?"

"बाबू जी, उसकी वो जाने। भगवान उसका हिसाब करेगा। मुझे तो अपना धरम निभाना है।"

देवकरन बाबू ने सरला की ओर देखा।

सरला नें नज़रें झुका लीं।

आज सुबह-सुबह एक हादसे से दो-चार होना पड़ा। आपसे ज़्यादा मेरे दर्द को कौन समझ सकता है? इसलिए आपको ज़हमत दे रहा हूं, इस क़िस्से के गवाह बनने की।

आज सुबह की बात है। हुआ कुछ यूँ -

हमने कहा - "बेगम! कभी तो प्यार से कोई मीठी सी बात बोला कीजिए"

बेगम - "आपको कड़वी कॉफ़ी की आदत है, मीठी बातें कहां सुहाती हैं?"

हमने कहा - "यह लीजिए, अपने लबों से छू लीजिए। इश्क़ की चुस्की लीजिए। कॉफ़ी क्या चीज़ है, ज़िन्दगी मीठी कर दीजिए"

बेगम के जवाब के इंतज़ार में हमारी कॉफ़ी ठंडी हो गई। इधर आफिस जाने का वक्त हो गया। लिहाज़ा बगैर कॉफ़ी पिए ही भागना पड़ा।

नाश्ता ऑफिस की कैन्टीन में हुआ।

इसे कहते हैं - *न ख़ुदा ही मिला न विसाल-ए-सनम*
न इधर के रहे न उधर के रहे

हादसे ज़िंदगी को रफ़्तार देते हैं। इनके बग़ैर बड़ी बेरुख़ी हो जाती है - ज़िंदगी।

सेवानिवृत्त दयाल बाबू एक लंबे समय तक सरकारी नौकरी में रहे थे। समय का पालन व अनुशासन उनकी रगों में ख़ून की मानिंद दौड़ता था। रोज़मर्रा की तरह आज भी वह नाश्ते के बाद घर से निकले और कस्बे का चक्कर लगा कर दोपहर के वक़्त नियत समय पर घर पहुँचे।

नौकरी से मुक्त होने के बाद यही उनकी दिनचर्या थी। लौटते हुए सब्ज़ी, किराना, मेडिकल स्टोर वाले शर्मा जी से गपशप के साथ-साथ इस उम्र में क्या दवा या टॉनिक लेना चाहिए इस पर मुफ़्त की सलाह। कभी-कभी किसी नई दुकान का उद्घाटन हो तो वहाँ शुभकामना संदेश व्यक्तिगत तौर से देकर शगुन की मिठाई का एक पैकेट बिमला के लिए भी लेकर आते।

"भाई सक्सेना ! मैं तो इतना ख़ुश हूँ तुम्हारी दुकान खोलने की ख़बर सुन कर कि बता नहीं सकता। मैंने बिमला से कहा था आने को। पर इन औरतों को घर के कामकाज से कब छुट्टी मिली है कि वो आती। उसका मिठाई का डब्बा मैं घर ही पहुँचा दूँगा।"

इस वाक्य में "सक्सेना" शब्द ही चलायमान था। बाकी स्थिर। एक शब्द बदल कर हर मौक़े पर काम आता था।

बैठक में छाता व टोपी रख, चप्पल उतार, घर के स्लीपर पहने । वॉश-बेसिन पर हाथ मुंह धोया, रसोई में पहुँचे और अपनी जगह पर बैठ गये । लंच की लकड़ी की पुरानी टेबल पर खाना रोज़मर्रा की तरह लगा था। दाल, चावल, सब्ज़ी, चोख़ा, दही, चटनी, पापड़ सब व्यवस्थित। पत्नी कुशलता से अपनी रसोई का काम काज सँभालती थी। 40 बरसों के साथ में उनको खाने के मामले में कभी शिकायत का मौक़ा नहीं दिया। पत्नी गैस पर गरमा-गरम चपाती बना कर उनकी प्लेट में रखती । गिन कर चपातियाँ बनती । घर में दो ही प्राणी थे। बेटा-बेटी, बहू-दामाद सब अपने-अपने घरों में।

कभी-कभार गर्मी की छुट्टियों में नाती-पोतों का आना हो पाता। उन दिनों चहल-पहल बढ़ जाती । घर में हलवा, सेवैयाँ , लड्डू, पिन्नियाँ भी बन जाती। अब दो बुजुर्गों के लिये इतना झंझट कौन करे? ज़रूरत पड़ने पर हरिलाल की दुकान से मँगा ली जाती।

दयाल बाबू ने दो चपातियाँ और थोड़ा चावल दाल-सब्ज़ी के साथ खाया। सब्ज़ी में नमक थोड़ा ज़्यादा लगा तो दही मिला कर खाया और खाने की भरपूर प्रशंसा की। उठने ही वाले थे कि बिमला ने न जाने कहाँ से एक और कटोरी आगे बढ़ा दी।

"अरे! यह क्या है?"
"हलुआ है"
आज त्यौहार का दिन था। अक्षय तृतीया व ईद - दोनों एक ही दिन। अजब संयोग था। चारों ओर धूम मची थी।
"अच्छा! हलुआ बनाया है। वाह!" - कह कर दयाल बाबू ने एक छोटी चम्मच उठाई और बड़े चाव से खाने लगे। खाते-खाते बचपन की यादों में चले गए। ईद का दिन तो मीठा ही मीठा होता था।

ईद के चार दिन पहले से ही हमारे घर से रहमता चचा के यहाँ दूध जाने लगता था। फिर ईद के दिन बड़े पतीले में थाल से ढक कर सेवैयाँ और अन्य मिठाइयाँ आती थीं। त्योहार सांझे होते थे। इधर कोई तीज-त्योहार होता तो चचा के यहाँ से दूध आ जाता। चचा के बागों से आम अमरूद, खेत से गन्ने व कोल्हू से गन्ने का रस और गुड़ नियमित रूप से पहुँच जाता था। दूध, अनाज व फलों का आदान-प्रदान होता ही रहता था। खाने-पीने की बहार रहती थी।

"अरी भागवान, बनाना ही था तो सेवैयाँ बना लेती। पता तो है आज ईद है।"
"हाँ, और आपको मालूम है आज अक्षय तृतीया भी है। हमने अक्षय तृतीया के चलते हलुआ बनाया है। हम कोनों मुसलमान हैं क्या? जो सेवैयाँ बनाएँ?"
बिमला की बात सुन कर दयाल बाबू ख़ामोश रहे। किसी सोच में डूबते चले गए।

अतीत की गहराइयों ने उन्हे अपने आग़ोश में ले लिया। यह क्या सुन रहा हूँ? जिस समाज में वो पले-बढ़े थे उसमे कहीं कोई भेदभाव नहीं था। खान-पान, पहनावा बोल-चाल सब एक जैसा। रहन-सहन एक जैसा। शादी, निकाह में सब की शिरकत।

बस नाम का फ़र्क़ था। शादी के फेरे या निक़ाह की रस्म। यही दो रस्में जुदा थीं। दोनों का अपना मज़ा था। रंग-बिरंगी दुनिया।

"क्या सोच रहे हैं? खा क्यूँ नहीं रहे है? अच्छा नहीं बना क्या?"
- सरला के ताबड़ तोड़ प्रश्नों से उनकी तंद्रा टूटी।

"आज पता चला... सेवैयाँ खाने के लिये मुझे शादी नहीं...
...निकाह करना चाहिए था।"

ख़ुदगर्ज़ बना देती है तलब की शिद्दत भी...
प्यासे को कोई प्यासा नज़र नहीं आता

-अंजुम लखनवी

घुँघरू

'**वै**लेंटायन डे' यानी प्रेम करने वालों का 'महाकुम्भ-उत्सव' जो कि एक ही साल में फिर से आ जाता है, नज़दीक आ रहा था। इसके साथ ही उन लम्हो की यादें ताज़ा हो रही थीं, जो कभी वीरान ज़िन्दगी में बहार बन कर आए थे।

इसका बचपन एक छोटे गाँव में गुज़रा। पिता ज़्यादा पढ़े लिखे नहीं थे। फिर भी उस ज़माने में अंग्रेज़ी में दस्तख़त करने की वजह से बिरादरी में उन का नाम था। खेती की ज़मीन उपजाऊ थी। पश्चिमी उत्तर प्रदेश के ज़िला सहारनपुर की ख़ासियत थी - हर हाथ को काम। हर काम को दाम। अनपढ़ और कम पढ़े-लिखे लोग भी चैन की ज़िंदगी गुज़ार लेते थे। दस बारह साल की उम्र होते होते बच्चों को दस्तकारी के काम में लगा दिया जाता। खेलते-कूदते बच्चे अपना बचपन नाई, दर्ज़ी, लोहार, ख़राद, बढ़ई, बिजली और मोटर मैकेनिक वग़ैरह के काम में ख़र्च करते और साँझ ढले ख़ाली हाथ घर लौटते। कोई मलाल न होता। एक दिन जब हुनरमंद हो जाएगा तो अपने पैरों पर खड़ा हो जाएगा। बस इतनी ही तमन्ना थी माँ-बाप की। तब किसी के आगे हाथ नहीं फैलाना पड़ेगा। चाकरी नहीं करनी पड़ेगी। इसी सोच के असर में इसे भी यासीन दर्ज़ी की दुकान पर बैठा दिया गया। सुबह रात की बची रोटी का नाश्ता कर के काम पे निकल जाता। दिन में उस्ताद की थाली से कुछ मिला तो खा लिया नहीं तो पानी पी कर दिन गुज़ार दिया। कभी इसके काम से ख़ुश हो कर किसी ग्राहक ने पाँच-दस पैसे बतौर बख़्शीश दिए तो समझो ईद हो जाती। वह चुपके से ये पैसे ला कर अम्मी को देता। अब्बा को बिना बताए। अम्मी, बेटे की गाढ़ी कमाई को अल्लाह की रहमत और अमानत मान कर जमा करती जाती।

"अम्मी, मैं भी स्कूल जाऊँगा।" सुन कर अमीना को अपने कानों पर यक़ीन नहीं हुआ। वह ज़मींदारों के बच्चों को टम-टम से स्कूल जाती देखती तो सोचा करती थी।
काश मैं भी अपने समीर को स्कूल भेज पाती।

शाम ढले हामिद खेत से घर लौटा। बैलों को छोड़, हाथ-पैर धो आँगन में बिछी

चारपाई पर उसने पैर पसारे तो अमीना ने तकिया ला कर उसके सिरहाने रख दिया।

सरताज बीड़ी का बंडल और माचिस भी ला कर दी। हामिद की आदत थी। वह खेत पर बीड़ी पीने के ख़िलाफ़ था। खेती उसके लिए इबादत थी। बैलों को परिवार का सदस्य समझता और पूरा ध्यान रखता कि वो स्वस्थ रहें। इसके जैसे क़द्दावर बैल कोसों दूर तक के गाँवों में न थे। होली, दीवाली और ईद पर, सींगों में तेल रगड़ कर चमकाता। बाइज़्ज़त किसानों की तरह उन्हें सजाता और ताँगे में जोत कर गाँव से क़सबे का चक्कर लगाता। बच्चे और अमीना भी साथ होते। क़स्बे की हलवाई की दुकान पर पकोड़े, जलेबी और लस्सी का नाश्ता सब मिल कर करते।

बीड़ी मुँह से लगा कर उसने माचिस की तीली रगड़ी। 'सर्र' की आवाज़ के साथ तीली जल उठी। बीड़ी सुलगा कर उसको फूँकते हुए उसने तीली ज़मीन पे गिरा कर दाहिने पैर की जुत्ती से रगड़ कर बुझा दिया। तहमद ऊपर उठा कर चारपाई पर पैर इकट्ठे कर के अधलेटा हो सुस्ताने लगा।

हामिद ने अमीना की तरफ़ देखा। वह रोज़ की तरह अंदर नहीं लौट गयी थी। शायद कोई बात थी। कहने के लिए रुकी थी। उसकी चुप्पी को वह भली-भाँति समझता था।

"हूँ ऽऽऽ, क्या बात है?" बीड़ी का लम्बा कश ले कर उसने पूछा।
"समीर को स्कूल में दाख़िल करवाना है।"
"क्यूँ, क्या करेगा पढ़-लिख कर? बाबुगिरी करवानी है क्या? लौंडा हाथ से निकल जाएगा।"
"हमारा समीर ऐसा नहीं है। पढ़ जाएगा तो हमारी भी इज़्ज़त होगी बिरादरी में। तालीम बहुत बड़ी चीज़ है। ज़रूरी है तरक़्क़ी के वास्ते।"

हामिद ने ग़रीबी का हवाला दिया। अमीना ने कहा वह किसी के घर का छोटा-मोटा काम, सिलाई-बुनाई कर के फ़ीस की रकम जुटा लेगी। किसी तरह अमीना ने हामिद को राज़ी कर लिया।

अब समीर स्कूल जाने लगा। स्कूल में एक ही मास्टर साब थे। रोबीली मूँछों पर नज़र का चश्मा लगाए, दाएँ हाथ में बैंत और बाएँ हाथ में किताब ले कर पढ़ाना।

पढ़ने के साथ-साथ स्कूल की साफ़-सुथराई का ज़िम्मा भी वहाँ पढ़ने वाले बच्चों का ही था। छुट्टी के दिन अपने उस्ताद की दुकान पर जाता और पहले की तरह काम सीखता।

मास्टर साब के घर का कोई सिलाई-तुरपाई का काम होता तो वह कर लाता। सिलाई के साथ-साथ स्कूल में भी समीर ने पढ़ाई में नाम कमाया। मिडिल तक की पढ़ाई पूरी कर क़सबे के स्कूल में दाख़िल करवाने मास्टर साब ख़ुद गए। अब उसने दर्ज़ी की दुकान पर जाना बंद कर दिया था। मास्टर साब ने समझाया था कि एक तरफ़ पूरा ध्यान लगा कर पढ़ो। ज़रूर तरक़्क़ी करोगे।

हामिद, समीर को देख कर ख़ुश होता। अमीना को दुआ देता। उसके ख़ानदान में इतना ज़हीन और सलीक़े वाला बच्चा और कोई नहीं था। वह ख़ुद किसी तरह अंग्रेज़ी में दस्तख़त कर लेता था। इस बात का उसे गुमान था। मेरा बेटा बड़ा अफ़सर बनेगा। मोटर में घूमेगा। रुतबा होगा।

उस्ताद के यहाँ काम करके जो चार पैसे अमीना के पास जमा किए थे उनकी ज़रूरत आ पड़ी थी। अब उसे कॉलेज की पढ़ाई करने दिल्ली जाना था। पार साल गन्ने की और फिर गेहूँ की फ़सल इस साल अच्छी हुई थी। हामिद ने ख़ुशी-ख़ुशी आढ़ती के पास से रुपये ला कर सब इंतज़ाम कर दिया। ज़रूरत होती तो वह ज़मीन भी रेहन रख समीर को पढ़ाता। समीर के कॉलेज के कुछ दोस्त पहले से दिल्ली में रहते थे। उन्होंने सब संभाल लिया। एक दोस्त के साथ रूम साँझा कर पूरा ध्यान पढ़ाई में लगा दिया। इसका दोस्त अनिल इससे एक साल आगे था। लॉ की पढ़ाई कर रहा था। उसका गाँव इसके गाँव से क़रीब आठ मील दूर पश्चिम में था। बहुत मेहनत से दोनों पढ़ने में लगे रहते। एक घर जाता तो घर से गुड़, अचार, घी और पराँठे ले कर लौटता। दोनों मिल बाँट कर खाते।

मकान मालिक इक्स्पोर्ट-इम्पोर्ट का कारोबारी था। दो लड़के और एक लड़की का पिता। लड़के बिज़्नेस में हाथ बँटाते थे। अमाया सब से छोटी थी। दसवीं में पढ़ती थी। कभी कभी गणित का कोई मुश्किल सवाल ले कर चली आती। इसे भी अच्छा लगता। सवाल समझ कर जाती और अम्मी के हाथ का नाश्ता, कभी हलुवा कभी कोई मिठाई दे जाती। पूछने पर कहती – "आपकी फ़ीस! अम्मी ने भेजी है"

जितनी तेज़ी से आती उससे दोगुनी तेज़ी से हँसते हुए लौट जाती। हँसते हुए अपना दुपट्टा मुँह में छुपाती तो इसे गाँव की याद आ जाती। शहर में रह कर भी यह कितनी भोली है। नरम दिल है। गोल-गोल मोटी काली आँखें, गोरे रंग के चेहरे पर ख़ूब जँचती थीं।

काफ़ी मेहनत से इसकी ग्रेजूएशन की पढ़ाई चल ही रही थी कि एक बैंक के मुक़ाबले वाले इम्तिहान में फ़ॉर्म दाख़िल कर दिया। मुश्किल थी, लेकिन शायद ऊपर वाले ने इसके लिए एक जगह चुन कर रखी थी। नतीजा आया तो इसका रोल-नम्बर 1816, पास होने वाले उम्मीदवारों की फ़हरिस्त में ऊपर ही था। अब तक ग्रेजूएशन भी मुक़म्मल हो चुका था।

अमाया ने कॉलेज में दाख़िला ले लिया था। उसके वालिद ने उसके कार से आने-जाने का इंतज़ाम किया हुआ था।

इसको भर्ती का नोटिस आया तो इसकी नौकरी यहाँ से दूर जनकपुरी में हो गयी। बैंक की नौकरी। शाम को देर तक काम रहता। प्रोबेशनर होने के नाते सब समझना पड़ता था। ओखला से रोज़ आना-जाना मुश्किल था। इसका दोस्त भी लॉ मुकम्मल कर यू. पी. लौट रहा था। वक़ालत करने। लिहाज़ा तय हुआ कि यह भी जनकपुरी में ही कमरा किराए पर ले कर रहेगा।

अब यहाँ से जाने का वक़्त आ गया था। कमरा खाली कर चाबी देने गया तो अमाया ने दरवाज़ा खोला। सफ़ेद सलवार और नीली क़ुर्ती पहने हुए थी। कानों में चाँदी के सुंदर झुमके लटक रहे थे। शायद जल्दी में आज वो दुपट्टा लेना भूल गयी थी। पहली बार इसे एहसास हुआ कि अब वो बच्ची नहीं रही। जवानी की दहलीज़ पर क़दम रख चुकी थी। नज़रों का मिलना था कि लब ख़ामोश ही रह गए। एक लम्हे के लिए इसे लगा कि वक़्त ठहर गया है।

"जी, कहिए" – अमाया ने पूछा।

अचानक उसे अपने दुपट्टे का ख़याल आया। शर्मा गयी। उसकी ख़ूबसूरती और बढ़ गयी। गोरे गालों पर 'डिम्पल' उभर आए जो इसने पहले कभी नहीं देखे थे।

"यह चाबी देनी थी"
"ठहरिए, अम्मी को बुलाती हूँ।" – कह कर वह अंदर चली गयी। थोड़ी देर में अम्मी के साथ वापस आ गयी।

अम्मी को चाबी दे कर शुक्रिया अदा किया। दो साल पहले खाली हाथ आया था आज उसके पास ग्रैजूएशन की डिग्री और बैंक की इज़्ज़त-याफ़्ता नौकरी थी। यह सब उसे इस घर में रहते हुए हासिल हुआ था। मन ही मन वो बहुत मशकूर(आभारी) था।

अम्मी ने इसे कभी-कभी आते रहने के लिए कहा। अम्मी को सलाम कर इसने अमाया की तरफ़ देखा। वह सर झुकाए चुपचाप सुन रही थी। नज़र मिली तो मुसकरा दी। दायाँ हाथ हिला कर उसने विदाई दी। अम्मी ने भी बहुत दुआएँ दीं।

इसे 'अमीना' की याद आ गयी। पिछले इतवार गाँव गया था। अपनी अम्मी और अब्बू को मिलने। दोनो बहुत ख़ुश थे इसकी क़ामयबी पर। उनके लिए बहुत फ़ख़्र की बात थी। उनका बेटा पढ़-लिख कर अच्छी नौकरी पा गया है। इस को साथ ले जा कर पीर बाबा पर चादर चढ़ाई। मोहल्ले में देसी घी का हलुआ बाँटा। रिश्तेदारों को इत्तिला की। कुछ मिलने आए, मुबारकबाद दी। कुछ को ईर्ष्या हुई। सुन कर चुप रहे। अपने-अपने बच्चों की ख़बर ली। बीवीयों को डाँटा। अमीना जैसी बनने की ताक़ीद की।

नया घर। नयी नौकरी। ऑफ़िस में नए लोग। इन सब के बीच वो चेहरा जो इसने सिर्फ़ एक बार देखा था। विदाई के वक़्त। यूँ तो पिछले दो सालों में उसने अमाया को बहुत बार देखा था। लेकिन यह मंज़र कुछ अलग था। अमाया पहले कभी इतनी ख़ूबसूरत नहीं लगी थी। न ही उसने कभी उसके बारे में कुछ सोचा था। फिर ऐसा क्या हो गया कि उसकी सूरत नज़र से हटती ही नहीं। ज़ेहन से उसका ख़याल जाता ही नहीं।

वक़्त गुज़रता जा रहा था। धीरे-धीरे सर्दी का मौसम शुरू हो गया। उसे अपने गाँव की याद आ गयी। सर्दियों में ईख़ की फ़सल की कटाई। कोल्हू में बनता गुड़। बैलों के गले से बंधी घंटियों की टन-टन। सौंधी-सौंधी उड़ती ख़ुशबू। रहा नहीं गया।

शनिवार की शाम गाँव पहुँच गया। सोमवार की सुबह लौटा तो अमीना ने ढेर सारा

गुड़, चावल और देसी घी बाँध कर साथ में रख दिया। बहुत सारी हिदायतें भी दीं। खाना वक़्त पर खाना। सेहत का ख़याल रखना वग़ैरह- वग़ैरह।

उसे ख़याल आया कि क्यूँ न अमाया को मिल लूँ? घर का देसी घी और गुड़ ले कर शाम को ऑफ़िस से ओखला की बस पकड़ी और 'बेल' बजा दी। भाई अयान ने दरवाज़ा खोला। देखते ही ख़ुश हो कर बोला – "आइए, भाई जान। हम तो समझे थे कि आप हमें भूल गए होंगे।"
"अपनों को कोई भूलता है? अम्मी कहाँ हैं? और अमाया?"
"दोनों ड्रॉइंग रूम में हैं। आइए आप।"
अयान के पीछे चलता हुआ वह ड्रॉइंग रूम में आ गया।

सलाम के बाद अम्मी के सामने वाले सोफ़ा पर बैठते हुए अमाया की तरफ़ देखा तो वह भी देख कर मुस्कराई। धीरे से 'हेलो' किया। लेमन कलर के लखनवी चिकन सूट पर मैचिंग दुपट्टा और कानों में चाँदी के झुमके की जगह आज काले रंग के रिंग्स ख़ूबसूरती में चार चाँद लगा रहे थे। नाक पर सोने की लोंग में जड़ा नग दूर से ही चमक रहा था।

"कैसे हो बेटा?" – अम्मी ने पूछा।
"जी, मैं ख़ैरियत से हूँ, आप? सब लोग?"
कह कर इसने अमाया की तरफ़ देखा। अयान जा चुका था।
"आपकी स्टडी कैसी चल रही है? कॉलेज के बाद क्या करने का इरादा है?"
"सोचती हूँ एम.बी.ए. कर लूँ। आप की क्या राय है?" अमाया ने गम्भीरता से कहा।
"ठीक ही है। जॉब के अच्छे चाँसेस हैं, एम.बी.ए. के बाद"
"इसको जॉब नहीं करना है। इसके डैडी चाहते हैं कि यह अपना बिज़्नेस करे, ख़ुदमुख़्तार बने और उनकी तरह बहुत पैसा कमाए" – अम्मी ने ख़ुलासा किया।
"मुझे फ़ॉरेन ट्रेड स्पेशलाईज़ेशन के साथ एम.बी.ए. करना है" - अमाया ने ज़ाहिर किया।

इसे यह सब सुन कर अच्छा लगा था। अम्मी ने गाँव से लाए हुए घी और गुड़ को क़ुबूल करते हुए शुक्रिया अदा किया।

थोड़ी देर बाद चलने लगा तो अम्मी ने कहा – "बेटा, तुम आते हो तो अच्छा लगता है। 14 फ़रवरी को इसका 'बर्थ डे' है। आ जाना और शाम का खाना हमारे साथ ही खाना। इसके डैडी भी होंगे।"

अमाया की तरफ़ देखा तो वह मुस्कुरा रही थी। वही मुस्कान जिस की याद इतने अरसे से बेचैन किए हुए थी। इसे अमाया की आँखों में इन्तज़ार की झलक दिखाई दी। जैसे कि आने के लिए इसरार कर रही हों। कह रही हों – "ज़रूर आना"।

"जी, ज़रूर। मैं हाज़िर हो जाऊँगा।" – कह कर, सलाम कर रुख़सत ली।

गहरी साँस भरते हुए घर से बाहर क़दम रखा। अमाया साथ आयी। गली के मोड़ तक।
"भूल मत जाइएगा"
"क्या? तुम्हें या तुम्हारा 'बर्थ डे'?"
"दोनों" – कह कर अमाया खिलखिला कर हँस दी। यह उसके बचपन वाली हँसी थी।

लेकिन आज उसने इसे अपने दुपट्टे के पल्लू में दबाया नहीं था। पाजेब के घुँघरू खुल कर हँस रहे थे।

पिछले छः बरसों में एक बार भी ऐसा नहीं हुआ कि समीर और अमाया इस दिन न मिले हों। कभी हुमायूँ मक़बरा, कभी लाल क़िला, कभी लोदी गार्डन तो कभी 'सी.पी.' यानी कनाट प्लेस। यह दिन दिल में अजीब ख़ुशी का एहसास और उमंग ले कर आता रहा है। लेकिन इस बार ऐसा नहीं है।

इस बार शायद मुलाक़ात भी न हो। वजह? वजह कि अमाया ने अपने सब वादे भुला कर रास्ता अलग कर लिया। डैडी ने मस्कट में बिज़्नेस पार्ट्नर अमन ज़ैदी से अमाया का रिश्ता तय कर दिया था। बिरादरी में इज़्ज़त का सवाल था। रिश्ते बराबरी देख कर किए जाते हैं। ज़ाहिर तौर पर अमाया रज़ामन्द थी। एम.बी.ए. करने का मक़सद अपना अंजाम हासिल कर चुका था।

पिछले छः बरसों के लम्बे अरसे में कोई दिन ऐसा नहीं गुज़रा कि जब समीर ने अमाया की ख़ैरियत न ली हो। उसका दिन कैसा गुज़रा, क्या पहना, क्या खाया किससे

मुलाक़ात हुई, क्या नया हुआ, सब का हिसाब उसकी डायरी में क़ैद है। उसकी हर बात पर अपनी राय दी। उसको लगता था, अमाया उसकी दोस्त न हो कर एक स्टूडेंट है, और उसका काम अमाया को तालीम देना है। तालीम, उस सब की जो इस दुनिया में जीने के लिए निहायत ज़रूरी हैं। अच्छे बुरे की पहचान, अपने लिए रास्ता बनाना, अपनी पहचान बनाना वग़ैरह-वग़ैरह।

इस बार का यह दिन उमंग का नहीं बल्कि उदासी की अलामत है। इधर कुछ दिनों से सब सूना-सूना लग रहा है। कभी मन करता है कि शहर छोड़ कर चला जाऊँ। यह शहर जिसके कोने-कोने में उसकी यादें मेरा पीछा करती है, अब मुझे अजनबी लगने लगा है। भीड़ में ख़ुद को तनहा पाता हूँ। लेकिन क्या मैं वो सब भुला पाऊँगा, जो मेरे वजूद का हिस्सा बन चुका है? जिसके बिना शायद मेरी पहचान ही खो जाए।

कितनी आसानी से, मासूमियत से एक-दो शुरुआती तनहा मुलाक़ातों के बाद ही उसने अपना हाथ समीर के हाथों में बेबाकी से रख कर कहा था - "मुझे यक़ीन है, तुम कभी मेरा साथ नहीं छोड़ोगे"।

"मैं तुमसे वादा करता हूँ कि दिल के जिस कोने में तुम्हारी जगह है, उसमें कोई तब्दीली नहीं होगी। उस जगह पर किसी का हक़ नहीं। वो सिर्फ़ तुम्हारी है, सिर्फ़ तुम्हारी"– कह कर अमाया को यक़ीन दिलाया था। आज भी उस पहले स्पर्श की याद ताज़ा है।

यह दिल्ली, यह हुमायूँ का ऐतिहासिक मक़बरा, जहाँ हम अनेकों बार मिले हैं, हमारी मोहब्बत के गवाह हैं। मैं आज भी वहीं खड़ा हूँ, लेकिन तुम कितना दूर जा चुकी हो। नयी दुनिया में मेरी सदा तुम तक न पहुँचे। यही मेरी दुआ है।

नींद को आँखों से ग़ायब हुए एक मुद्दत हो गई। कानों में 'घुँघरू' की आवाज़ मुसलसल सुनाई देती है। शायद अमाया 'गणित' का कोई मुश्किल सवाल ले कर आई है। जिसका हल मेरे पास नहीं है। मेरी लाचारी पर हँस रही है।

उसने कहा था

वो जब भी मेरे सामने आती, मुस्कुरा देती। हाथ हिला कर इशारा करती – "सब ठीक है?" मैं मुस्कुरा कर हाथ हिला देता – "सब ठीक है"

मेरी उससे कोई पहचान नहीं थी। लंच ब्रेक में यूँ ही एम. जी. रोड पर बेमक़सद घूमते घूमते सामना हो जाता था।

सरकारी नौकरी में मक़सद शेष नहीं रहता। सिर्फ़ 'समय' शेष रहता है। और 'समय' कभी एक सा नहीं रहता। 'समय ख़त्म' (retirement) होते ही आपकी उपयोगिता ख़त्म हो जाती है। मगर आपकी तमन्नाएँ ख़त्म नहीं होतीं। जवानी में तमन्ना थी - एक बॉय-कट बाल ओ' जीन्स वाली गर्ल फ्रेंड होती।

उसे देख कर तमन्ना फिर से जाग उठी। बुझे दिल में जैसे चिराग़ रौशन हो गया। उस दिन मैं रुक गया।

"हैलो"

"हाय सर – हाउ आर यू?"

"आइ एम फाइन – how do you do?"

"मैं परफ़्यूम बेचती हूँ – आप ले जाइए"

"अपनी फ्रेंड को दीजिए – आपको थैंक यू बोलेगी"

मैंने कहा - "मेरी कोई फ्रेंड नहीं है"

वो मुस्कुराई। मेरी आँखों में आँखें डाल कर बोली - "कोई बात नहीं, जिसको देंगे वो बन जाएगी"

मुझसे उसकी मुस्कुराहट बर्दाश्त न हुई। परफ़्यूम खरीद लिया।
शीशी ला कर घर पर रख दी।

आज बरसों बाद, एम.जी. रोड आया। उसकी याद आ गई। मगर वो कहीं नज़र नहीं आई। वापस आ कर सन्दूक खोला - शीशी सलामत थी।

अब मैंने शीशी को मेज़ पर रख दिया है। जब भी एम.जी.रोड जाता हूँ, जेब में 'शीशी' ले जाता हूँ। नजरें बेसाख़्ता उसे ढूंढती हैं। शायद वह मिल जाए।
उसी को दे दूंगा – फ्रेंड बना लूँगा।

उसने कहा था –
"जिसको देंगे, फ्रेंड बन जाएगी"

मुश्किल नहीं दर पेश गर नीयत नेक हो
सुहाना है ये सफ़र गर मंज़िल एक हो

- *अंजुम लखनवी*

समय रुक गया

मैं जयपुर पोस्टेड था। कुछ दिनों से स्वास्थ्य ठीक नहीं चल रहा था। डॉक्टर ने पूर्ण विश्राम की सलाह दी थी। आज नवां दिन था। घर पर ही रहने का। श्वेता को यह मालूम था। जान बूझ कर मैंने स्थिति की गम्भीरता के विषय में उसे सही-सही नहीं बताया था। यह दूसरा रविवार था जब मुझे उसके आने का इंतज़ार था। शायद आए, शायद नहीं। समय की रफ़्तार कुछ धीमी चल रही थी। बार-बार निग़ाहें ख़िड़की के परदे के पीछे से आने वाली धूप की तीव्रता को आँकने का प्रयास कर रही थी। भादो के महीने में धूप की चमक से समय का अनुमान लगाना कठिन होता है। अभी तो उसको अपने बहुत काम होंगे। सप्ताह में एक ही रविवार आता है। और फिर उसका घर यहाँ से दूर भी तो है। आने में काफ़ी समय लगता है।

प्रतीक्षा के एक-एक पल को अनुभव करते हुए दोपहर और फिर शाम का धुँधलापन खिड़की से मेरे मन को उद्वेलित कर गया। अब कोई आशा की किरण बाक़ी नहीं।

अचानक कुछ क़दमों की आहट हुई। घर पर काम करने वाली मेरी एक मात्र हेल्प, माया ने आ कर धीरे से मेरे कान में कहा – "मैडम आयी है"। निर्जीव शरीर में जैसे प्राणों का संचार हो गया। श्वेता आख़िर आ गयी। मेरे मन के संदेह, सुबह के सूरज की किरणों से ओस की बूँदों की तरह वाष्पित हो गए।

उसके हाथों में दो बैग देख कर मैंने निग़ाहों के इशारे से पूछा।
"तुम्हारी पसंद का अनानास और सेव, जो तुम्हारे लिए बहुत ज़रूरी है"
सुन कर मेरे मन की मलिनता जाती रही। मेरे क़रीब बैठ कर, उसने जब मेरे दाएँ हाथ की हथेली को अपने नरम और ऊष्ण हाथों में लिया तो एक पल के लिए मुझे ऐसा लगा जैसे जन्मों से मुझे इस पल का इंतज़ार था।

'रुको' - मैंने उसकी उँगलियों को जकड़ते हुए कहा। समय रूक गया।

अंतिम प्रश्न

स्मिता को शायद भूल भी जाता यदि हमारी मुलाक़ात मुंबई में फिर से न हुई होती। चंडीगढ़ से मेरा ट्रांसफ़र मुंबई हुआ तो मुझे इस बात का दूर-दूर तक अनुमान नहीं था कि मेरी ज़िंदगी में ऐसा मोड़ आने वाला है। मुंबई महानगर में मेरी यह पहली पोस्टिंग थी। बहुत कुछ नया लग रहा था। उत्तर भारत से अलग। मौसम से ले कर यहाँ रहने वाले लोग भी। देश के हर प्रदेश से यहाँ आ कर बसे लोग आपस में कैसे सामंजस्य बैठाते है? यह एक कौतुहल का विषय था। पंजाबी गणपति पूजा में भाग लेते है, तो मराठी दुर्गा पूजा में बंगाली के साथ भक्ति में डूब जाते है। बिहार का छठ पर्व भी उतने ही उत्साह से मनाया जाता है, जैसे केरल का ओणम। यहाँ भारत की अनेकता में एकता स्पष्ट दिखायी पड़ती थी। अभी तक इसको सिर्फ़ किताबों में पढ़ा था। अब अनुभव हो रहा था।

कम्पनी का फ़्लैट बांद्रा वेस्ट में अलॉट हुआ। समन्दर के किनारे, पेरी क्रास रोड पर। बिल्डिंग का नाम था कॉस्टा बेल। टर्नर रोड और कार्टर रोड के जंक्शन को क्रास करती इस रोड पर भारत के मशहूर क्रिकेट खिलाड़ी सचिन तेन्दुलकर का बंगला उन दिनो निर्माणाधीन था। बिल्डिंग के सामने पार्क था। पार्क के पीछे से कार्टर रोड समन्दर के किनारे किनारे दूर खार डांडा की बसाहत तक जाती थी। इसी सड़क पर राजेश खन्ना का बंगला भी था। इसके अलावा फ़िल्म इंडस्ट्री के बहुत सारे नामचीन कलाकारों के फ़्लैट भी आस पास थे। गीतकार गुलज़ार और जावेद भी नज़दीक के इलाक़े में रहते थे। जॉनी वॉकर का उजाड़ पड़ा बंगला इस बात का अहसास दिलाता था कि जिसने दुनिया को हँसाया, उसके मकान में कोई रौशनी करने वाला भी नहीं है। रोज़ सुबह और शाम मैं इस बंगले के सामने से निकलता और उदास हो जाता। राजेश खन्ना का बंगला भी कुछ कहता है। धन, दौलत, शोहरत सब फ़ानी है। शोहरत इंसान को दुनिया से दूर एक अकेली दुनिया में क़ैद कर देती है। जहाँ अकेलापन कभी न ख़त्म होने वाली अमावस्या की काली रात बन कर साथ नहीं छोड़ता। एक दिन यही अकेलापन इंसान को अपने आग़ोश में समा लेता है।

मुंबई का अपना इतिहास है। हर इमारत की एक अलग कहानी है। अतीत और वर्तमान का अनोखा संगम। अभी कुछ दिनो पहले बांद्रा वरली सी लिंक का उद्घाटन हुआ था। समन्दर के ऊपर केबल के सहारे बना सेतु अपने आप में एक आधुनिकता की मिसाल है।

कभी न सोने वाला यह शहर हर आने वाले का बाँहें पसारे स्वागत करता है। जो यहाँ आ जाता है, यहीं का हो जाता है। धीरे-धीरे मैं भी इस में रमने लगा। मेरा ऑफ़िस चर्चगेट और वी. टी. स्टेशन के बीच फ़्लोरा फाउन्टेन के सामने था। सुबह नौ बजे घर से निकल कर रात को आठ बजे के बाद ही घर वापस आ पाता था। सुबह का नाशता स्वयं तैयार करता। लंच ऑफ़िस की कैंटीन में होता। रात का खाना बांद्रा के एक मध्यम दर्जे के रेस्ट्रैंट 'साइबा' से ले कर ही घर लौटता था। 'साइबा' रेस्ट्राँ के बारे में कहा जाता है कि शुरुआती दिनो में सचिन तेन्दुलकर समय काटने और नाश्ता आदि करने अक्सर यहाँ आते थे। महाराष्ट्रियन और मालवानी खाना इसकी विशेषता थी। कोकम के रस से बनी सोल कढ़ी का जवाब नहीं। रात का मेरा ऑर्डर – तीन चपाती और मटकी उसल। हाजीअली दरगाह पर होता तो फ़ोन कर के ऑर्डर दे देता ताकि जब तक बांद्रा पहुँचता पैकेट तैयार मिलता।

धीरे-धीरे वक़्त गुज़रता जा रहा था कि एक दिन दादर के रमाबाई फुले कॉलेज से आमंत्रण पत्र मिला। लिखा था - आगामी स्वतंत्रता दिवस पर मुझे विशिष्ट अतिथि के तौर पर कॉलेज में आना है। मैंने सहमति पत्र भेज दिया। अभी दस दिन बाक़ी थे। रोमांच हो रहा था। मेरे लिए यह पहला मौक़ा था। इस से पहले मैं कभी, कहीं भी विशिष्ट या मुख्य-अतिथि बन कर नहीं गया था।

15 अग़स्त ।

सुबह 8 बजे मैं तैयार हो कर दादर के लिए निकला। 8.30 पर कार्यक्रम शुरू होना था। माहिम होते हुए दादर पहुँचने के लिए 15-20 मिनट काफ़ी थे। मुझे प्रिन्सिपल के कमरे के साथ वाले वेटिंग हाल में बैठा दिया गया। प्रिन्सिपल के बारे में मैं अनजान था। कार्ड पर भी संयोजक का नाम था। मुझे बताया गया कि प्रिन्सिपल बस अब आतीं ही होंगी। वहाँ पर रखे दैनिक 'सामना' को पढ़ते-पढ़ते मैं वक़्त काटने लगा।

तभी लेडीज़ सैंडेल की ठक़-ठक़ की आवाज़ से मेरा ध्यान टूटा। देखा तो स्काई ब्लू

रंग की साड़ी में लिपटी एक ख़ूबसूरत महिला धीरे-धीरे गलियारे से इस कमरे की तरफ़ शालीनता से बढ़ रही है। मैं देखता ही रह गया। मुझे अपनी आँखों पर यक़ीन नहीं हो रहा था।

मैं उठ कर खड़ा हो गया और उस महिला को एकटक देखने लगा।
क़रीब आने पर जब उसने "गुड मार्निंग" कहा तो मुझे लगा कि जैसे मेरे पाँव के नीचे की ज़मीन हिल रही है।

"गुड मार्निंग" - मैंने ख़ुद को सम्भालते हुए जवाब दिया।
"आप ? आप, स्मिता मल्होत्रा ?"- मैंने कुछ संशय भरे स्वर में कहा।
"जी, क्या आप को कोई संदेह है?"- उसने बिल्कुल ही सामान्य स्वर में जवाब दिया।
"स्मिता, तुम यहाँ? मुझे यक़ीन नहीं हो रहा है, कि तुम मेरे सामने हो।"- मैंने धीरे-धीरे सामान्य होते हुए कहा। अचानक ही उसे आप की बजाय तुम से पुकारने लगा।

"तुम यहाँ कब से हो? हम लोग ऐसे मिलेंगे, मैंने कभी सोचा भी नहीं था।"- मैंने हैरानी भरे स्वर में कहा।
"ज़िंदगी में बहुत कुछ ऐसा होता है, जो हम कभी नहीं सोचते"- उसने अपने व्यक्तित्व को दर्शाते हुए कहा।

अब तक मैं सामान्य हो चुका था। तभी एक और महिला आयी और बोली- "मैडम, चलिए, सब तैयार हैं।" स्मिता ने साथ चलने का इशारा किया और आगे बढ़ गयी। मैं मंत्रमुग्ध उसके पीछे प्रांगण की ओर चल दिया।

एक शर्मीली लड़की से एक आत्मविश्वास भरी महिला। एक स्टूडेंट से प्रिन्सिपल। इतना लम्बा सफ़र तय करने के बाद आज हम लोग यहाँ पर मिल रहे थे। मेरी ख़ुशी और आश्चर्य का ठिकाना नहीं था। यह वही लड़की है, जिसके असायन्मेंट्स करने में मैं मदद किया करता था। अच्छा लग रहा था।

राष्ट्रगान और दूसरे कार्यक्रम के बाद अंत में जब भाषण देने का समय आया तो स्मिता ने ख़ुद मेरा परिचय कराया।

"आज हमारे बीच में हमारे अतिथि, एक ऐसे व्यक्ति हैं, जो अपने स्टूडेंट लाइफ़ में टीचर के लिए भी एक चैलेंज थे। जिनके क्लास में होने पर टीचर अतिरिक्त सावधान रहते थे" - स्मिता ने मंच से कहा तो मुझे कॉलेज के उन दिनों की याद आ गयी। जब मैं पहली बार उसके घर गया था और उसने मुझे अपनी मम्मी से मिलवाया था।

हालाँकि मैंने कोई तैयारी नहीं की थी, फिर भी शायद स्मिता की उपस्थिति और प्रेरणा से मैंने अच्छा भाषण दिया। स्टूडेंट्स ने कुछ सवाल भी पूछे।

"सर! अच्छा विद्यार्थी किसे कहते है?" - एक स्टूडेंट ने पूछा।
"जो अपने टीचर को भी प्रश्न करे" - मैंने कहा।
"सर, आज्ञाक़ारी होना क्यूँ ज़रूरी है?" - दूसरे स्टूडेंट ने पूछा।
"ताकि, आप अपने गुरु के मार्गदर्शन से लक्ष्य की प्राप्ति शीघ्र कर पाएँ। इस के साथ, यदि आप अपने विवेक का उपयोग करेंगे तो लक्ष्य क़रीब हो जाएगा।" - मैंने समझाया।

इसके साथ ही उनको स्वामी विवेकानन्द की शिक्षा और उनके जीवन के विषय में बतलाया। स्वामी जी कहते है - "किसी का अनुसरण करने की बजाय अपना रास्ता स्वयं चुनो। अपने विवेक का प्रयोग करो। आप में असीम क्षमता है। किसी से डरो मत। अपने आप पर विश्वास रखो।"

मैंने अनुभव किया, जब मैं वार्तालाप कर रहा था तो स्मिता बड़े ध्यान से सुन रही थी। शायद उसे मुझ में कुछ बदला हुआ लग रहा था। जैसा कि मैंने उसके व्यक्तित्व में अनुभव किया था।

कार्यक्रम समाप्त होने पर हम लोग प्रिन्सिपल रूम में वापस आ गए। कार्यक्रम अच्छा रहा। सब लोग निवृत्ति का अहसास कर रहे थे।थोड़ी देर में चाय आ गयी। सब लोग जा चुके थे। मैं और स्मिता रह गए। मौक़ा देखकर मैंने जिज्ञासाओं का पिटारा खोला।

"तुम यहाँ कब से हो?" - मैंने पूछा। "घर में और कौन-कौन है? अजय कैसे है?"
"अरे, एक-एक कर के पूछेंगे तो मैं शायद कुछ बता पाऊँ।

"यहाँ मैं, अजय और हमारी एक बेटी, नित्या है। अजय कभी इंडिया, कभी विदेश रहते हैं। नित्या बड़ी हो गयी तो मैंने कॉलेज ज्वाइन कर लिया। आख़िर तुमने इतनी मेहनत से मुझे कॉलेज में पास करवाया था, उसका भी कोई उपयोग तो होना चाहिए।"
"मम्मी, कैसी हैं? वो वहीं देहरादून में हैं?" - मैंने और पूछा।
"हाँ, वो सब लोग वहीं पर हैं। " - उसने कहा।
मेरी जिज्ञासा का कोई अंत नहीं था।

"तुम ने मुझे आमंत्रण भेजा तो बताया क्यूँ नहीं, कि तुम यहाँ पर हो?"
- मैंने फिर से पूछा।
"मैं तुम्हें सर्प्राइज़ देना चाहती थी। वैसे मुझे कुछ दिन पहले ही तुम्हारे यहाँ होने का पता चला है।" - स्मिता ने कहा।
"कैसे पता चला?" - मैंने जिज्ञासा से पूछा।
"अजय का बिज़्नेस तुम्हारे बैंक से ही है। ब्रांच मैनेजर ने उनको बतलाया कि नए आर. एम. आए हैं, चंडीगढ़ से मिस्टर कपूर! अजय ने मुझे बतलाया, और मैंने निमंत्रण पत्र भेज कर चेक कर लिया, कि नए आर. एम. हमारे ही मिस्टर कपूर हैं। अब समझे?"

उसने कहा तो मैं समझ गया कि मेरा पाला एक साधारण महिला से नहीं बल्कि एक बहुत इंटेलिजेंट लेडी से पड़ा है।

"अब तुम बतलाओ - कैसी कट रही है, शादी की या नहीं?"- स्मिता ने वही प्रश्न किया जिसका उत्तर देना मेरे लिए कठिन था।
"कैसे करता? तुम्हारा तो कुछ अता-पता ही नहीं था।"- मैंने मुस्कुराते हुए कहा।
"अच्छा?" - स्मिता ने कटाक्ष किया।
"क्या, मैंने कोई वादा किया था, जिस की इन्तज़ार में तुम अभी तक अकेले बैठे हो?"
– स्मिता ने कहा।
"नहीं, तुमने कोई वादा नहीं किया, न कोई वादा तोड़ा, बस कोई पसंद ही नहीं आया।"
- मैंने बात को लगभग समाप्त करने के लिहाज़ से कहा।

मुझे सबसे ज़्यादा परेशानी इसी स्थिति का सामना करने में होती थी। जब कोई पूछता था कि मैंने शादी क्यूँ नहीं की। शादी क्यूँ ज़रूरी है? इस प्रश्न का कोई संतोषजनक उत्तर कभी नहीं मिला।

"तुम्हारा रेज़िडेन्स कहाँ है?"- मैंने बात बदलते हुए पूछा।
"वरली सी-फ़ेस पर" - स्मिता बोली। "तुम कहाँ रहते हो?" - उसने पूछा।
"दूसरे छोर पर, सी-लिंक के उस पार, बांद्रा वेस्ट।" - मैंने कहा।
"अरे, बहुत क़रीब है, मुंबई में ऐसा संयोग कम ही होता है।" - स्मिता ने ख़ुशी का इज़हार किया।
मुझे उसकी ख़ुशी देख कर अच्छा लगा।
"अजय कैसे हैं?" - मैंने पूछा।
"वो, ठीक हैं, आजकल दुबई गए हैं, अपने बिज़नेस के सिलसिले में" - स्मिता बोली।
अचानक स्मिता ने घड़ी देखी, "मुझे अभी जाना है, नित्या को उसके स्कूल से 'पिक' करने। वैसे आज शाम को क्या कर रहे हो?" - स्मिता ने पूछा।
"कुछ ख़ास नहीं, छुट्टी के दिन शाम को समंदर के किनारे 'वॉक एन टॉक'।"
- मैंने मुस्कुराते हुए कहा।

"तुम नहीं बदले, वही अन्दाज़ - वही मुस्कान। याद है एक बार तुम को इसी मुस्कान की वजह से डाँट पड़ी थी। प्रोफ़ेसर सिंघल से?" - स्मिता ने कहा।
"हूँ, याद है। क्या करूँ ? ओल्ड हैबिट्स डाई हार्ड।" - मैंने फिर शरारत से कहा।

आज इतने दिनों बाद स्मिता से मिलने पर लग रहा था कॉलेज के दिन वापस आ गए।
"ओ.के., शाम को डिनर पर मिलते हैं। 'ताज लैंडज़-एंड्' में। दोनों को क़रीब पड़ेगा।"
- स्मिता ने फ़ैसला सुना दिया।

स्मिता अभी भी बिलकुल वैसी ही थी। वक़्त के साथ-साथ क्या इंसान भी बदलता है? शायद हाँ - शायद नहीं। हालात, इंसान को बाह्य तौर पर शायद बदल देते हैं, लेकिन उसके अंदर एक बच्चा हमेशा ज़िंदा रहता है। जो समय-समय पर अपना सर उठा कर इंसान को उसकी वास्तविकता से रु-ब-रु कराता रहता है। दुनिया के लिए हम एक इश्तहार की माफ़िक़ होते हैं जिसे पढ़ कर हर कोई अपने मतलब के मायने निकालता है। लोग उपयोगिता के आधार पर हमारा मूल्यांकन करते हैं। धीरे धीरे हम भी इसी को सत्य मान कर स्वयं को उसी नज़रिये से देखने लगते हैं। हमारी पहचान एक पद और उससे जुड़ी प्रतिष्ठा से होने लगती है। बस यहीं से हमारा बचपन हमसे छूटने लगता है। हम ख़ुद से दूर होने लगते हैं। आईने से मुँह चुराने लगते हैं।

आज लग रहा था कि मेरे अंदर का बच्चा जाग गया है। मुझे वो शाम याद आ गयी जब हम लोग जयपुर में थे। होटल की छत पर चाँद की चाँदनी में मैंने स्मिता को चूम लिया था। अपने प्यार का इज़हार किया था। क्या आज फिर कुछ वैसा ही होने वाला है? स्मिता ने मुझे सीधे डिनर के लिए क्यूँ बुलाया?

हम लोग आज ही तो मिले है। इतने बरसों के बाद। वो अजय के लौटने का इंतज़ार भी तो कर सकती थी। हम सब एक साथ मिल कर शाम गुज़ार सकते थे। स्मिता मुझ से अकेले मिलना चाहती है। सोच कर रोमांच हो रहा था।

घर आ कर बेसब्री से शाम का इंतज़ार करने लगा। धीरे-धीरे सामने वाली खिड़की से छन कर आने वाली धूप मद्धिम होने लगी। सूरज समन्दर के क़रीब नीचे खिसकता जा रहा था। पंछी अपने नीड़ की ओर लौट रहे थे। सामने दूर तक फैले समन्दर के पानी में सूरज की परछाईं दिखने लगी। आहिस्ता-आहिस्ता सूरज समन्दर की गोद में समा गया। मेरे मन मस्तिष्क में स्मिता भी कुछ इसी तरह समा गयी। बरसों से दिल में छिपे एहसास ताज़ा हो गए। एक अनोखी अनुभूति हो रही थी। सुखद एहसास। ताज़गी भरी उमंग।

आठ बजने में समय बाक़ी था। मैंने स्नान कर के 'पार्टी वीयर' ड्रेस निकाली। पर्फ़्यूम लगाया और 'ताज लैंड्ज़ एंड' बांद्रा की ओर निकल गया। रास्ते में चर्च के सामने से गुलाब की एक कली ख़रीद कर ब्लेज़र के अंदर की जेब में रख ली। होटल के लाउंज में पहुँचा तो स्मिता वहाँ नहीं थी। कॉर्नर के सोफ़ा पर बैठ कर इंतज़ार करने लगा। निगाहें द्वार की ओर लगी थीं, जिधर से स्मिता को आना था। एक-एक पल एक घड़ी की तरह गुज़र रहा था।

सामने रखी पत्रिकाएं इत्यादि उठाई और देख कर रख दी। देखते-देखते साढ़े आठ बज गए। स्मिता का कहीं कुछ पता नहीं था। मुझे लगा शायद मैंने ठीक से सुना नहीं। हो सकता है वो मेरा इंतज़ार कहीं और कर रही हो। इसी उहा-पोह में वक़्त गुज़र रहा था। मुझे लगा शायद आज मुलाक़ात नहीं होगी। मेरा उत्साह ठंडा पड़ गया। धीरे से उठ कर लाउंज से बाहर निकला। तभी देखता हूँ एक टैक्सी आ कर रुकी। पिछला दरवाज़ा खुला और उसमें से स्मिता निकल रही थी।

गुलाबी रंग की साड़ी में, हील वाले सैंडल, दोनों बाहों में सुहागिन की चूड़ियाँ, गले में सुंदर नेकलेस, सुंदर माथे पर बिंदी लगाए अप्सरा की तरह लग रही थी।

"हेलो" उतरते ही उसने कहा। मुझे वहाँ पर खड़े हुए देख लिया था।
"अरे, यहाँ क्यूँ खड़े हैं, अंदर बैठना चाहिए था न" - स्मिता बोली।

कुछ न बोल पाया। बस एक ख़ामोशी भरी निगाह से उसको देखता रहा। उसने आगे बढ़ कर मेरे बाँए हाथ को अपने दाएँ हाथ से पकड़ा और लाउंज की तरफ़ बढ़ चली। मेरे पूरे बदन में सिहरन हो गयी। इंतज़ार की थकान काफ़ूर हो गयी। कोई शिकवा बाक़ी न रहा। लाउंज पार कर के हम लोग रेस्ट्राँ, जो कि दायीं तरफ़ कुछ ऊँचाई पर था, की ओर बढ़ गए।

"गुड इवनिंग, मैम। वेल्कम, आप की टेबल इधर है" - कहकर कैप्टेन ने कॉर्नर की ओर इशारा किया।

एक दूसरे के सामने बैठ गए। मैंने साथ लायी गुलाब की कली स्मिता की ओर बढ़ाई जिसे उसने "थैंक यू" बोल कर अपनी दायीं साइड में टेबल पर रख लिया।
"और सुनाओ, कैसे कट रही है, ज़िंदगी?" - स्मिता ने पूछा।
"बस रुक-रुक कर कटती ही जा रही है।" - मैंने कहा।
"रुक-रुक कर, कैसे?" - स्मिता ने पूछा।
"कभी पुरानी यादों में खो जाता हूँ तो लगता है, कि ज़िंदगी ठहर सी गयी है।"
- मैंने उत्तर दिया।
"तुम्हारी सभी बातें, रहस्यमयी होती हैं, कभी तो सादगी से बात किया करो।"
- स्मिता ने प्यार से सीख दी।

तब तक वेटर ऑर्डर लेने के लिए आ गया। हम लोग बहुत बरसों के बाद मिले थे। स्मिता को इस वक़्त क्या पसंद होगा? मैंने उस से ही पूछ लिया।
"कॉफ़ी" - उसने कहा। और तुम क्या लोगे? "जो भी तुम चाहो" - मैंने कहा।
"फिर वही घुमावदार बात? ठीक से बताओ इस वक़्त क्या पसंद करोगे?"
- स्मिता बोली।

"रेड वाइन" - मैंने तुरंत जवाब दिया।
उसने कॉफ़ी और रेड वाइन का ऑर्डर दे दिया।

"इस वक़्त कोई शरीफ़ आदमी भला कॉफ़ी पीता है?"
- मैंने उसको छेड़ने के लिए पूछा।
"जी, शरीफ़ आदमी तो रेड वाइन पी ही रहे हैं, हम तो न कभी शरीफ़ थे, न हैं"
- उसने शरारत से जवाब दिया।
"और जॉब कैसा चल रहा है? काफ़ी बिज़ी रहते होंगे?" - उसने पूछा।
"ज़िंदगी का सिलसिला ही ऐसा है, बिज़ी न रहें तो ज़िंदगी बेमानी लगने लगती है।"
- मैंने कहा।
"बिलकुल ठीक, यही सोच कर मैंने यह जॉब ज्वाइन किया है। अजय अक्सर बाहर रहते हैं, नित्या के स्कूल जाने के बाद मुझे कोई काम नहीं रहता था।"- स्मिता बोली।
"तुम अजय के साथ विदेश घूमने नहीं जाती?" - मैंने पूछा।
"उनको बहुत हैं, कम्पनी के लिए। मेरी ज़रूरत नहीं। मैं यहीं ठीक हूँ।" - स्मिता ने कुछ इस तरह से कहा कि मैंने चुप रहना ठीक समझा।

मैंने उसकी आवाज़ में छिपा दर्द महसूस किया। मुझे मालूम था कि स्मिता और अजय की लव मैरिज थी। स्मिता के माता-पिता उसकी शादी इतनी जल्दी नहीं करना चाहते थे। वो चाहते थे स्मिता अभी और पढ़े। Ph.D करे। लेकिन स्मिता ने उन पर दबाव डाल कर अपनी मर्ज़ी से यह शादी की थी।
इतने में वेटर हमारा ऑर्डर सर्व करने आ गया।

"शकर?" - मैंने पूछा।
"एक चम्मच" - स्मिता बोली।
मैंने कॉफ़ी में शकर मिला कर उसकी तरफ़ बढ़ाई। उसने 'थैंक्स' बोल कर मुस्कुराते हुए ले ली। वाइन का गिलास उठा कर जब उसको 'चीयर्स' किया तो उसने अपना कप मेरे गिलास से टकरा दिया। दोनों अपना-अपना ड्रिंक एंजॉय करने लगे। तभी मेरी निगाह स्मिता के गले के नेकलेस पर गयी। मुझे पल भर में याद आ गया यह वही नेकलेस था। वही, जो मैंने उसको जयपुर में गिफ़्ट किया था। अचानक मुझे वाइन का असर महसूस होने लगा। यह वाइन का असर था या फिर उस रात की याद का? कहना मुश्किल था। लेकिन एक अजीब सा गहरा सुरूर महसूस कर रहा था।

याददाश्त मुझे जयपुर ले गयी। जहाँ उस रात होटल के टेरेस पर मैंने यह नेकलेस स्मिता को अपने हाथों से पहनाया था। पहली बार अपनी मोहब्बत का इज़हार किया था। वो चाँद, खुला आसमान, छत पर मैं और स्मिता। उस रात उस वक़्त मैंने स्मिता को चूम लिया था। पहली बार और सिर्फ़ एक बार।

बस यही और इतनी सी दास्ताँ थी हमारे इश्क़ की। एक मासूम इश्क़। जहाँ कोई चाहत नहीं, वासना नहीं। कोई अपेक्षा नहीं, शिकायत नहीं। लेकिन स्मिता को मेरे प्यार का एहसास था। शायद इसीलिए उसने फिर से मुझे खोज लिया है? कहते हैं कि एक जन्म में जो प्यार अधूरा रह जाता है उसे अगले जन्म में पूरा करने का अवसर फिर से आता है। हमें यह अवसर इसी जन्म में फिर से मिला है। हम ख़ुशक़िस्मत हैं।

"क्यूँ, कहाँ खो गए? जनाब!" - स्मिता की आवाज़ से मेरा ध्यान टूटा।
"नहीं, कुछ नहीं। बस कुछ पुरानी यादें ताज़ा हो गयी थीं। " - मैंने कहा।
"कौन सी यादें? मुझे भी बताइए।" - स्मिता ने पूछा।
"हमारा जयपुर का टूर। याद है, कितना मज़ा आया था?" - मैंने कहा।
"तुम्हारे नेकलेस ने सब यादें ताज़ा कर दीं।" - मैंने आगे कहा।
स्मिता ने गर्दन झुका कर नेकलेस देखा और धीरे से मुस्क़रा दी।
"तुम्हारा गिफ़्ट है। गले से लगा कर रखा है।" - स्मिता ने कहा तो मेरी रगों में ख़ून की रफ़्तार और तेज़ हो गयी। शाम और सुहावनी होती नज़र आने लगी।

मद्धिम रोशनी में सामने बैठी स्मिता आज से पहले इतनी ख़ूबसूरत कभी नज़र नहीं आयी थी। उसका चेहरा दमक रहा था। उसकी आँखें बार-बार मेरी आँखों से दो चार हो रही थीं। नज़रों का मिलना और मुस्कुराने का सिलसिला लगातार चल रहा था।

रेड वाइन का गिलास ख़ाली हो चुका था। स्मिता ने वेटर को इशारा किया। उसे वाइन 'रिपीट' करने का ऑर्डर दे दिया। वाइन का दूसरा दौर शुरू हुआ। माहौल रोमांटिक हो चुका था।

"स्मिता, क्या तुम जानती हो, मैं तुम्हें कॉलेज के दिनों से ही पसंद करता था?"

"जानती हूँ" - स्मिता बोली।

"फिर तुमने मुझ से अलग रास्ता क्यूँ चुन लिया?" - मैंने पूछा।
"कुछ प्रश्नों के उत्तर मैं आज नहीं दे पाऊँगी। तुम्हें इंतज़ार करना पड़ेगा।"
- स्मिता बोली।
"लगता है मेरी सारी उम्र इंतज़ार में ही कट जाएगी।" - मैंने कहा।
"उम्र-ए-दराज़ माँग कर लाए थे चार रोज़, दो आरज़ू में कट गए, दो इंतज़ार में"
वाइन ने मेरे अंदर के शायर को जगा दिया था।

"तो तुम शायरी भी करने लगे हो?" - स्मिता ने मुस्कुराते हुए कहा।
"इश्क़ इन्सान को क्या-क्या बना देता है? तुम पत्थर दिल क्या जानों?"- मेरी झिझक समाप्त हो गयी थी। रगों में वाइन का दौरा और तेज़ हो गया था।
"अच्छा, शायर साहब, खाना भी खाना है कि नहीं? क्या ऑर्डर कर दूँ?"- स्मिता ने बहुत प्यार से पूछा।
"जो भी तुम को पसंद हो। मेरे क्या है, जो मिल जाए, वही ठीक है।"- मैंने शायराना अन्दाज़ में कहा।
स्मिता ने मेन्यू कार्ड मेरे सामने रख दिया और वेटर को इशारा किया।

"तुम क्या पसंद करोगी?" - मैंने स्मिता से पूछा।
"कुछ नहीं, मेरा डिनर मेरी कॉफ़ी, बस। मैं रात में कुछ नहीं लेती।" - स्मिता ने कहा।

मैंने सिर्फ़ बिरयानी का ऑर्डर किया और एक और वाइन ग्लास का इशारा वेटर को किया। वाइन का ग्लास आ गया। स्मिता मुझे वाइन के फ़ायदे समझाने लगी। रेड वाइन इज़ गुड फ़ोर हार्ट। जिनका दिल अच्छा होता है, वो रेड वाइन पीते हैं। मुझे मालूम था कि स्मिता ने मैथेमैटिक्स से पोस्ट ग्रैजूएशन किया है। लेकिन वो गणित वाइन की समीकरण बन जाएगा, सोचा न था।

डिनर के बाद बाहर निकले तो बरसात हो रही थी। मौसम बहुत ही सुहावना था। सामने से समन्दर की हवा ने स्मिता की ज़ुल्फ़ों को लहरा दिया। हवा और लहरों की आवाज़, बारिश, खुला आसमान, सब कुछ जैसे कि वक़्त की साज़िश थी। ऐसे में, मैं और स्मिता। मैं ड्राइविंग सीट में और स्मिता मेरे बाँयी तरफ़ सामने की सीट पर।

"चलो लाँग-ड्राइव चलते है।" - मैंने कहा तो स्मिता सिर्फ़ मुस्क़रा दी।

'सी-लिंक' पार कर के साउथ मुंबई की ओर मरीन ड्राइव की तरफ़ निकल गए। मरीन ड्राइव को प्रेमियों के मिलन-स्थल के नाम से भी जाना जाता है। बारिश अभी भी हो रही थी। समन्दर के किनारे सुंदर सपाट और चौड़ी सड़क पर इस वक़्त ज़्यादा ट्रैफ़िक नहीं था। सड़क के किनारे लम्बे और ऊँचे लैम्प पोस्ट पर चमकते हाइड्रोजन बल्ब सुनहरी रोशनी फैला रहे थे। दूर तक दिखने वाले यह बल्ब, एक नेकलेस का स्वरूप ले रहे थे। इसीलिए इसे क्वींज़ नेकलेस कहा जाता है।

समन्दर की लहरें किनारे के पत्थरों से टकरातीं और लौट जातीं। कुछ क्षणों की शांति के बाद फिर से साहस जुटातीं और ज़्यादा आवेग के साथ फिर से किनारे को छूतीं। ऐसा ही कुछ मेरे मन में चल रहा था। स्मिता की ख़ामोशी शायद मेरे कुछ कहने का इंतज़ार कर रही थी। गाड़ी किनारे पर रोक दी। मैंने अपने बाएँ हाथ की हथेली को खोला और स्मिता की ओर बढ़ा दिया। स्मिता की आँखों में आँखे डाल कर मैंने उस से अपना हाथ देनें लिए कहा। स्मिता ने अपना दायाँ हाथ मेरे बायें हाथ पर रख दिया।

हथेलियों के मिलते ही एक ऊर्जा का संचार हुआ। रगों में बहने वाले ख़ून की रफ़्तार तेज़ हो गयी। साँसे भी गरम हो गयी थीं। इसका अहसास मुझे नासिका से निकलने वाली तेज़ गरम हवा से हुआ। मैंने स्मिता को अपने क़रीब खींचने का प्रयास किया। कार की सीट में यह सम्भव न हुआ। बायाँ हाथ स्मिता के गले में डाल दिया। अपनी ओर खींच कर उसके दहकते हुए लबों पर एक चुम्बन रख दिया। उसने कोई प्रतिरोध नहीं किया। दोनों ही एक अजीब नशे की हालत में थे। बाहर की दुनिया से बेख़बर। धीरे से लब अलग हुए तो मैंने उसके गालों को चूमना शुरू किया।

अचानक पुलिस की गाड़ी के सायरन से हमारा ध्यान टूटा। शायद किसी वी.आइ.पी. की गाड़ी वहाँ से गुज़र रही थी।

धीरे से मेरी पकड़ ढीली होती गयी। हम दोनों वापस अपनी सीट में सहज होने लगे। कार का वाइपर चला कर बाहर देखा तो बारिश थम चुकी थी। हवा की रफ़्तार अब कम हो गई थी। हम लोग गाड़ी से बाहर आ गए। स्मिता धीरे से मेरे दाहिनी साइड में काफ़ी क़रीब आ गयी। मैंने उसका बायाँ हाथ बड़ी नरमी से अपने दाएँ हाथ से पकड़ा और सड़क पार कर मरीन-ड्राइव के प्रॉमनेड की ओर बढ़ गया। टहलते-टहलते हम लोग आगे बढ़ते रहे। हवा के झौंके, रुक-रुक कर आ रहे थे।

कुछ देर तक कोई बात न हुई।

"स्मिता! चुप क्यूँ हो?" - मैंने चुप्पी तोड़ी।
"तुम क्यूँ चुप हो?" - स्मिता ने मेरे सवाल का जवाब सवाल से ही दिया।
"मैं, कुछ सोच रहा था।" - मैंने कहा।
"क्या?" - स्मिता ने पूछा।
"यही, कि यदि ऊपर वाले ने हमें फिर से मिलाया है तो ज़रूर इसके पीछे कोई बात होगी।" - मैंने कहा।
"हूँ" - स्मिता ने संक्षिप्त जवाब दिया।
"वरना इतने सालों बाद, हमारा मिलना और इस तरह से मिलना......" - मेरा वाक्य अधूरा ही रह गया।

ज़ोर से बिजली चमकी और स्मिता एक बार फिर से मुझ से चिपक गयी। मैंने उसको कस कर आलिंगन में ले लिया। तेज़ हवा से उसके बाल खुल कर मेरे चेहरे को ढक रहे थे। उनकी ख़ुशबू की मादकता बेहोश किए जा रही थी। यही हाल स्मिता का था। लबों से रसपान का सिलसिला चलता रहा। दोनों अपने आस पास के वातावरण से बेख़बर थे।

इस से पहले कि दोनो अपने होश खो देते, मैंने धीरे से स्मिता को ख़ुद से अलग किया और कहा अब हमें लौटना चाहिए।
"ठीक है" - स्मिता बोली।

हम दोनो वापस अपनी पार्क की हुई कार की ओर लौटने लगे। हाथों में हाथ लिए। मैंने ड्राइविंग सीट सम्भाली और स्मिता फिर से मेरे बाँयी ओर की सीट पर बैठ गयी। वर्ली में स्मिता के घर की तरफ़ लौटते हुए दोनों ख़ामोश रहे।

अब कोई प्रश्न बाक़ी नहीं था।

कवि गोष्ठी

शिवचरण बाबू सुबह की चाय पी कर बालकनी में बैठे नीचे गार्डन को निहार रहे थे। सुंदर गार्डन, पंछियों की करकल ध्वनि, इक्का-दुक्का घरों मे सामान पहुचाने वाले लड़के, गाड़ियों को धोने वाले वॉशर-मैन, फल-सब्ज़ियाँ पहुंचाने वाले, बड़े बुज़ुर्गों के लिए पूजा के फूल लाने वाली बाइयाँ । कुत्तों को सैर कराते सेना से रिटायर्ड अधिकारी, जिनको देख कर देश की प्रगति का अनुमान लगता था। उनके कुत्ते भी अंग्रेज़ी ज़बान समझते थे। मॉडर्न कपड़ों में सजी युवतियाँ सैर कर रही थीं। वज़न घटाने के इरादे से तेज़-तेज़ क़दम रखते हुए।

इसी बीच पत्नी का शिकायतों भरा स्वर। बढ़ती महँगाई और काम करने वाली बाई की किल्लत सुनते सुनते उम्र गुज़र गई। अब यह सब कानों के ऊपर ही रुक जाता था।

सब कुछ सामान्य था। असामान्य था तो बस इतना कि आज अख़बार नहीं आया था। कल 15 अगस्त था सो आज अख़बार की छुट्टी थी। रह-रह कर उनको बचपन की याद सता रही थी। हर 15 अगस्त को अजीब सा उत्साह और उमंग का वातावरण। कस्बे के बड़े बुज़ुर्ग, सफेद लिबास में टोलियाँ बना कर बड़े मैदान की तरफ जाते हुए। सर पे टोपी, दिल मे जवानों की सी उमंग। बूढ़े, बच्चे और जवान देश-भक्ति के रंग मे डूबे "मेरा रंग दे बसंती चोला..." और "ए मेरे प्यारे वतन .." गाते हुए हाथ में कागज़ का तिरंगा लिए दौड़े चले जाते थे। ऐसा लगता था कि पूरा कस्बा किसी भांग के कूप से पानी पी कर सोया था रात को और उसने सब को मतवाला कर दिया है। देश-प्रेम के नारों के सामूहिक उच्चारण से नशा बढ़ता जाता। बड़े मैदान के कोने पर बरगद का एक बड़ा पेड़ था। उसके चारों ओर पक्का चबूतरा। जो कस्बे से एक मात्र आई. ए. एस. अधिकारी बने आशीष रंजन बाबू ने अपने स्वर्गीय पिता की याद में बनवाया था। चबूतरे पर कस्बे के बेरोज़गार युवा दिन भर ताश खेलते और आने--जाने वालों पर फ़ब्तियाँ कसते। कस्बे की हर ऊँच–नीच की कहानियाँ सुनते सुनते यह बरगद बूढ़ा हो चला था। वह सब सुन कर ख़ामोश रहता। किसी एक की कहानी किसी दूसरे को हरगिज़ न बताता। बढ़ती उम्र में उसकी दाढ़ी बहुत लंबी हो गई थी

और ज़मीन को छूने लगी थी। पंछियों के घोंसले, आवारा चील व गिददों के लिए रैन बसेरा था। दिन में कुछ गाय अपने बछड़ों को लिए आराम करने आ धमकतीं। तालाब में कीचड़ मे मस्ती कर के लौटने वाली भैंसों की भी यह आरामगाह था।

लेकिन आज की बात और थी। बरगद से 50 मीटर की परिधि तक साफ़ सफ़ाई थी। चबूतरे को भिश्ती ने धो कर साफ़-सुथरा कर छोड़ा था। मश्क़ पर मश्क़ खाली हो गए तब जा कर आज की तैयारी हो सकी।

अभी थोड़ी देर में चेयरमैन साहब इसी चबूतरे से भाषण करने वाले थे। गांधी, नेहरू, तिलक, सरदार पटेल, मौलाना आज़ाद, भगत सिंह, राम प्रसाद बिस्मिल, अशफाक़ उल्लाह खां और लाला लाजपत राय के किस्से सुनाने वाले थे । कैसे उन्होंने अंग्रेज़ी हुकूमत के खिलाफ़ आवाज़ उठाई। जेल गए। भगत, राजगुरु और सुखदेव को लाहौर जेल में फांसी हुई। आज़ाद ने लड़ते-लड़ते शहादत पाई।

साल दर साल सुनते-सुनते सबों को यह क़िस्से याद हो चुके थे। फिर भी उनको सुनने का चाव काम नहीं होता था।

"टनं" की आवाज हुई तो उनकी तंद्रा टूटी। घड़ी देखी तो अंदाज़ा हुआ। यह तो विनीता के आने का वक़्त हो चुका था। उठ कर दरवाज़ा खोला। सामने विनीता खड़ी थी। रोज़ की ही तरह अपने दुखी चेहरे पर मिश्रित भाव लिए हुए। आज क्या कहानी सुनाएगी यह सोच कर शिवचरण बाबू उत्सुकता से भरे थे। लेकिन आज निराशा हाथ लगी। उल्टे विनीता ने ही पूछ लिया – "बाबू जी, आज अख़बार नहीं पढ़ रहे?"
"नहीं आज छुट्टी है अख़बार की"
"क्यूँ, बाबू जी?"
"अरे तुझे पता नहीं कल 15 अगस्त थी"।
"तो क्या हुआ? कोई दुर्घटना हो गई अख़बार वालों के दफ़्तर में ?"
"क्या बोलती हो? कल आज़ादी का दिन था। इसलिए छुट्टी थी।" शिवचरण बाबू खिन्न हो कर बोले।
"आज़ादी? वो क्या होती है बाबू जी?"
"अरे, अंग्रेज़ी सरकार से आज़ादी । अब अपना देश आज़ाद है। अमृत महोत्सव मना रहा है।" - शिवचरण बाबू ने गर्व से भरी आवाज़ मे कहा।

"अच्छा?"
"तुझे कुछ मालूम भी रहता है या नहीं?"
"कैसे मालूम होगा बाबू जी? हम तो कल काम पर आए थे। आप ने बताया ही नहीं?"

"अच्छा, ठीक है। चल अपना काम कर ले, फिर दिन में कुछ लोग आने वाले हैं। आज़ादी के अमृत-महोत्सव के अवसर पर घर में 'कवि-गोष्ठी' रखी है।"

क़लम देता है ज़बाँ जज़्बात को
ज़रूरी है जज़्बात का बयाँ होना.
फिरते हैं लोग चरिंदों की मानिंद
मुश्किल है आदमी का इंसाँ होना

-अंजुम लखनवी

स्टूपिड

कुछ दिनों पहले होली मनाई गई। रंगों का त्यौहार। हमारे देश में यूँ तो हर रोज़ उल्लास का कोई न कोई बहाना मिल जाता है। फिर भी होली की बात कुछ और ही है। इस वर्ष का दृश्य कुछ भिन्न था। कोविड महामारी के चलते अनेकों प्रतिबंध। घरों में बंद मानवता त्राहि-त्राहि कर रही थी। ऐसे में होली का अवसर एक आशा की किरण बन कर आया।

"आवश्यकता अविष्कार की जननी है"

ज़ूम, व्हाट्सप्प ग्रुप्स और अन्य सोशल मीडिया प्लेटफॉर्मस ने बहुत मदद की। वर्चु-अल होली मनाई गई। संस्मरण साझे किए गए। समाजशास्त्र, अर्थव्यवस्था जैसे गंभीर विषयों से लेकर चुटकुलों तक के विस्तृत कनवास पर टीका टिप्पणी का दौर जारी रहा।

अवसर मिलने पर योग्यता का प्रदर्शन न करना मूर्खता होती है। इसलिए मैंने भी अपनी कला एवं योग्यता का भरपूर प्रदर्शन किया। मुझे बिल्कुल भी आश्चर्य नहीं हुआ जब मेरी मित्र मंडली ने मुझे "महामूर्ख" (Super Stupid) के अलंकार से विभूषित किया। मेरे चंद प्रशंसकों को नागवार गुज़रा। अन्य कुछ तथाकथित मित्र भी मज़ा लेने लगे। जले पर नमक छिड़कने के प्रयास में कुछ ने सहानुभूति भरे स्वर में पूछा– "सर, क्या आपको पहले भी ऐसी कोई उपाधि मिली है या यह 'लाइफ़ टाइम अचीव्मन्ट' है? क्या पहले भी किसी ने आपकी योग्यताओं का इस प्रकार आकलन किया है?"

मुझे अपने सेवा काल के दिन याद या गए। अनेक अवसरों पर वरिष्ठ शुभचिंतकों ने 'सादा जीवन यापन व संवेदनशील सोच' को एक गुज़रे ज़माने की बीमारी का नाम दिया। मुझे इससे निजात पाने की सलाह दी। उनके प्रश्नों के जवाब में मेरी मुस्कान ढाल बन कर काम आई। बहुत सुंदर शाम गुज़री।

बचपन की याद या गई। उन दिनों होली के अवसर पर "महा-मूर्ख सम्मेलन" का आयोजन हुआ करता था। "हास्य कवि सम्मेलन" के इस कार्यक्रम में "महा-मूर्ख" का चुनाव होता था। हास्य-व्यंग्य के कवियों के लिए यह सम्मान पद्मश्री जैसी उपलब्धि से कम नहीं था। जाने कहाँ गए वो दिन? जब भावनाएं इतनी मज़बूत होती थीं कि कोई उन्हें आसानी से आहत नहीं कर सकता था।

गाँव और छोटे कस्बे के निवासी उल्लास से पूर्ण जीवन व्यतीत करते थे। विकास जैसी विनाशकाली धुआँ छोड़ती गाड़ियाँ नहीं थीं लेकिन प्यार मोहब्बत और हँसी-मज़ाक के अवसरों की कमी न थी। न कोई बुरा मनाता था। बड़े बुज़ुर्गों की इज़्ज़त करना हमारा धर्म था। बच्चे, आँगन और बुज़ुर्ग सबके साझे होते थे। ख़ुश रहना और ख़ुश रखना ही नियम था। इस के लिए किसी विशेष अवसर की प्रतीक्षा नहीं होती थी।

शहरों व कस्बों में निरंतर हास्य कवि-सम्मेलन होते थे। काका हाथरसी, हुल्लड़ मुरादाबादी, सुरेन्द्र शर्मा, जैमिनी हरियाणवी, अशोक चक्रधर व ओम प्रकाश आदित्य जैसे महान कवियों को सुनने का अवसर निरंतर मिलता था। आज हम विकास की मृगतृष्णा में अपने गंतव्य से भटके हुए प्रतीत होते हैं। मन के आँगन में दीवारें खड़ी हो गई हैं। संवेदनाओं का कोई स्थान नहीं रह गया है। भावनाएं इतनी कमज़ोर हो गई हैं कि ज़रा सी आहट से आहत हो जाती हैं।

जीवन को सरलता से जिएँ - सानंद जिएँ। यदि प्रसन्नता हमसे दूर है तो सभी साधन बेमानी हैं।

"The fool doth think he is wise, but the wise man knows himself to be a Fool." - William Shakespeare.
यानी
"मूर्ख स्वयं को ज्ञानी समझते हैं। जबकि ज्ञानी को अपनी मूर्खता का आभास होता है"

आत्मावलोकन करें। भावनाओं को मानवता के मूल्यों से इतना मज़बूत बनाने का प्रयास करें कि कोई उन्हें आसानी से ठेस न पहुंचा सके।

दूसरी पारी

आज ऑफ़िस में आख़िरी दिन है। मुद्दत के बाद आख़िरकार यह दिन आ ही गया। सरकारी नौकरी में जिस दिन आदमी अपना सफ़र शुरू करता है, उसे आख़िरी दिन की तारीख़ मालूम होती है। लेकिन फिर भी बरसों यह तारीख़ याद नहीं आती। इसका एहसास ताज़ा होता है जब दफ़्तर के लोग पूछने लगते हैं। अब आपके कितने बरस और बाक़ी हैं? शुरू-शुरू में जवाब दिया – बस तीन साल और। अरे तीन साल? अभी तो बहुत समय है। तीन साल कब तीन महीने में तब्दील हो गए मालूम न पड़ा। फिर तीन हफ़्ते। और फिर तीन दिन। अब सिर्फ़ तीन घंटे बचे हैं। दफ़्तर के लोग तैयारी कर रहे हैं एक और रस्म-ए-विदाई की। आज रमेश बाबू, जिन्हें सब 'बड़े बाबू' के नाम से जानते हैं, सेवानिवृत हो रहे हैं।

बड़े बाबू सख़्त क़ायदे क़ानून वाले इंसान हैं। उनकी ईमानदारी का सभी लोहा मानते हैं। कितने ही हाकिम आए और गए, लेकिन बड़े बाबू इसी दफ़्तर में पिछले बारह बरसों से स्तम्भ की तरह टिके हुए हैं। इसकी वजह उनकी ईमानदारी और मेहनत है। इन बारह बरसों में दो बार उनका ट्रान्स्फ़र हुआ लेकिन कलक्टर साहब ने उन्हें जाने नहीं दिया। कमिशनर साहब से कह कर दोनो बार उनके ऑर्डर ख़ारिज करवा दिए।

अड़तीस साल पहले एक क्लर्क की हैसियत से रमेश बाबू ने नौकरी की शुरुआत की थी। घर में सबसे बड़े होने की वज़ह से उन्हें अपनी ज़िम्मेदारियों का एहसास था। बी० ए० पास करते ही नौकरी की तलाश शुरू कर दी। क़िस्मत से सीतापुर तहसील में उनकी बहाली हो गयी। फिर सीतापुर से उन्नाव और कन्नौज में काम करते करते बड़े बाबू की तरक़्क़ी हुई तो लख़नऊ आ गए।

यहाँ की गंगा-जमनी तहज़ीब, नज़ाकत और नफ़ासत ने रमेश बाबू का मन मोह लिया। उन्होंने यहीं पर स्थायी तौर से रहने का पक्का मन बना लिया। उर्दू ज़बान और उर्दू अदब ने भी उनके व्यक्तित्व पर असर छोड़ा।

कायस्थ परिवार में जन्मे रमेश चंदर बचपन से ही बहुत ज़हीन थे। खेल कूद में उनका मन कम लगता था। गणित के सवालों को हल करने में उनको मज़ा आता था। कोयला, चाक और लाल ईंट के टुकड़ों से पास पड़ोस की दीवारों को स्कूल का ब्लैक बोर्ड समझते। सवालों को हल कर छोड़ देते। दूसरे बच्चों को सिखाते। उनके पिता ने उनको अर्ज़ी लिखना सिखाया। स्कूल में अन्य बच्चों की तुलना में रमेश चंदर अध्यापकों की पसंद बन गए थे।

माँ, रोज़ाना रात को कहानी और क़िस्से सुनाती। हिंदू देवताओं के अलावा सूफ़ी संतो, पीर, औलिया और फ़क़ीरों के क़िस्से। गुरु नानक के बचपन का 'सच्चा सौदा' का क़िस्सा उनके मन में गहरा बैठ गया।

गुरु नानक देव का कथन – अव्वल अल्लाह नूर उपाया, क़ुदरत के सब बंदे,
एक नूर से सब जग उपजया, कौन भले को मंदे?

उनके जीवन का सिद्धांत बन गया और उन्होंने अपने जीवन में सदैव इसका पालन किया। सब को एक नज़र से देखा।

संत कबीर की वाणी – पाहन पूजे हरि मिले, तो मैं पूजूँ पहार,
ता तें ये चाकी भली पीस खाए संसार।

इस दोहे ने उन्हें बहुत प्रभावित किया। कर्मकांड में उनका विश्वास ही नहीं जगा।

माता की शिक्षा का असर यह हुआ कि बालक रमेश का ध्यान दुनियावी बातों में कम और सूफ़ियानी बातों में ज़्यादा लगने लगा। उनको लगता था कि उनका जन्म दूसरों की सेवा के लिए हुआ है। उन्होंने अपना परिवार न बनाने का फ़ैसला कर लिया। माता पिता को जब इस बात का पता चला तो उन्हें बहुत कष्ट हुआ। वो उनको समझाने लगे कि समाज सेवा करने में शादी कोई बाधा नहीं होती। बहुत से महापुरुषों के उदाहरण दिए जिन्होंने अपना परिवार होते हुए समाज के लिए बहुत कुछ किया। बहुत समझाने के बाद रमेश चंदर शादी के लिए तैयार हो गए। पास के ही गाँव से एक मध्यमवर्गीय परिवार से सम्बंध का प्रस्ताव आया। उनकी शादी ललिता से हो गयी।

ललिता एक सुंदर व सुशील लड़की थी। उसके माता-पिता ने उसे अच्छे संस्कार दिए थे. पति की सेवा को ही उसने अपना धर्म समझा। कभी ऐसा अवसर नहीं आया कि उसने पति को अपनी किसी इच्छा पूर्ति के लिए ग़लत मार्ग पर चलने के लिए प्रेरित किया हो। जीवन के हर मोड़ पर और हर अच्छे बुरे वक़्त में ललिता ने पति का साथ दिया। दाम्पत्य जीवन में उनको दो पुत्र – रोहित और राहुल एवं एक पुत्री शोभिता की प्राप्ति हुई।

रोहित आज इंकम टैक्स अधिकारी है। राहुल सेना में मेजर के पद पर कार्यरत है। पार साल ही शोभिता की शादी कॉलेज के एक प्राध्यापक से की है। रोहित और राहुल की शादी पहले ही कर चुके हैं। तीनों बच्चे अपने-अपने घर में स्वावलंबी जीवन व्यतीत कर रहे हैं। बड़े बाबू ने अपने बच्चों को उचित शिक्षा और संस्कार दिए। उनकी पत्नी ललिता ने भी उनका पूरा साथ दिया। एक सुखी परिवार की कल्पना साकार कर बड़े बाबू एक संतुष्ट जीवन जी रहे हैं।

लेकिन, एक बात रह-रह कर उनको सताती थी कि 35 वर्षों के साथ में उन्होंने शायद ललिता के साथ न्याय नहीं किया। कभी यह नहीं पूछा – ललिता, तुमको क्या चाहिए? बस अपने दफ़्तर और लोगों के काम न्यायपूर्ण तरीक़े से निपट जाएँ, इसी में पूरा वक़्त गुज़ार दिया। यहाँ तक कि कभी बच्चों की पढ़ाई के विषय में भी ज़्यादा पूछ-ताछ नहीं की। यह ललिता की ही मेहनत का फल है कि तीनों बच्चे पढ़ लिख कर अपने घरों में ख़ुश हैं।

आज जब उनको इस दफ़्तर से विदाई लेने का दिन आया है, तो ललिता के प्रति उनके मन में एक विशेष आदर भाव जन्म ले रहा है। मन ही मन निश्चय कर लिया कि अब जीवन का बाक़ी समय वह पूर्ण रूप से ललिता की देख भाल में लगाएँगे। यही उचित होगा। जिसकी सहायता से उन्होंने जीवन के सब दायित्वों का निर्वहन किया था उसकी उपेक्षा एक अपराध के सिवा और कुछ नहीं। देश और समाज की सेवा, अपने निकटतम परिवार की उपेक्षा कर के नहीं की जा सकती।

"अरे बड़े बाबू, चलिए। सब तैयारी हो गयी है। कलक्टर साहब भी आ गए हैं"
– सुन कर उनकी तंद्रा भंग हुई।

विदाई का स्टेज लग चुका था। उनको याद आया इससे पहले भी दो बार इस दफ़्तर से जाने के अवसर आए, लेकिन उनको रोक लिया गया। वह भी ख़ुशी-ख़ुशी रुक गए। लेकिन आज उनको रुकना नहीं है। अभी जीवन की अगली यात्रा पर निकलना है। जिसमें ललिता भी उनके साथ होगी। यह तो एक पड़ाव मात्र था। अभी जीवन यात्रा बाक़ी है। जिस मार्ग पर चलने के लिए वह शादी का विरोध करते थे, उस पर चलने का अब समय आ गया है। अपने दायित्वों का निर्वहन कर पारिवारिक जीवन से मुक्त हो कर अब वह पूर्ण आत्मविश्वास के साथ, ललिता के साथ अगली यात्रा के लिए तैयार थे। जीवन की दूसरी पारी में भी ललिता उनका साथ पहले जैसी निष्ठा से निभाएगी, इसका उन्हें पूरा विश्वास था।

मुस्कुराते हुए स्टेज की ओर बढ़े। अपना आसन ग्रहण किया। दफ़्तर के लोगों ने व बड़े साहब ने उनकी तारीफ़ में बहुत कुछ कहा। फूल मालाएँ व उपहार दिए गए। मगर इन सब से दूर रमेश बाबू किन्ही और ख़यालों में डूबे हुए थे। वह फिर से जवान हो गए थे। एक नयी ऊर्जा के साथ। जीवन भर सब के साथ न्याय किया। अब ललिता को भी उसका अधिकार मिलना चाहिए। कार्यक्रम पूरा हुआ। दफ़्तर की गाड़ी और कुछ सहयोगी उनको घर तक छोड़ने आए।

द्वार पर ललिता हमेशा की तरह उनकी प्रतीक्षा में थी। आज बड़े बाबू के चेहरे से रोज़मर्रा की थकान गायब थी। उसकी जगह एक विजयी मुस्कान थी। ऐसी मुस्कान, जैसी किसी टीम के कप्तान के चेहरे पर मैच में जीत पर होती है। वास्तव में वह जीवन का मैच जीत कर लौटे थे।

उनके चेहरे पर ऐसी मुस्कान ललिता ने पहले कभी नहीं देखी थी।

नवरात्रि का सीज़न है। डिनर टेबल पर पत्नी से कहा – "बहुत दिनों से खीर नहीं बनायी?"

"अरे, अभी तो उस दिन बनाई थी, सेवैयों की खीर। उससे पहले ख़जूर वाली खीर।" – आदतन पत्नी ने याद दिलाते हुए कहा। इतना तो ठीक था। ग़ज़ब तो तब हो गया जब उसने कहा - "आप को तो आदत है, खा पी कर के भूल जाने की।"

भूतकाल में, पत्नी की डाँट सुन कर बहुत से लोग ऋषि-मुनि बन जाते थे। ऐसा बचपन में किताबों में पढ़ा था। मुझे भी कुछ ऐसा आभास होने लगा।

मैंने कहा – "जो 'खाया', प्रभु का प्रसाद था। जो 'पिया' – ईश्वर का चरणामृत था। जो 'किया' उस प्रभु की इच्छा के अनुसार किया। उस की इच्छा के बिना तो कुछ नहीं होता।अब, उसको याद रखने का मतलब हुआ कि हम वर्तमान में नहीं बल्कि भूतकाल में जी रहे हैं। सभी बाबा और गुरु, गुरुदेव और सतगुरु यही कहते हैं कि वर्तमान में जीओ। भूत-भविष्य के लिए परेशान मत रहो।"

"जो किया, प्रभु को अर्पण।" – अब हे भागवान! यह बताओ - "खा, पी, कर के भूल जाना धर्मानुसार हुआ कि नहीं?"

सन्नाटा छा गया।

अब यह तो मालूम नहीं कि खीर कब खाने को मिलेगी? या नहीं मिलेगी। परन्तु, पत्नी की तनी हुईं भृकुटियाँ इस बात का संकेत दे रही थीं कि निकट भविष्य में संकट के बादल गहरा सकते हैं।

आशीर्वाद

महीने का दूसरा शनिवार। बाबू बृजलाल दोनो हाथों में दो बड़े-बड़े थैले लटकाए घर पहुँचे। दोपहर का वक़्त होंने के नाते सूरज काफ़ी चढ़ चुका था। इस बार मार्च के महीने में ही गरमी पड़ने लगी थी। थैले भारी थे। इस महीने की यह सुपर बाज़ार से आख़िरी खेप थी। फिर तो तनख़्वाह मिलने के बाद अप्रैल में जाना होगा। सरकारी नौकरी की यही दास्ताँ है। महीने की 20 तारीख़ आते-आते जेब ख़ाली।

बेटी की शादी दो बरस पहले हो चुकी थी। बेटा पढ़ रहा था। इंटर में। नींव मज़बूत करने के चक्कर में दो साल से लगातार इंटर में ही था। आँगन लाँघते हुए बरामदे में आए तो लड़के की निगाह अधेड़ पिता पर पड़ी। उसने अपने मोबाइल में नज़रें गड़ाए हुए ही पूछा – "सुपर बाज़ार गए थे?"
"हाँ बेटा, राशन ख़त्म हो गया था। तुम्हारी अम्माँ ने कुछ और भी सामान लाने को कहा था" – हाँफते हुए स्वर में कहा।

"बता कर जाते, मुझे भी कुछ मँगवाना था।"– लड़के ने बिना सर उठाए कहा।

बृजलाल कहीं खोए हुए थे। उन्हें इसी आँगन में अपने पिता का बाज़ार से सामान व खेत से अनाज ले कर आना याद आ रहा था। कैसे पिता को देखते ही दौड़ कर उनके हाथों से थैला ले कर अंदर रख देना। साइकिल से बोरी उतार कर बरामदे के कोने में रखना। साइकिल को आँगन के कोने में पेड़ के नीचे उसके स्टैन्ड पर खड़ी कर देना। कुर्सी खींच कर बरामदे के चूँ-चूँ की आवाज़ करते पंखे के नीचे रख कर घड़े से ठंडे पानी का ग़िलास उनके हाथ में देना।

"सुखी रहो बेटा, भगवान तुम्हें ऐसी औलाद दे जो तुम्हारी इसी तरह सेवा करे।"
– बाबूजी के मुँह से आशीर्वाद के शब्द निकलते।

बाबू जी को गुज़रे ज़माना हो गया। अचानक हार्ट फ़ेल से असमय ही चल बसे।

बृजलाल की शादी भी न देख सके। ऊपर से परिवार का बोझ सर पर डाल गए। भला हो मुखिया जी का जिन्होंने पैरवी कर बृजलाल को म्यूनिसिपैलिटी में बाबू लगवा दिया। वरना कुनबे को भूखों मरने की नौबत आ जाती।

"क्या बड़बड़ाए जा रहे हैं?"– पत्नी की तेज़ आवाज़ से भी उनकी तंद्रा भंग नहीं हुई। पत्नी ने आगे बढ़ कर थैले हाथों से ज़मीन पर रखवाए।

"न जाने आजकल इनको क्या हो गया है? जब देखो कुछ न कुछ बड़बड़ाते रहते हैं?
– पत्नी अपने सुर में बोले जा रही थी।

"पापा का ध्यान कहीं और रहता है, काम कहीं और करते हैं।"
– बेटे ने माँ को शांत करते हुए कहा।

इधर बृजलाल अपने बाबू जी का 'आशीर्वाद' दोहराते हुए बड़बड़ाए जा रहे थे।
"सुखी रहो बेटा, भगवान तुम्हें ऐसी औलाद दे जो तुम्हारी इसी तरह सेवा करे।"

फ़ातिहा

हेलो अम्मी !
ईद मुबारक !

हाँ बेटा, तुम्हें भी ईद मुबारक !

और अम्मी, सब ख़ैरियत है ?

हाँ बेटा , अपनी कहो।

जी, अल्हम्दुलिल्लाह! हम सब यहाँ ठीक हैं। सब चीज़ की सहूलियत है यहाँ दुबई में। बस आप लोग अपना ख़याल रखें। दुआओं में याद रखें।

हाँ बेटा, हम तो हर रोज़ तुम्हें याद करते हैं।

अम्मी, आप तो जानती हैं कितनी मसरूफ़ियत है। ये शेख़ लोग पैसा तो देते हैं मगर जान निचोड़ लेते हैं। ऊपर से सख़्तियाँ। हिंदुस्तान जैसी आज़ादी यहाँ नहीं है। अच्छा रखता हूँ, कुछ हिंदुस्तानी दोस्त ईद मिलने आए हैं। और हाँ, पापा को भी ईद मुबारक कह दीजिएगा हम सब की तरफ़ से।

हाँ बेटा , जब उनसे मिलूँगी तो कह दूँगी।

क्यूँ ? कहाँ गए हैं ? आज के दिन तो घर रहना चाहिए। इस उम्र में त्यौहार के दिन एहतियात बरतना चाहिए।

तू चिंता मत कर। वह महफ़ूज़ जगह गए हैं। वहाँ किसी बात का डर नहीं।

अरे अम्मी, आजकल कोई जगह महफ़ूज़ नहीं।

अल्लाह पे यक़ीन रखो बेटा। उसकी निग़हबानी पे शक़ नहीं करते। तुम्हारे पापा अल्लाह से ही मिलने गये हैं।

क्या? क्या कह रहीं हैं आप?

हाँ बेटा ! पिछले हफ़्ते ही गुज़र गए।

आपने हमें इत्तिला क्यूँ नहीं की?

बहुत कोशिश की बेटा। तुम्हारा फ़ोन हमेशा बिज़ी आता था। फिर हमने व्हाट्सएप मेसेज कर दिया। जब वक़्त मिले देख लेना।

अच्छा बेटा, रखती हूँ। मुझे फ़ातिहा पढ़ने जाना है उनकी क़ब्र पर। अल्लाह तुम्हें ख़ुश रखे।

तय हो जाते हैं ये फ़ासले सड़क के
कम हो जाएँ गर दूरियाँ दिलों की

- *अंजुम लखनवी*

डुप्लेक्स

रंजन और आशु की शादी को 12 बरस हो चुके थे। दो बच्चों अनन्या और रेहान के साथ घर बाहर रौनक़ रहती थी। रंजन का जॉब आई.टी. इंडस्ट्री में होने के कारण उसे अत्यधिक व्यस्तता रहती थी।

आशु डी.पी.एस. में गणित की अध्यापिका थी। बच्चों को पढ़ाना और माँ-बाबू जी की दवाइयाँ, उनके रहन सहन का पूरा ध्यान, सब की ज़िम्मेदारी आशु पर थी। घर के ज़्यादातर कामों का ध्यान आशु को ही रखना पड़ता था।

बाबू जी सरकारी नौकरी से तीन साल पहले सेवा-निवृत हुए थे। माँ की तबीयत अक्सर ठीक नहीं रहती थी। सीमित आय, घर-बाहर का काम-काज और परिवार की देखभाल करते हुए ज़िंदगी दबे कदमों से अपना सफ़र कब तय कर गई उन्हें पता ही न चला।

रात को सोने से पहले आशु ने रंजन से कहा – "सुनिए, बाबू जी से कहिए, ऊपर के फ्लोर का कन्स्ट्रक्शन करवा लें। बच्चे बड़े हो रहे हैं।"

"हमारे घर में पहले ही तीन कमरे हैं, बैठक और खाने का कमरा अलग से है। आगे आँगन और पीछे बाग़वानी की जगह है। ऊपर और बना कर क्या करेंगें? बाबू जी ने उम्र भर की कमाई से इतना बड़ा मकान बनवाया है।"– रंजन ने अपनी ओर से बात को ख़त्म करते हुए कहा।

रंजन की शादी से करीब पाँच साल पहले प्रमोद बाबू ने लखनऊ के आवास विकास में अपने खाली पड़े प्लॉट पर मकान बनाया। बैंक का लोन, अपनी अल्प-बचत और पी. एफ. से निकाली रकम जुटा कर किसी तरह ग्राउन्ड फ्लोर बनवा पाए।

रंजन की दोनों बहनें शादी के बाद अपने-अपने घर में जा बसीं। आशु के प्रसव के

दोनों अवसरों पर माँ, दिल्ली में बाबू जी को अकेला छोड़ यहाँ तीन-तीन महीने रुकी थी। अपने पौते और पौती को गोदी में खिला कर उनको जो आनंद मिला, वह उन्होंने अपने बच्चों के समय भी अनुभव नहीं किया था।

साल में एक बार गर्मियों की छुट्टियों में बच्चे नाना – नानी के पास ज़रूर जाते थे। हर दीवाली पर माँ-बाबू जी लखनऊ आ जाते।

बेटा, बहू और बच्चों के साथ सुखमय जीवन की आस लिए बाबू जी दिल्ली से सेवा-निवृत हो कर लखनऊ अपने घर आए तो सभी लोग बहुत प्रसन्न थे। बच्चों को दादा-दादी के साथ खेलने और कहानियाँ सुनने में खूब मज़ा आने लगा। यहाँ तक कि रात को दोनों बच्चे कहानी सुन कर उनके ही कमरे में सो जाते।

सेवा-निवृति पर मिली धन राशि बैंक में जमा करवा दी थी। उस से मिलने वाले ब्याज और मासिक पेंशन से उनका गुज़ारा ठीक से चल रहा था। सभी ज़िम्मेदारियाँ पूरी हो चुकी थीं। नियमित मॉर्निंग वॉक, प्रात:कालीन चाय के साथ अखबार पढ़ना, पौता–पौती के साथ खेलना और बातें करना। शाम को निकट के पार्क में पुराने मित्रों के साथ गप-शप और राजनीतिक / सामाजिक विषयों पर चर्चा। यही उनकी दिनचर्या थी।

रंजन की आशु से फर्स्ट-फ्लोर पर कमरा बनाने की बात हुए दो सप्ताह बीत चुके थे। रंजन की ओर से बात समाप्त हो चुकी थी। उसने माँ या बाबू जी से इस विषय पर कोई चर्चा नहीं की। आज रविवार था। दोपहर के भोजनोपरांत आशु ने रंजन को फिर से याद दिलाया। अपनी निजता(Privacy) और बच्चों के लिए अलग स्टडी-रूम की ज़रूरत का हवाला दिया। तय हुआ कि रात को दोनों मिल कर माँ-बाबू जी से बात करेंगे।

बाबू जी ने पूरी बात ध्यान से सुनी और बोले - "रंजन बेटा, बहू ठीक कहती है। मेरा जो कुछ भी है वह तुम लोगों का ही है। मैं कल ही ठेकेदार से बात करता हूँ।"

ठेकेदार ने पुराने संबंधों का लिहाज़ रखा। तीन महीने में ऊपर एक कमरा और 'टॉइलेट कम बाथ' बन कर तैयार हो गया। माँ-बाबू जी ऊपर के कमरे में शिफ़्ट हो गए। माँ के घुटनों मे तकलीफ़ थी, लेकिन बाबू जी के निर्णय के सामने चुप रही।

जीवन भर उन्होंने बाबू जी की इच्छा को ही 'हरि-इच्छा' माना था।

अब एक घर में दो घर हो गए। रंजन, आशु व बच्चे नीचे और माँ-बाबू जी ऊपर। रसोई नीचे थी। सुबह नाश्ता करने नीचे आते फिर ऊपर जा कर आराम करते। लंच के लिए फिर नीचे और यही सिलसिला रात के भोजन के समय।

दीवाली करीब आ रही थी। रंजन को बोनस मिला था। घर की साफ़-सफ़ाई और सजावट का काम तेज़ी से चल रहा था। नए परदों, फ़र्निचर की वार्निश से सफ़ाई और चमक, किचन के नए उपकरण इत्यादि से पूरा घर नया लग रहा था। लेकिन, जिस दिन काम करने वाले जा रहे थे तो पुराना सामान संभालने की ज़रूरत आ पड़ी। सामान आँगन में बिखरा पड़ा था।

दोपहर के भोजन के लिए माँ-बाबू जी नीचे आए तो विचार विमर्श हुआ। बाबू जी ने माँ की ओर देखा। माँ ने बाबू जी को। मौन सहमति से निर्णय हो गया।

"बेटा ! इसमें इतनी चिंता की क्या बात है? तुम, जितना पुराना सामान है ऊपर भिजवा दो। वहाँ काफ़ी जगह है। अनुपयोगी सामान ऊपर के कमरे में ही रहना चाहिए। जब उसकी ज़रूरत आन पड़े, नीचे ले आना।"

"और हाँ, बहू! कल से हम लोगों का खाना ऊपर ही भेज देना। बाई के हाथों। तुम्हारी माँ बेचारी अब बार-बार सीढ़ियाँ नहीं उतर सकती।"

बाबू जी ने काँपते हाथों से माँ का हाथ थामा और सीढ़ियों की ओर चल पड़े।

शक

शक का इलाज हक़ीम लुकमान के पास भी नहीं था। वास्तव में यह एक ऐसा रोग है, अगर लग जाए तो जीते जी इससे निजात पाना मुमकिन नहीं। यह क्यूँ होता है? कब होता है? कब नहीं होता है? यह तो अनुसंधान का विषय है। मगर होता सबको है यह मेरा मानना है। वजह कुछ भी हो सकती है। ज़रूरी नहीं आपने कुछ ऐसा किया हो जिससे किसी को शक करने की गुंजाइश पैदा हो।

मैं पटना में पोस्टेड था। मेरी काम वाली बाई दो दिनों के लिए छुट्टी पर गई। संयोगवश मुझे टूर पर जाना पड़ा। यह बात उसको बता न सका। घर बंद रहा। किचन में कोई काम न हुआ। न चाय न कॉफ़ी। न कोई मेहमान न मेज़बान।

मैं देर रात लौटा और सुबह वह काम पर आई।

घर को साफ़-सुथरा पा कर हैरान हुई। मुझ से नज़र बचा कर मेरे चेहरे को पढ़ने की कोशिश करती रही। उसकी यह हरकत मुझ से छिपी न रह सकी।

"क्यूँ, क्या बात है?" - मैंने पूछा । वह चौंक गई। उसे इस प्रश्न की आशा नहीं थी।
"कुछ नहीं! सर"
"कुछ तो है?"
"नहीं सर, क्या होगा?"
"फिर ऐसे छुप कर मेरा चेहरा क्यों ताक रही हो? जैसे किसी खोई वस्तु को खोज रही हो?"
उसकी चोरी पकड़ी गई थी।

"नहीं सर, बस सोच रही थी, शायद आपने दूसरी बाई लगा ली है।"
"क्यूँ? किसने बताया?"

"स्वयं देख रही हूँ। मैं दो दिन नहीं थी। फिर भी घर इतना साफ़ है"
- बबिता ने कहा।

अब मुझे राज़ समझ में आया। रंगे हाथों पकड़े जाने का एहसास हुआ।

बचपन में घर से बाहर कोई शरारत करते थे तो घर में घुसने से पहले कपड़ों को झाड़ कर, बाल सीधे कर विनम्र मुद्रा बना लेते थे। अब बड़े होने पर शायद हमसे अस्त-व्यस्त दिखने की अपेक्षा है।

बाई या पत्नी घर से बाहर जाए तो घर को साफ़ रखना भी ख़तरे की घंटी हो सकता है।

सावधानी बरतें।

इक शर्त ए वफ़ा गुज़री ना-गवार मुझ पे
वरना हम सा आशिक़ न था इस जहां में

- अंजुम लखनवी

प्रिंटर का रिबन

रोज़मर्रा की तरह धीरेन्द्र बाबू बाल्कनी में बैठ कर चाय का घूँट भर रहे थे। हिन्दी का अख़बार पढ़ चुके थे। अंग्रेज़ी का अख़बार आ तो गया था मगर अभी अंदर के कमरों में सफ़र कर रहा था। टुकड़ों मे बँटा हुआ। अख़बार समाज का प्रतिबिंब है। उसकी यह हालत यूँ ही अचानक नहीं हुई। वक़्त के साथ आहिस्ता-आहिस्ता टुकड़ों में बँटता चल गया। समाज में साक्षरता बढ़ने के साथ ही पसंद भी बदलती है। चुनाव का अवसर मिलने पर सब अपने लिए बेहतर ही चुनना चाहते हैं। सो पत्नी को सामाजिक हिस्सा, बहु को फिल्मी व बेटे को बिजनेस वाला पन्ना चाहिए। सब पढ़ लेंगे तो बाबू जी उनके अस्थि-पंजर एक सधे हुए मिकैनिक की तरह इकट्ठे कर पुन: अखबार का रूप दे देंगे। अपनी दूसरी पारी में – 11 बजे नाश्ते के बाद उससे मुख़ातिब होंगे।

"आज बड़े खुस नजर आ रहे हैं बाबू जी" – सुन कर उनका ध्यान व नज़रें पीछे पलटीं। और कोई नहीं हाथ में झाड़ू नामक अस्त्र लिए सविता विराजमान थी। इस अस्त्र के दर्शन मात्र से अपना स्थान छोड़ना पड़ता है। ध्यान चाहे - कितना भी सामाजिक--आर्थिक-वैश्विक समस्या में उलझा हो त्याग करना पड़ता है।

"हाँ-हाँ, मगर तुम्हें कैसे मालूम हुआ?"– जिज्ञासा से बाबू जी ने पूछा।
"आपकी नई टी-शर्ट से"– सविता ने नज़र नीचे गड़ाए अपने सफ़ाई अभियान को आगे बढ़ाते हुए कहा।
"अरे ! टी शर्ट से ?"
"जी, बाबू जी। नई लग रही है।"
"हाँ, मेरे पास नई है..."– आधा वाक्य ही बोल पाए।
"मतलब बाबू जी !"– सविता ने जिज्ञासा भरे स्वर में पूछा।
"मतलब यह कि बड़े बेटे राकेश ने दी है। थोड़े दिन पहले उसने नई खरीदी थी। कह रहा था बाबू जी आप ले लीजिए। मैं और लेने जा रहा हूँ। तो मैंने ले ली। वह नई पहनेगा तो मुझे अच्छा लगेगा। यह कैसी लग रही है?"– बाबू जी ने विस्तार से बताया।

"अच्छी है, बाबू जी! आप भी ज़माने के साथ आ जाएँगे वरना वो कुर्ता पायजामा – पुरानी चप्पल, आजकल भला कौन पहनता है?"– सविता ने दुनियावी ज्ञान का परिचय देते हुए कहा।

"वही तो राकेश कह रहा था। बाबूजी! आपको समय के साथ बदलने की ज़रूरत है। तो मैंने सोचा कपड़ों से शुरुआत करते हैं", बाबू जी ने स्वयं को स्पष्टीकरण दिया।

बाल्कनी में झाड़ू लगाते-लगाते सविता ने धीरेन्द्र बाबू के ज़ेहन में झंकार उत्पन्न कर दी। पुन: अपने बेंत की कुर्सी पर आसीन हो गए। आँखें बंद की और स्मृतियों में खो गए। बचपन की, अपने गाँव की, मोहल्ले की, त्यौहारों की याद सताने लगी। त्यौहार आने पर खाने पीने की चीजों के अलावा जिसका इंतज़ार होता था वह थे नए कपड़े। कपड़े के व्यापारी / छोटे दुकानदार बरसात की मंदी के बाद – धान की फ़सल की आमद का इंतज़ार करते थे। इधर धान की कटाई शुरू हुई कि नवरात्रों का आगमन। इसके साथ ही त्योहारों व शादी ब्याह के मुहूर्त का आगमन। 15 दिन की रामलीला में ही ठंड की दस्तक। दीवाली – दशहरा की धूम-धाम। गरम कपड़ों का व्यापार चल निकलता। गली नुक्कड़ के मोड पर रुई धुनने वाले की दुकान से टन्न–टन्न की आवाज़ इक-तारे की तरह वातावरण में गूंजने लगती। रुई नुमा धूल की खूशबू मन-मस्तिष्क को झंकृत कर देती। गुड़ बनाने की तैयारी में गुड़ बनाने वाले किसान व मजदूर कोल्हू की सफाई में लग जाते। आस-पास की खर-पतवार की सफाई, गोबर से लिपाई। कोल्हू के हिस्सों को साफ़ कर, गरम पानी से धो कर उसकी चरखियों / गरारियों में तेल लगा कर चिकना कर दिया जाता। ताकि बैलों को ज़ोर कम लगाना पड़े। बैलों का श्रृंगार ज़रूरी है। नहला धुला कर, सींगों में सरसों का तेल लगा कर सुहानी धूप में बांध दिया जाता। किसान के लिए आने वाले तीन माह कड़ी मेहनत के हैं। बैलों के बिना यह संभव नहीं था। बैल परिवार का हिस्सा होते थे। किसान अपने बच्चों की तरह उनका भी उतना ही ख़याल रखता। स्वस्थ व सुंदर बैलों को देख कर मन उसी प्रकार हर्षित होता जैसे आँगन में अपने बच्चों को खेलते हुए देख कर होता।

"बाबू जी! आंटी बुला रही हैं"- सविता की आवाज़ से तंद्रा टूटी।
"ओह ! क्या हुआ ?" – धीरेन्द्र बाबू का मानो सुंदर सपना टूट गया हो।
"जा कर पूछ लीजिए। हमे तो इतना कहा है आपको जगा दें"– सविता ने अपनी मुस्कान छुपाने की नाक़ाम कोशिश की।

"ठीक है – ठीक है – आते है"– कह कर धीरेन्द्र बाबू ख़रामा – ख़रामा अंत:पुर यानी अंदर बेडरूम की तरफ गामज़न हुए।
"क्या हुआ भागवान ?"– द्वार पर पहुँच कर पत्नी को संबोधित किया।
"अरे, होना क्या है? हम कह रहे थे दशहरा दीवाली आ रही है नाती पोतों के लिए कुछ कपड़े लेने होंगे। रमा आने वाली है, दामाद जी भी आएंगे"। - पत्नी शांति देवी ने अपने शांत भाव से सूचित किया।
"हाँ, यह तो अच्छी बात है। कुछ दिन घर में रौनक़ रहेगी।"– बाबू जी ने कहा।

रमा दो भाइयों की एकलौती बहन थी। राकेश तो यहीं भोपाल में रहता था। छोटा बेटा रमेश दिल्ली में रहता था। वहीं उसकी ससुराल भी थी। पश्चिमी दिल्ली के सुभाष नगर मे। बेटी रमा की शादी लखनऊ में हुई थी। दामाद एक कॉलेज में प्रोफेसर थे। रमा बेटी एक नर्सरी स्कूल में पढ़ाती थी। गोमती नगर में अपना पुश्तैनी मकान था। भरा पूरा परिवार था। उसके ससुर राधेश्याम माथुर उत्तर प्रदेश सरकार में सेक्शन ऑफिसर के पद से सेवा निवृत हुए और वहीं लखनऊ में बस गए। इतने रम गए लखनऊ में कि दो दिन के लिए भी कभी भोपाल आते तो बस वहीं के क़िस्से सुनाते रहते। हमारा लखनऊ ऐसा है – लखनऊ वैसा है। वहाँ का खान-पान, रहन-सहन क्या कहने ! मानों कि बाहर कोई रहता ही न हो। समधि थे, वह भी एकलौती बेटी के ससुर। सुनना ही पड़ता था वरना हमारा भोपाल कौन कम है? 'हमारी झीलें - हमारी ग़ज़लें इनका कोई सानी नहीं। यहाँ का मौसम लखनऊ से बेहतर। मध्य-जून में जब वहाँ गर्मी के मारे हालत खराब होती तब हमारे यहाँ कंबल निकलते। सर्दियों में जब उत्तर प्रदेश ठिठुर रहा होता हमारे यहाँ चमकदार धूप का आनंद होता।

"रौनक़ तो रहेगी। ख़र्चा भी तो होगा। तुम्हारी पेंशन से तो अब घर चलाना भी मुश्किल हो रहा है" – शांति देवी ने अपनी व्यथा बिना किसी भूमिका के कह डाली।

"अरे तुम चिंता मत करो। आने दो राकेश को। मैं उससे बात कर के सब ठीक कर दूंगा। वह भी तो घर का हिस्सा है। कुछ ख़र्च तो उठाना ही चाहिए" – बाबूजी ने बात को संभाला।

राकेश बाहर दौरे पर गया था। जब से उसका प्रमोशन एरिया मैनेजर पद पर हुआ, बाहर आना – जाना लगा रहता है। महीने में 15 दिन तो बाहर ही गुज़रते हैं।

हालाँकि टी.ए. / डी. ए. की रकम अच्छी बन जाती है मगर बच्चों की देखभाल की ज़िम्मेदारी बुज़ुर्ग दम्पत्ति पर आ जाती है। बहू तो सुबह ही तैयार हो कर अपना पर्स उठा बैंक को निकल जाती है।

"बाबू जी, मैं जा रही हूँ। आज सुबह जल्दी मीटिंग में जाना है" ।

यह मीटिंगे कभी खत्म ही नहीं होती। शाम को देर तक चलती हैं। शांति कब तक रसोई में खटती रहेगी? सोच था बहू आएगी तो शांति को फ़ुरसत हो जाएगी। मगर यहाँ तो उलट ही हो गया। और काम बढ़ गया। अपने बच्चे पालते उमर निकल गई अब बच्चों के बच्चें! उफ्फ़ ! यह दुनियादारी! कभी-कभी उनको लगता वह ख़ुद इस दुनियादारी में क्यूँ पड़े। आजकल के बच्चों जैसे न हो सके। होते भी कैसे? आँखें भी ठीक से न खुली थीं कि पिता जी ने अपने किसी अंतरंग मित्र, जिनको उन्होंने बचपन में ही ज़बान दे दी थी कि बेटे की शादी तुम्हारी बेटी से करूंगा, को बुला कर 101/- रुपए में बात पक्की कर दी।

कॉलेज से निकल कर नौकरी लगते ही बस ब्याह हो जाएगा। बुआ, चाची, मौसी, फूफा जी मौसा जी सब पधारे। मंगल गीत गाए गए। ब्राहमन, नाई, धोबी, कहार सब अपनी अपनी दक्षिणा ले आशीर्वाद दे कर विदा हो गए। किन्नरों की टोली ने धमाल मचाया। मुँह-माँगी राशि लेकर आँगन खाली किया। सब कुछ एक स्वप्न की तरह हुआ। सुबह हुई तो शांति के साथ प्रणय-संबंध की परिणिती हो चुकी थी।

यह शांति की ही कुशलता थी कि बच्चे अच्छी शिक्षा पा गए। वरना बाबू जी को तो अपने ऑफ़िस के कामों से ही फ़ुरसत न होती थी। कभी दौरा - कभी ऑडिट - कभी बड़े साहब की मीटिंग। सरकारी दफ़्तर में काम करना भी एक कला होती है। जिसे सीखने के लिए क़ीमत चुकानी पड़ती है। अक्सर यह क़ीमत घर की प्राथमिकताओं को ताक़ पर रखकर चुकती है।

2.

राकेश को लौटे हुए तीन दिन बीत चुके थे। बातें तो हुई पर वो बात न हुई जो करना चाहते थे। शांति ने याद दिलाया तो मन पक्का कर राकेश को बाल्कनी मे बुला भेजा।

"सविता!"
"जी, बाबू जी!"
"ज़रा बड़े भैया को यहाँ आने को कहना" – धीरेन्द्र बाबू ने साहस जुटाते हुए कहा।

थोड़ी देर में राकेश आया। जी, बाबू जी आपने बुलाया? कहिए, ज़रा जल्दी से। मुझे निकलना है। 'क्लाइंट' से मीटिंग है।
"बेटा तू चला जा। क्लाइंट से मिल ले। मैं फिर कभी बात कर लूँगा" – बुझे मन से धीमे स्वर में कहा।

राकेश व बहू अपने-अपने काम पर निकाल गए। बच्चे स्कूल जा चुके थे। रह गए बुजुर्ग दम्पत्ति। शांति ने पुकार कर पूछा – "बात हो गई? क्या कहा राकेश ने? ख़र्चे में मदद करेगा ना?" "हाँ, भाई हाँ। आख़िर मेरा बेटा है" – धीरेन्द्र बाबू ने सविता से नज़र चुराते हुए कहा।

नाश्ता कर बाबू जी बाहर निकल गए।

"दोपहर तक आ जाऊंगा। कुछ काम से अवस्थी के पास जा रहा हूँ। उसकी छोटी बेटी की शादी है। बहुत दिनों से बुला रहा है। कुछ मशवरा करना चाहता है।"

दोपहर ढल चुकी थी। बाबू जी की कोई ख़बर नहीं थी। शांति को चिंता होने लगी। खाना टेबल पर रखा-रखा ठंडा हो रहा था। किसको पूछूँ? बच्चे स्कूल से आ गए थे। दादा जी को ढूंढ रहे थे। होम-वर्क कौन कराएगा? गणित के सवाल तो दादा जी को ही आते हैं बेटा, उनको ही पूछना। अभी आते ही होंगे।

तभी घंटी बजी। देखा तो बाबूजी थे।

"अरे क्या हुआ? इतनी देर कहाँ लगा दी?"– शांति ने व्यग्रता से पूछा।
"क्या बताएँ! ज़रा बैंक में देर लग गई"- अनायास ही उनके मुंह से निकला। "यह रखो सब्ज़ी का झोला। इसमें पैसे भी हैं संभाल लेना। दीवाली में काम आएंगे। नाती-पोतों व बेटी-दामाद को ख़ुश रखना। मैं हाथ-मुंह धो कर आता हूँ। बड़ी भूख लगी है"- कह कर झोला रख बाबूजी बाथ-रूम की तरफ बढ़ गए।

शांति का माथा ठनका। अवस्थी काका को तो रिटाइर हुए छः महीने हो गए। फिर यह बैंक क्या करने गए थे?

झोले से सामान निकालते हुए फल-सब्ज़ियों के नीचे एक लिफ़ाफ़ा मिला। जिसमें बीस हज़ार रुपए के सौ-सौ के नोट रखे थे। साथ में थी उनकी प्राविडन्ट फंड की पास-बुक। जिसमें आज बीस हज़ार रुपए की निकासी की एंट्री साफ और सुंदर प्रिंटिंग में चमक रही थी।

शायद, बैंक ने आज ही प्रिंटर में नया रिबन बदली किया था।

झूठ ओ' मक्कारी सिखाता नहीं कोई
यह हुनर है जो वक़्त के साथ आता है

- अंजुम लखनवी

फ़ोन की घंटी बजी। टन्न! टन्न! इतनी सुबह? मुझे तो किसी के फ़ोन का न इमकान- न इंतज़ार। फिर कौन है? जो इतनी सुबह सदा दे रहा है?
क्या किसी का दिल टूटा है ?
जो इक शांत श्रोता चाहता है।
ऐसा श्रोता - जो उसकी व्यथा चुप-चाप सुन सके।
न प्रतिक्रिया करे – न कोई कमेन्ट करे
न कोई सवाल पूछे।

बस सुनता रहे। जैसे पेड़ और पौधे सुनते हैं।
हमारे दुख से दुखी होते हैं ।
हमारी नादानियों पर हँसते हैं ।
मगर कुछ कहते नहीं। यही तो उनकी ख़ूबी है।
तभी तो उनका महत्व है। अस्तित्व है।

आगे बढ़ के, ज़रा संभल के फ़ोन उठाया।
मन हर्षित हुआ। स्क्रीन पर जब नाम आया।
अरे! यह तो ......मेरी पूर्व प्रेमिका .....
आज मुद्दत के बाद इसको कैसे मेरी याद आयी?
इसने तो न मिलने - न बोलने की क़सम खायी थी।

ज़रूर कोई लफड़ा हुआ होगा– या कोई झगड़ा।
नये बॉय फ्रेंड से। नयी जूती और नये फ्रेंड अक्सर तंग करते हैं।
एडजस्ट होने को थोड़ा वक़्त माँगते हैं।

ख़ैर! देखते हैं क्या हुआ?

मोहब्बत तो कब की काफ़ूर हुई। अब तो हमदर्दी भी नहीं रही।
चलो कुछ मज़ा लेते हैं।

हेलो ! प्रिया ! क्या हुआ? कैसे याद किया?
फिर कुछ लफड़ा हुआ? क्या ?
क्यूँ मगर - क्या हुआ?
वो तुम्हारा नया - बॉय फ्रेंड भाग गया?
ओह ! So sad !
जाने दो, क्यूँ, हलकान हो रही हो ?
क्यूँ आँखों का काजल भिगो रही हो?
कितनी महंगाई है?

वही तो . . वही तो परेशानी है। यार !
कितनी महंगाई है?
कितना अच्छा था। गाड़ी थी - ड्राइवर था।
क्रेडिट कार्ड – गिफ़्टवाउचर !
वीकली डिनर – नाइट आउट !
बर्थ डे गिफ़्ट– क्रिसमस गिफ़्ट - वेलेंटाइन गिफ़्ट !
Whole life was a gift, यार !

और अब ?

अब क्या? कुछ भी नहीं।
ज़िंदगी में कोई मज़ा ही नहीं।
I miss you – badly.

फिर सिसकियाँ – रुदन। मेरा मन भर आया।
तुरंत आभास हुआ। अब नैन-गंगा में पानी बढ़ रहा है।
बाढ़ का ख़तरा बढ़ रहा है।

जल्दी से विवेक का दामन पकड़ा।

विवेक ने समझाया – दूध के जले हो – बीयर समझ कर मत पीना।
बीयर का नाम सुन कर तुरंत ज्ञान चक्षु खुल गए।

तुरंत . . हिन्दी छोड़ अंग्रेज़ी का दामन पकड़ा।
"I miss you too, dear
But,
I no more drink beer."

...And the phone got disconnected!

तुझे किस नाम से पुकारूँ ए अजनबी
तिरी न मोहब्बत सच्ची न नफ़रत सच्ची

- अंजुम लखनवी

एड़ा

पहली बार वह बंबई आया था। बहुत सुना था यहाँ के बारे में। यहाँ लड़कियाँ मिलती हैं। बिन्दास। माने तुम कुछ भी कर सकते हो। उसे यक़ीन नहीं होता था। गाँव में तो देखना भी मुहाल था। कभी त्यौहार में दिख भी जातीं तो मुँह पर पल्ला लिये हुए। आवाज़ से ही पहचान सको किससे बात हुई।

टैक्सी वाले भय्या से बात बन गई। ठीक वहीं ले जा कर छोड़ा। मैडम से मिलवा वह खिसक लिया। मैडम ने बिठाया, हाल-चाल पूछा जैसे कोई पुरानी पहचान हो। पानी पिलाया।

"कैसा माल चाहिए?"
"माल? मतलब ?"
"अरे लड़की! एड़े ! इधर क्या गणपति दर्शन को आया?"- मैडम ने झिड़क दिया।
"हाँ, कोई भी"
"ओ' पद्मा, तेरा ग्राहक आया। तू ले जा इसे"- मैडम ने आवाज़ लगाई।
एक कमसिन सी लड़की आयी और इशारा कर इसे अंदर ले गई।
अंदर अंधेरी कोठरी में पीला उदास बल्ब जल रहा था। इसकी रोशनी में लड़की का चेहरा भी पीला दिख रहा था। उसे रुबीना की याद आ गई । रुबीना उसकी चचाज़ाद बहन थी। उससे इसकी शादी की बात चल रही थी। पिछले साल उसे पीलिया हो गया था। उसके बाद से बहुत कमज़ोर हो गई थी।

पद्मा ने कपड़े उतार दिए और इसे भी कपड़े उतारने का इशारा किया।
इसका ध्यान न जाने कहाँ भटक रहा था।

"तुम ये काम क्यूँ करती हो?"
"तो क्या करूँ? पेट तो भरना है, न !"
"कुछ और काम कर सकती हो? कितना पढ़ी हो?"

"दसवीं फेल हूँ, क्या काम करूँगी?"
"थोड़ा और पढ़ कर नौकरी कर सकती हो"
"नौकरी कर के भी यह तो करना ही है, मैं औरत हूँ मर्द नहीं।"
"चल जल्दी कर, टेम खोटा नको कर।" - पद्मा ने खीज कर कहा।
"नहीं, मुझे नहीं करना कुछ।"- इसने उठ कर बाहर जाने की कोशिश की तो पद्मा ने हाथ पकड़ लिया।
"ऐसा नाको करो बाबू! बाई ग़ुस्सा करेगी। बोहनी का टेम है।"- गिड़गिड़ाते हुए पद्मा ने कहा।
"ठीक है, मैं मैडम को कह दूँगा, सब ठीक हो गया। यह ले सौ रुपये। तू कुछ फल खा लेना, बहुत दुबली हो" - कह कर निकलने लगा।

"मैं भीख नहीं लेती। एड़ा कहीं का!"- कहकर उसने सौ रुपए का नोट इसके ऊपर फेंक दिया।

"फिर क्या हुआ?" उसके दोस्त जो एकाग्रता से पूरा क़िस्सा सुन रहे थे, बोले ।
"अरे होना क्या था। मैं चला आया।"
"बग़ैर पान खाए?"
"हाँ"
"मगर क्यूँ?"
"क्यूँकि, मैं एड़ा था"

अब समझा उसकी उदासी का सबब
था ख़ुद मेरे सामने दिल था कहीं और

- अंजुम लखनवी

पे. टी. एम

मि. चंद्रन मॉर्निंग वॉक् से लौटे तो घर में विचित्र नज़ारा देखने को मिला।

उनकी पत्नी श्रीलक्ष्मी जो अक्सर काम वाली बाई जयम्मा को समझाती रहती थी, आज चुप थी। जयम्मा बोले चली जा रही थी।

जयम्मा की रोज़ एक नई कहानी परंतु विषय-वस्तु वही पुरानी। उसके पति का अत्याचार। दुर्व्यवहार। श्रीलक्ष्मी बड़े तरीक़े से समझाती। अपना उदाहरण देती। कैसे वो और चंद्रन 35 वर्षों से एक साथ हैं। बेटे बेटियाँ ब्याह दीं। मगर चंद्रन ने कभी ऊँचे स्वर में बात नहीं की। इसका पूरा श्रेय स्वयं को देती।

"मेरा व्यवहार इतना अच्छा है, मैं उनका पूरा ध्यान रखती हूँ। हर बात को बिना उनके कहे ही समझ जाती हूँ। आदि – आदि"

आख़िर आज ऐसा क्या हुआ कि श्रीलक्ष्मी सुन रही है। कुछ नहीं बोलती।

"क्या हुआ? भई ! कोई मुझे बताए।" - मि. चंद्रन ने जिज्ञासा से पूछा।
"इसको छुट्टी चाहिए"
"तो इसमें क्या बात है?"
"बात यह है कि इस बार छुट्टी का बहाना कुछ अजीब है"
"क्यूँ? कैसे?"
"कहती है - Paytm खुलवाना है। इसके लिए छुट्टी चाहिए। ये Paytm क्या होता है? मेरी समझ में नहीं आता । ये कैसी छुट्टी माँग रही है, नया बहाना ढूँढ निकाला है, इसने काम पे न आने का।"

"वनक्कम अन्ना!" - जयम्मा ने कहा।
"वनक्कम, वनक्कम!" – मि. चंद्रन दूध की थैलियों को किचन प्लेटफार्म पर रखते हुए

बोले - "लक्ष्मी ! ज़रा एक कप कॉप्पी देना।"
"और हाँ, जयम्मा! तुम्हारी क्या बात है, मुझे बताओ" - कह कर ड्राइंगरूम में अपनी आराम कुर्सी पर बैठ गए।

"अन्ना ! आप को तो मालूम है मेरा आदमी कैसा है। दारू में सब पैसा ख़रचा करता है। आजकल किसी औरत के चक्कर में पड़ा है। मुझे जो पैसा मिलता है, वो ऑनलाइन से उसके ख़ाते में जाता है। पहले नक़द मिलता था तो मैं थोड़ा बचा कर रख लेती थी" - जयम्मा ने रोते-रोते अपनी करुण व्यथा सुनाई।

"हूँ, यह बात तो बहुत ग़लत है।"
"अब मैं अपना 'Paytm' खुलवाऊँगी। मेरा पैसा मेरे हाथ में रहेगा। आँटी को यह बात समझ नहीं आ रही।" - जयम्मा ने कहा।

"अरे लक्ष्मी! इसको छुट्टी दे दो। ज़रूरी काम है इसे।"
"थैंक्यू अन्ना !" - जयम्मा ख़ुशी से नाच उठी।

इधर श्रीलक्ष्मी का चेहरा लाल हो गया। ग़ुस्से से बोली - "ये Paytm / ATM क्या होता है मुझे भी समझाइए ! मैंने तो कभी नहीं देखा।"

"अरे! तुम्हारा ATM तुम्हारे सामने है। मैं हूँ न। देखो मुझे, जी भर कर।" - मि. चंद्रन की प्यार भरी आवाज़ सुन कर श्रीलक्ष्मी सामान्य हो गई।

"देखो हर महीने पहले तनख़्वाह और अब पेंशन ला कर तुम्हारे पर्स में रख देता हूँ। बस तुम्हारा पर्स है Paytm" - मि. चंद्रन ने समझाया।

जयम्मा मुस्कुराए जा रही थी। उसे अपनी आधुनिकता पर गर्व हो रहा था और दिल के किसी कोने में श्रीलक्ष्मी के लिए सहानुभूति के बीज का अंकुरण।

यूँ न रहो तुम ख़फ़ा ख़फ़ा हम से
वक़्त मुख़्तसर है और काम बहुत

- ***अंजुम लखनवी***

संस्मरण

निमंत्रण

सन 2000 में चंडीगढ़ से पुणे आने के बाद उत्तर भारत से संबंध लगभग कट गया था। शायद भाग्य का खेल था। कभी सोचा नहीं था कि पुणे पोस्टिंग होगी।

बैंक के आई.टी. सेक्शन में काम करते हुए क़रीबन 18 वर्ष हो चुके थे। आगे तरक़्क़ी की राह मुश्किल साबित हो रही थी। इसलिए आगामी प्रमोशन परीक्षा में बैंक की मुख्य धारा में आने का मन बना लिया। मुक़ाबला कठिन था । कार्य कठिन है इसलिए करने योग्य है। यह सोचकर तैयारी शुरू कर दी। जिससे भी मार्गदर्शन मिला, लिया। सहयोगियों से, सीनियर्स से, किताबों से। अख़बार/जर्नल सभी छान मारे। पूरी कर्मठता से इंटरव्यू में हिस्सा लिया और सफलता भी मिली। किन्हीं प्रबंधकीय कारणों से पोस्टिंग में देर हो रही थी।

आंचलिक प्रबंधक महोदय ने एक स्थानीय शाखा में पोस्ट कर दिया, अचानक।

दिसंबर का पहला सप्ताह। साहब के पी. ए. का इंटरकॉम पर संदेश आया – 'साहेब' ने याद किया है। दौड़ कर गया तो देखा उनके सामने एक स्थानीय शाखा प्रबंधक बैठे थे।
-आओ मि. बजाज - बैठो ।
आज 'साहेब' ने बैठने के लिए कहा। अक्सर तो खड़े-खड़े काम बता कर छुट्टी कर देते थे। संकोच पूर्वक बैठ गया।
-"कल से तुम्हें अर्ण्येश्वर शाखा का कार्यभार सँभालना है। यह मिस्टर कुलकर्णी हैं वहाँ के प्रबंधक"
"जी, सर" मगर मैं तो मुख्य प्रबंधक के लिए चयनित हो चुका हूँ और पोस्टिंग ऑर्डर की प्रतीक्षा कर रहा हूँ"
"येस आई नो, मगर अभी पोस्टिंग होने में देरी है। तब तक ज़रा ब्रांच का अनुभव कर लो, आगे काम आएगा। ठीक है?"
"जी, सर!" - बॉस के सामने और कुछ बोलने का साहस न था।

इस तरह मेरे आई.टी. विभाग के बरसों के सफ़र का अंत हुआ। 18 मिनटों से भी कम समय में 18 वर्षों की यात्रा अचानक समाप्त।

अगले दिन सुबह सातारा रोड स्थित अर्ण्येश्वर शाखा में जा पहुंचा। ठीक 10.30 बजे। वर्तमान शाखा प्रबंधक का कोई अता पता न था। करीब एक घंटे के बाद महाशय पान खाते हुए एक काले रंग का हैंड बैग बग़ल में दबाए हाज़िर हुए। मुझे बैठा देख हैरान थे। शायद उन्हें मेरे समय पर आने की आशा नहीं थी। उनकी अपेक्षा के विपरीत दो दिन में उनसे कारोबार का जायज़ा ले उनको विदा किया। जीवन में पहली बार विधिवत शाखा प्रबंधक की कुर्सी पर आसीन होने का अवसर मिला। वह भी सीधे वरिष्ठ प्रबंधक के पद पर।

शाखा 'रेजिडेंशियल एरिया' में थी। ज़्यादा झंझट नहीं थे। ग्राहक सेवा और वसूली पर ध्यान देना शुरू किया। परिणाम अच्छे मिले। बॉस ने तारीफ़ की। क्षेत्रीय प्रबंधक श्री कठाले पूर्व परिचित थे। हम दोनों भोपाल में एक साथ कार्य कर चुके थे। बहुत सज्जन। मधुर स्वभाव व आकर्षक व्यक्तित्व के स्वामी।

मुझे ऋण वितरण का पूर्व अनुभव नहीं था। मगर वसूली में अच्छा प्रदर्शन रहा।

यहीं मेरी मुलाक़ात माधुरी से हुई। नाटकीय रूप में। कोल्हापुर के एक ग्राहक को लोन की वसूली के संबंध में शाखा में बुलाया। माधुरी साथ में आई थी। उसका परिचय ग्राहक श्री राज किशोर पाटिल ने अपनी छोटी बहन के रूप में करवाया। वह टीचर है और गणित पढ़ाती है। माधुरी पास ही तिलक रोड की सोसायटी में रहती थी। एक दो मीटिंग्स के पश्चात जब वसूली नहीं हो पाई तो समझौता प्रस्ताव का विकल्प सुझाया। इस पर रज़ामंदी हो जाने पर कुछ छूट के साथ उनको राहत मिल गई। नियमानुसार, बैंक की राशि प्राप्त होने की आशा जग गई।

पूरी प्रक्रिया में माधुरी संपर्क में रही। तीन-चार बार उसका शाखा में आना हुआ। एक बार वह अपनी इकलौती बेटी सायली को साथ ले कर आयी। तीसरी कक्षा में पढ़ती थी। उस दिन आई तो मौसम काफ़ी गरम था। मैंने बच्ची को अपनी बॉटल से पानी दिया। माधुरी को चाय के लिए पूछा - "चहा घेणार का ?"

मेरे मुंह से मराठी भाषा में संवाद सुनकर वह चौंकी। पिछली मुलाक़ात में मैंने उसे हिंदी बोलने का मशवरा दिया था। उसने मेरी हिंदी भाषा को सराहा था।

"आपकी हिंदी बहुत अच्छी है। लगता है अमिताभ बच्चन बोल रहे हैं"
- माधुरी ने कहा।
"हिंदी मेरी मातृभाषा हैं"
"जब आप पुणे में कारोबार करते हैं तो आपको मराठी बोलनी चाहिए"
"जी, मैं सीख रहा हूं, आप सिखा दीजिए तो जल्द ही सीख जाऊँगा"
- मैंने बचाव करते हुए कहा।
"वैसे आप कब से पुणे में हैं?"
"यही कोई विगत 5 वर्षों से"
"अब तक तो सीख लेनी चाहिए थी"- उसने अपनी वाकपटुता का परिचय दिया।
"मगर हिंदी हमारी राष्ट्रभाषा है, आपको हिंदी सीखनी चाहिए"- मैंने अपना दांव खेला।
"कभी किसी ने कहा ही नहीं"
"चलिए, आज से तय हुआ आप हिंदी में बात करेंगी और मैं मराठी में। आप मेरी भाषा में सुधार करना और मैं आपको मदद करूँगा"- दोनों एक साथ हँस दिए थे।

मार्च की वार्षिक लेखाबंदी हो चुकी थी। यहाँ से जाने का वक़्त क़रीब आ चुका था। कभी भी मुख्य प्रबंधक पद की पोस्टिंग आ सकती थी। जाने से पहले जो काम हाथ में थे उनको निपटाना ज़रूरी था। ताकि अपने बाद आने वाले शाखा प्रबंधक को किसी दिक़्क़त का सामना न करना पड़े। न ही ग्राहकों को।

यही सोच कर राज किशोर पाटिल को बुलवा लिया कि अपने समझौता प्रस्ताव के अनुसार बैंक की देय राशि जमा कर ऋण मुक्ति का प्रमाणपत्र ले लें। क्षेत्रीय कार्यालय ने प्रस्ताव को मंज़ूरी दे दी थी। इस बार भी माधुरी साथ आई। राज किशोर उर्फ राजू के पास चेक बुक थी। उसने सेटलमेंट राशि का चेक दिया लेकिन 20 हज़ार रुपए कम पड़ गए। माधुरी ने अपना पर्स खोला और 1000/- के 20 नए नोट मेरे हाथ में थमा दिए। जिन्हें मैंने कैशियर के पास भिजवा कर रसीद ले कर उनको थमा दी। जिस मुस्तैदी और आत्मविश्वास के साथ उसने यह सब किया वह उसके व्यक्तित्व का परिचय था।

सब काम हो जाने के बाद उन्होंने धन्यवाद दिया। मैंने संतोष व्यक्त करते हुए कहा कि आप कल आ कर अपना 'नो ड्यूज सर्टिफ़िकेट ' ले जाएं। राजू आज ही कोल्हापुर वापस जाने वाला था। इसलिए कल माधुरी आएगी और सर्टिफ़िकेट ले जाएगी। अगले दिन शनिवार था। ऑफिस 2 बजे तक ही खुला था। मैंने सर्टिफ़िकेट तैयार कर के रख दिया।

आज ही शनिवार को कार्य भार से मुक्त हो रहा हूं। चार महीने के यहाँ के कार्यकाल का जायज़ा लिया तो आज का अंतिम कार्य-निष्पादन और माधुरी का चेहरा आँखों के सामने आ गया। उसका आत्मविश्वास, रंग-ढंग, भावभंगिमा सब कुछ आकर्षक था। गेहुंआ रंग और बिना किसी विशेष आभूषण के इतना आकर्षक चेहरा। चेहरा व्यक्ति के अंदर छिपे गुणों का इश्तहार होता है। ग्लोइंग स्किन, स्टाइलिश बॉय कट बालों को बहुत सलीके से रखना, वाकपटुता और उसकी धीमी-धीमी मुस्कुराहट। आँखों की विशिष्ट चमक। दरमियाना क़द और कसरती व फिट बदन। स्पोर्ट्स शूज़ और वेस्टर्न ड्रेस।

अचानक टेबल पर रखे फोन की घंटी बजी।
सामने से आवाज़ आई - "मी माधुरी बोलतेय."
"अरे, मैं आपको ही याद कर रहा था। आपका काम हो गया है। सर्टीफ़िकेट ले जा सकतीं हैं। मैं आज ही यहां से भर-मुक्त हो कर दिल्ली जा रहा हूँ ।"
"क्या, आज ही? इतनी जल्दी?"
"जी"
"ओ.के., फिर भी आज आप कितने बजे तक हैं? ज़रा रुकिएगा। मैं थोड़ी देर में पहुँचती हूँ" - कह कर उसने मेरा उत्तर सुने बिना ही फ़ोन रख दिया।

मुझे ज़्यादा इंतज़ार नहीं करना पड़ा। थोड़ी देर बाद माधुरी आ गई। अपनी सफ़ेद रंग की 'कायनेटिक स्कूटी' से। उसको सर्टीफ़िकेट दिया। बदले में उसने सुंदर मुस्कान के साथ बहुत ही संजीदगी से धन्यवाद दिया।
"अरे, धन्यवाद तो बैंक आपका करता है, कि आपने राशि का भुगतान कर दिया है" – मैंने विनम्रता से कहा।
माधुरी ने धीरे से अपने बैग से गिफ़्ट पैक निकाला, 'पेन-सेट' व 'ग्रीटिंग-कार्ड'।
"अरे, इसकी क्या ज़रूरत है?" - मैंने कहा।

"आपको नहीं, मुझे इसकी ज़रूरत है."- माधुरी ने कहा तो मैंने उसका उपहार रख लिया।

माधुरी चली गई। मगर मुझे कल तक जो दिल्ली जाने का उत्साह था वह क्षीण होता मालूम पड़ा। कुछ दिन यहाँ और रह जाता तो अच्छा होता। अचानक इस शाखा से - इस 'दर ओ' दीवार' से मोहब्बत हो गई। मगर ज़िन्दगी इंसान को हमेशा सफ़र में रखती है। मंज़िल कहीं नहीं मिलती। आज जिसे हम मंज़िल मान लेते हैं, वक़्त गुज़रने पर महज़ एक मक़ाम साबित होता है। भारी मन से शाखा से विदा ले कर घर पहुँचा।

घर पहुँच कर ग्रीटिंग कार्ड फिर से देखा। उसके पीछे माधुरी का मोबाइल नंबर लिखा था।

दिल्ली

अभी तक घर का इंतज़ाम नहीं हो पाया था। शाम को 'ईस्ट ऑफ कैलाश' में होटल पहुँच कर आराम कर रहा था कि पुणे की याद आ गई। माधुरी का दिया हुआ ग्रीटिंग कार्ड मेज़ पर रखा हुआ था। फिर से खोल कर पढ़ा।
'Best wishes for future assignment' सुंदर लिखावट थी। भगवान जिसको सुंदरता देता है तो भरपूर देता है। सुंदर लोग हर काम सुंदरता से करते हैं। मोबाइल नंबर लिखा था। मैंने नंबर डायल किया।
"हैलो, माधुरी बोल रही हैं?" - मैंने कांपते स्वर में कहा।
"मुझे डायल किया है तो और कौन बोलना चाहिए"- माधुरी ने आत्मविश्वास से भरे स्वर में कहा।
"जी, जी बस मैं ऐसे ही कन्फ़र्म कर रहा था।"
"तो हो गया कन्फ़र्म? कहिए। आप ठीक से हैं? दिल्ली पहुंच गए?"
"जी, मैं ठीक हूं। आपकी याद आई तो मैंने फ़ोन कर लिया।"
"अच्छा किया। उस दिन आप से ज़्यादा बात नहीं हो सकी। राजू आपको धन्यवाद कहना चाहता था।"
"जी नहीं, इसमें धन्यवाद की क्या बात है? मैने अपना काम किया है।"
"आज के ज़माने में अपना काम ठीक से करने वाले लोग कम ही मिलते हैं। आपकी मदद से हमारा अकाउंट सेटल हो गया तो धन्यवाद तो बनता ही है।"

"चलिए ठीक है, धन्यवाद स्वीकार कर लेते हैं।" - मैंने हँसते हुए कहा तो माधुरी की ख़नख़नाती हँसी सुनाई पड़ी।
"आपका कॉलेज कैसा चल हाल रहा है?" - मैंने बात को आगे बढ़ाया।
"मैं कॉलेज में नहीं पढ़ाती"
"फिर?"
"मैं कोचिंग क्लास में टीचर हूं"
"ओके ओके"
"दिल्ली में आपकी पोस्टिंग कहाँ पर हुई है? - माधुरी ने पूछा।
"जामिया मिलिया इस्लामिया यूनिवर्सिटी में हमारे बैंक की शाखा है। वहीं पर मुख्य प्रबंधक के तौर पर" - मैंने समझाया।
"चलिए, यूनिवर्सिटी में रहेंगे तो पढ़ते-लिखते रहेंगे।" - माधुरी ने हँसते हुए कहा।
"जी, बहुत से प्रोफेसर लोगों का अकाउंट है हमारे यहाँ, उनसे सीखते रहेंगे। जब पुणे आएंगे तो आप से सीखेंगे"
"जी, ज़रूर। सीखना ही चाहिए। अब चलती हूँ मेरा क्लास का टाइम हो रहा है।" - माधुरी ने कहा और फ़ोन कट गया।

पुणे मे मेरे पास मोबाईल फ़ोन नहीं था। दिल्ली आने पर बैंक से मिला था। रिलायंस का सिल्वर कलर का बहुत ही छोटे आकार का। अब तो मेरा नंबर माधुरी को मिल गया है। वह भी बात कर सकती है। मगर वह क्यूँ बात करेगी? हमारा संबंध ही क्या है? एक दूसरे से बैंक के कार्यवश मुलाक़ात हुई। बस। ऐसी मुलाकातें बहुत लोगों से होती हैं। क्या सबसे बात करते हैं? फिर माधुरी से क्यूँ? इस 'क्यूँ' का जवाब नहीं मिल पाया। ऐसा क्यूँ होता है कि किसी से बार-बार मिलने का मन करता है? दिल्ली में रह कर मिल पाना तो संभव न था लेकिन मैसेज या कॉल से संपर्क में रह सकते हैं। यही सोचते-सोचते नींद आ गई।

(3)

जामिया मिलिया शाखा साधारण शाखा नहीं थी। अनेकों समस्याएं। धीरे-धीरे समाधान होता गया। इस बीच माधुरी की याद आती रही। अनेक बार उसको मैसेज करने का विचार आया। मगर साहस न कर सका। फिर एक दिन अचानक सुबह उठकर फ़ोन देखा तो 'good morning' माधुरी के नाम से मिला। मन प्रसन्न हुआ। "दिल को दिल से राहत होती है"। उत्साह में मैंने वापस msg करने की बजाय कॉल कर लिया। फ़ोन

की घंटी बजती रही मगर कोई जवाब नहीं मिला। मायूस हो कर मैंने फ़ोन रख दिया। चाय - अख़बार से फ़ारिग़ हो कर ऑफिस के लिए तैयार हुआ। निकलने लगा तो फ़ोन की घंटी बजी। माधुरी की कॉल थी। तुरंत कॉल ली।

"आपने फ़ोन किया था?"
"जी"
"कहिए क्या बात है?"
"नहीं, कुछ ख़ास नहीं। आपका message आया था। तो मैंने कॉल कर लिया। मगर किसी ने फ़ोन उठाया ही नहीं"
"मैं ज़रा काम से बाहर गई थी। अभी लौटी तो सायली ने बताया कि फ़ोन आया था"
"उसने देखा तो फ़ोन लिया क्यूँ नहीं?"
"हमारे घर में किसी का फ़ोन कोई दूसरा नहीं लेता"– माधुरी ने स्पष्ट जवाब दिया।
"मगर message का जवाब आप message से भी कर सकते थे?"– उसने सवाल किया।
"हाँ, कर सकता था। मगर फ़ोन पर बात करना अच्छा लगता इसलिए फ़ोन किया। आपको बुरा लगा?"– मैंने क्षमायाचना के लहजे में कहा।
"नहीं ऐसी बात नहीं है। मैं शाम को फ़्री होती हूँ आप शाम को बात कर सकते हैं। अभी रखती हूँ"– कह कर उसने फ़ोन रख दिया।

स्पष्टवादिता कहें या रुख़ापन। यह पुणे की विशेषता है। इसका कोई बुरा नहीं मनाता। उत्तर भारत से यहाँ आए लोगों को यह बात बहुत खलती है। मगर यह एक 'पुणेरी लक्षण' है। इस पर पुणे के लोग गर्व करते हैं। उदाहरण के लिए – घर के बाहर - कॉल बेल के नीचे लिखा मिलेगा। "सिर्फ एक बार बजाएँ। हम बहरे नहीं हैं" या फिर गली में कार पार्किंग को रोकने के लिए नोटिस बोर्ड होगा – "यहाँ नारियल गिरते हैं"
ऊपर देखेंगे तो नारियल का पेड़ ही नहीं है।

(4)

धीरे-धीरे दिल्ली में मन लगने लगा। शाम के समय घर पर जब फ़ुरसत और तन्हाई होती तो पुणे की याद सताने लगती। माधुरी का sms प्रतिदिन सुबह आता था। कोई प्रेरणा भरा संदेश। अनजाने में ही मित्रता का रिश्ता बनता जा रहा था। इस मित्रता को क्या नाम दिया जाए? यह एक प्रश्न चिन्ह बना हुआ था।

मगर message न आए तो चैन नहीं आता था। बहुत इच्छा होती थी कि फ़ोन पर बात की जाए। मैं यह बात कहने में संकोच करता था।

जुलाई का महीना। जून की त्रैमासिक लेखाबन्दी हो चुकी थी। मेरी एक सप्ताह की छुट्टी स्वीकृत हुई। शाम को ऑफिस से निकलने के बाद मैंने माधुरी को sms किया कि - शीघ्र ही पुणे आ रहा हूँ। थोड़ी देर में जवाब आ गया – 'आपका घर यहाँ है, आप कभी भी आ सकते हैं'। उसने जवाब दिया, इस से प्रसन्नता हुई। मगर निराशा भी हुई। लगा था कि वह मेरे आने से ख़ुश होगी। मगर उसके जवाब में ऐसा कुछ नहीं था।

रविवार शाम को साहस कर के मैंने message किया – क्या हम बात कर सकते हैं?
"7 बजे मैं आपको कॉल करूंगी" – जवाब आया।
मुझे तसल्ली हुई। इंतज़ार करने लगा। ठीक 7 बजे फ़ोन की घंटी बजी।
"हैलो!"
"हैलो! Good evening" – मैंने जवाब दिया।
"Very good evening, कहिए क्या बात करना चाहते हैं?"– उत्साह व जिज्ञासा मिश्रित स्वर सुन कर अच्छा लगा।
"मैं अगले हफ़्ते पुणे आ रहा हूँ"
"तो आ जाइए। आपका message आया था। तब भी मैंने यही कहा था"
"जी, आपने कहा था। फिर भी मैंने सोचा आने से पहले आपसे बात कर लूँ"
– मैंने काँपते स्वर में कहा। जो कहना चाहता था, कह नहीं पा रहा था।
"तो कीजिए, क्या बात करनी है?"– माधुरी ने कहा तो मुझे थोड़ा प्रोत्साहन मिला।
"पुणे में, क्या हम मिल सकते हैं?"– मैंने साहस जुटा कर कह दिया और उसकी प्रतिक्रिया की प्रतीक्षा करने लगा।

थोड़ी देरी के साथ जवाब आया – "मगर आप क्यूँ मिलना चाहते हैं? अभी हम आपको जानते ही कितना हैं?"

मुझे बहुत निराशा हुई। मेरा अनुमान ग़लत निकला। मात्र एक पहचान को मित्रता समझ लिया। अपनी सीमाओं का उल्लंघन करने पर मन ग्लानि से भर गया। किसी तरह बात को ख़त्म किया और फ़ोन बंद कर दिया।

उस रात मैंने पुणे में अपने घर पत्नी से भी बात नहीं की। सुबह फ़ोन 'ऑन' किया तो बहुत से मेसेजेस थे। उनमें सब से अधिक माधुरी के थे। सभी में 'सॉरी, मुझसे ग़लती हुई, Please pardon me, आदि'।
"No, it's OK. यह मेरी ग़लती थी। मुझे आपसे मिलने की बात करने का कोई अधिकार नहीं है। हम लोग बैंक के बिजेनस के सिलसिले में मिले, बस। इस मुलाक़ात को आगे किसी और रूप में लेना उचित नहीं। मैं आपसे क्षमा चाहता हूँ" – यह संदेश लिख कर sms कर दिया।

माधुरी का message हर सुबह पहले की तरह ही आता रहा। मैं उसके जवाब में सिर्फ़ 'good morning' लिखता रहा। पुणे आने का उत्साह जाता रहा।

मैं पुणे कब आया और कब लौट गया, माधुरी को यह बताने की इच्छा नहीं हुई।

(5)
वक़्त अपनी रफ़्तार से गुज़र रहा था। बैंक के काज-क़ारोबार से फ़ुरसत कम ही मिलती थी। शनिवार और इतवार को वक़्त मिलता तो घर की साफ़–सफाई व अन्य व्यक्तिगत शौक़ पूरे करने का अवसर होता। ऐसे में मेरा एक पुराना दोस्त, बिजनेस-मैन सुजीत आहूजा आ बैठता। हम दोनों की खूब जमती थी।

चंडीगढ़ जाने का मौक़ा शनिवार – इतवार को होता था। माँ व छोटे भाई और उनके परिवार यहीं पर बसे हुए थे। शताब्दी एक्स्प्रेस से जा कर सोमवार की सुबह शताब्दी से ही लौटना हो जाता था। ऑफ़िस के काम का कोई हर्ज भी नहीं होता था।

आज शनिवार। बैंक शनिवार को हाफ़-डे यानी दो बजे तक ही खुलता था। ऑफ़िस से निकलने का वक़्त हुआ तो मैंने एक सहयोगी अधिकारी संजय ख़ान से कहा कि वह मुझे नई दिल्ली रेल्वे स्टेशन पर छोड़ दें और आगे अपने घर चले जाएँ।

समय से पहले ही स्टेशन पहुँचना मेरे लिए कोई नई बात नहीं थी। जब भी मुझे कहीं जाना होता तो ट्रेन के 'समय से लेट' होने की जानकारी लिए बिना ही स्टेशन पहुँच जाता। वहाँ पर इंतज़ार करना बुरा नहीं लगता था। आते जाते लोग, बच्चों का हाथ थामे हुए उनके पिता, नवजात शिशुओं को गोदी में उठाए युवा माताएँ।

घरों को लौटते हुए कॉलेज के नौजवान स्टूडेंट्स। मम्मी जी को अपने आने और रात को बटर-चिकेन खाना है, कल रविवार को राजमाह खाने हैं, फिर किस-किस को मिलने जाना है सब हिसाब अपने फ़ोन पर बताते हुए। स्टेशन पर मेले जैसा माहौल। बेंच पर अपना बैग रख, अपनी सहचर – 'नॉवेल' में ध्यान लगाने की कोशिश करता। अक्सर कोई ऐसा मंज़र सामने आता कि पढ़ने में ध्यान न लगता। उस दिन भी ऐसा ही हुआ।

एक महिला अपनी एक बच्ची का हाथ पकड़े हुए मेरी बेंच के करीब आ कर खड़ी हो गई। क्षण भर को लगा कि माधुरी और उसकी बेटी है। वैसे ही बॉय-कट बाल, स्पोर्ट्स शूज़ व ब्लू जीन्स पर व्हाइट कुर्ती। वैसी ही वेशभूषा। बोलने का वैसा ही अंदाज़।

"मे आई सिट हियर?"– उसने पंजाबी लहजे में पूछा।
"जी, बिल्कुल। क्यूँ नहीं। सरकारी बेंच है"– मैंने कहा तो वह मुस्करा दी। उसकी मुस्कान से वह माधुरी की जुड़वां बहन नज़र आने लगी। दो लोगों में इतनी समानता कैसे हो सकती है? हिन्दी की बहुत महिमा है। इसी हिन्दी भाषा की वजह से मेरी माधुरी से मित्रता हुई। हमारे देश में किसी की मातृ भाषा कोई भी हो मगर हिन्दी एक ऐसी भाषा है जो सब समझते हैं।
हिन्दी में मेरा जवाब सुन कर उसने अगला प्रश्न हिन्दी भाषा में किया।
"आप चंडीगढ़ जा रहे हैं?"
"जी, शताब्दी चंडीगढ़ ही जाती है। और मुझे मालूम है कि आप भी चंडीगढ़ ही जा रही हैं। क्यूँ ठीक है न?"– न जाने कैसे मैंने इतना कुछ बोल दिया। एक अनजान महिला से इस प्रकार बात करना एक नया अनुभव था।
"हाँजी, हम भी चंडीगढ़ ही जा रहे हैं"– उसने कहा।
"कैसा इत्तेफाक़ है यहाँ हर कोई चंडीगढ़ ही जा रहा है"– कह कर हम दोनों एक साथ हँस पड़े। सफ़र में इतनी बात होने का अर्थ है कि आप मित्र हो गए।
"आपकी सीट कौन से कोच में है?"– मैंने यूँ ही बात को आगे बढ़ाया।
"जी, C-3"
"लीजिए, एक और इत्तेफाक़। मेरी सीट भी C-3 में"
"आप चंडीगढ़ रहते हैं? कौन से सेक्टर में रहते हैं? दिल्ली किसी काम से आए थे?" – उसने प्रश्नों की झड़ी लगा दी। मैं इसके लिए बिल्कुल तैयार नहीं था।
"क्या आप टीचर हैं?" – मैंने उसके प्रश्नों का उत्तर एक प्रश्न से दिया।

"हाँजी, मैं टीचर हूँ। हिस्ट्री पढ़ाती हूँ। मगर आपको कैसे मालूम हुआ?"– उसने आश्चर्य से पूछा।
"आपके प्रश्नों से। इतने प्रश्न एक साथ एक टीचर ही कर सकती है"– मैंने मासूमियत से कहा तो उसके चेहरे पर फिर वही मुस्कान। लगा जैसे मैं किसी अपरिचिता नहीं अपितु माधुरी से बात कर रहा हूँ।

प्लेटफॉर्म नंबर 1 पर गहमा-गहमी बढ़ने लगी। ट्रेन का समय हो गया। 'शताब्दी' कभी लेट नहीं होती। ट्रेन लग गई। हम दोनों ने एक दूसरे की तरफ़ देखा। विदाई की मुस्कान। मैंने उसकी बेटी को हाथ हिला कर अलविदा कहा। उसकी मासूम मुस्कान बहुत प्यारी लगी। अपना-अपना सामान लेकर हम लोग C-3 में सवार हो गए। सीटों में काफ़ी दूरी थी।

दिल्ली से निकल कर हरियाणा के हरे-भरे खेतों के बीच से शताब्दी सरपट दौड़ रही थी। पंजाबियत और आत्मीयता का गहरा संबंध है। थोड़ा समय और मिलता तो हम दोनों एक दूसरे के बारे में बहुत कुछ जान लेते। मगर मेरे 'पुणेरी स्वभाव' ने इसकी इजाज़त नहीं दी। आज भी, जब कभी शताब्दी में दिल्ली से चंडीगढ़ का सफ़र करता हूँ तो उस 'अनामिका' की याद ताज़ा हो जाती है।

(6)

चंडीगढ़ में रविवार गुज़ारने के बाद सोमवार की सुबह रेल्वे स्टेशन पर माधुरी का 'Good morning' मैसेज आया। मैंने जवाब में लिख दिया कि चंडीगढ़ से दिल्ली वापस जा रहा हूँ। इस वक़्त स्टेशन पर हूँ। तुरंत उसका कॉल आ गया। आप चंडीगढ़ चले गए बताया भी नहीं। आवाज़ में रोष भरा था। मुझे बहुत आश्चर्य हुआ।
"इसमें बताने वाली क्या बात थी? मेरा घर है, मेरी माँ और भाई यहाँ रहते हैं। मैं कभी भी आ सकता हूँ" – मैंने कहा।
"मैंने कब कहा कि आप जा नहीं सकते। मगर बतला तो सकते थे?" – माधुरी के स्वर से नाराज़गी झलक रही थी।

"अच्छा भई, अगली बार कहीं भी जाऊँगा तो बतला दूँगा" – इस आश्वासन के पश्चात ही मामला ठंडा पड़ा।

दिल्ली तक के सफ़र में यही गुत्थी सुलझाने की कोशिश करता रहा कि आख़िर माधुरी के इस व्यवहार की वजह क्या है? वह मेरे परिवार को नहीं जानती। न कभी किसी से मिली। न मुझ से कोई विशेष नाता। फिर ऐसा क्यूँ?

क्या यह किसी विशेष संबंध की शुरुआत है? मैंने पुणे में मिलने का प्रस्ताव रखा था। उसने मना नहीं किया था। मैंने ऐसा समझ लिया था। उसने बहुत बार क्षमा याचना भी की। मैंने ही ध्यान नहीं दिया। ग़लती मेरी है। शायद, मैं उसकी सांकेतिक भाषा से परिचित नहीं हूँ। प्रेम की अनेकों भाषाएँ होती हैं। मन में प्रेम का वास होने पर भी यदि दो व्यक्तियों की प्रेम-भाषा अलग है तो संदेश को समझने में कठिनाई का सामना करना पड़ता है। स्वयं को 'संदेह का लाभ' दे कर संतोष हुआ।

(7)

उत्तर भारत व दिल्ली में बरसात हो रही थी। मगर बरसात के रुकते ही गर्मी का एहसास होता था। रह-रह कर पुणे की बरसात की याद आती थी। रिम-झिम रिम-झिम। अनुमान लगाना कठिन है कि जो छाता आप लेकर निकले हैं वह धूप के लिए काम आएगा अथवा बारिश के लिए। बारिश आते ही सड़क किनारे, पेड़ या किसी शेड के तले दो-पहिया वाहनों का जमघट लग जाता है। कुछ पलों में बारिश रुकी और सभी सवार अपनी-अपनी सवारी के साथ गायब। विंड-शीटर्स का क़ारोबार खूब चलता है। इसके भी अनेकों उपयोग है। हल्की रिमझिम फुहार के अलावा ठंड से बचाव। बारिश न हो तो धूल व प्रदूषण से बचाव। यहाँ का मौसम उत्तर भारत की तुलना में काफ़ी नरम रहता है। न ज़्यादा ठंड न ज़्यादा गर्मी। इसलिए साल के कई महीनों में इसका इस्तेमाल संभव है। अमूमन गणपति उत्सव शुरू होने तक बारिश थम जाती है। कभी-कभी अपवाद स्वरूप तेज़ बारिश का अनुभव भी होता है। इस बार भी ऐसा ही लग रहा था। माधुरी से यहाँ के मौसम का हाल मालूम हो जाता था।

महाराष्ट्र एवं विशेष रूप से पुणे में गणपति उत्सव बहुत धूम-धाम व श्रद्धा से मनाया जाता है। इस उत्सव का उद्गम भारत के स्वतंत्रता आंदोलन से है। लोकमान्य तिलक ने जन-जागरण हेतु इस समारोह को मनाने की प्रथा शुरू की थी। समय के साथ कुछ कुरीतियाँ प्रवेश कर गई हैं, मगर इसका महत्व कम नहीं हुआ। विदेश में बसे भारतीय भी इस अवसर पर अपने गृह-राज्य 'महाराष्ट्र' आते हैं। मुंबई से कोंकण के लिए विशेष रेलगाड़ियाँ चलाई जाती हैं ताकि आवागमन आसान हो सके।

गणपति उत्सव के लिए छुट्टी की अर्ज़ी अपने उच्चाधिकारी को भेज दी थी। दिल्ली के मेरे दोस्त सुजीत को गणपति समारोह देखने की प्रबल इच्छा थी। उसने भी अपनी हवाई टिकेट मेरे साथ ही बुक कर ली।

छुट्टी मंज़ूर हो जाने पर माधुरी को बतला दिया कि मेरा एक मित्र गणपति उत्सव देखने मेरे साथ पुणे आ रहा है। इस बार अपनी ओर से मिलने का कोई प्रस्ताव नहीं रखा। मेरे मन को अभी भी पिछली बार वाली घटना कचोट रही थी। यदि उसने मिलने से इन्कार कर दिया, तो? उसके 'sorry' कहने से मानसिक स्तर पर मुझे ज़्यादा लाभ नहीं हुआ था। शायद यह मेरे ज़िद्दी स्वभाव का नतीजा था।

माधुरी ने स्वयं मिलने का प्रस्ताव रखा। मैंने हामी भर दी।

(8)

सप्टेंबर का महीना। 9 तारीख़, शनिवार की शाम को दिल्ली से हम लोग पुणे एयरपोर्ट पहुंचे। एयरपोर्ट से ही माधुरी को sms कर दिया। उसने पुणे आने पर स्वागत किया। ऑफ़िस के तनाव से दूर – दोस्त के साथ छुट्टियाँ बिताने की उमंग। ऐसे में मन की मलिनता जाती रही। मैंने, माधुरी के स्वागत संदेश के जवाब में पूछ लिया – 'हम लोग कब और कहाँ मिल सकते हैं? मेरा दोस्त भी आप से मिलना चाहता है'।

"ओके, बाद में बताती हूँ। मैं अपनी दोस्त से बात करके दिन, समय और कहाँ मिलना है सब भेजती हूँ" - उसने बिना किसी हिचक के कहा तो मुझे अपनी भूल का एहसास हुआ। व्यर्थ ही मैंने शक किया। जीवन में हम स्वयं की जड़ता के कारण अनेकों अवसर एवं सुखद क्षणों को खो देते है। पुणे की पिछली यात्रा के दौरान माधुरी से न मिलने का बेहद अफ़सोस हुआ। इसके लिए और कोई नहीं मैं स्वयं ज़िम्मेदार था।

लखनऊ के एक बड़े शायर 'शाद' साहब का शेर याद आ गया –

"कोई नहीं था, मेरे मुख़ालिफ़ भी मैं ही था,
शायद कि अपनी राह में, हाईल भी मैं ही था"

और

"अपने ही गिर्द मैंने किया उम्र भर सफ़र
भटकाया जिसने मुझे वो मंज़िल भी मैं ही था"

अगली सुबह मैसेज आ गया। कैम्प स्थित कॉफ़ी हाउस। दोपहर 1 बजे दिन मंगलवार। सोमवार को हम लोग शिर्डी साईं बाबा के दर्शन के लिए निकल गए। पुणे आने वाला हर व्यक्ति शिर्डी अवश्य जाना चाहता है। उसके साथ ही शिंगणापुर स्थित शनि मंदिर व उस गाँव को देखना चाहता है, जहाँ घरों में द्वार एवं तालों का अभाव है। मान्यता है कि शनि भगवान के प्रकोप के से यहाँ कोई चोरी का साहस नहीं करता। नगर रोड का नवीनीकरण हुआ था। ड्राइव का आनंद लिया।

अर्जित पुण्य लाभ को खर्च करने के लिए एक बार के सामने गाड़ी रोक दी। हरिवंश राय बच्चन 'मधुशाला' में लिखते हैं कि मंदिर-मस्जिद मतभेद पैदा करते हैं मगर मधुशाला में लोग भेद-भाव मिटा कर एक दूसरे को गले लगाते हैं। यहाँ किए गए खर्च का बड़ा हिस्सा करों के माध्यम से सरकार को प्राप्त होता है। जिसका उपयोग विकासात्मक कार्यों के लिए किया जाता है। अप्रत्यक्ष व प्रत्यक्ष रोज़गार पैदा होते हैं।

डिनर के पश्चात घर पहुंचे। थकान के कारण नींद ने सहर्ष अपने आग़ोश में ले लिया।

(9)

आज मन प्रफुल्लित है। आज माधुरी से मिलन होगा। यह सुखद एहसास था। उसके साथ उसकी 'मैत्रीण' (मराठी भाषा में महिला मित्र के लिए प्रयुक्त शब्द) आ रही है। इधर मैं और मेरा मित्र। कैसा संजोग है? क्या बात करेंगे? दोनों पक्ष एक दूसरे से अपरिचित। अनजान।

कॉफ़ी हाउस पहुँच कर प्रथम तल पर सामने कोने की एक टेबल पर हम दोनों ने अपनी जगह ले ली। यहाँ से आगंतुकों पर नज़र रखी जा सकती थी। ज़्यादा इंतज़ार नहीं करना पड़ा। प्रवेश द्वार से माधुरी और उसकी 'मैत्रिन' थोड़ी देर में दाख़िल हुईं। मैंने सुजीत को इशारा कर धीमी आवाज़ में समझा दिया - "गुलाबी ड्रेस"। गुलाबी रंग की ड्रेस में माधुरी का गेंहुआ रंग खिल उठा था। साथ में थी सुरेखा। सलीक़े से बादामी रंग की साड़ी पहने। सांवला रंग। प्रभावी व आकर्षक व्यक्तित्व। उम्र में माधुरी से बड़ी लग रही थी। लगभग 8-10 बरस का अंतर।

चार लोगों की इस टेबल पर हम आमने-सामने बैठे थे। लिहाज़ा एक-एक सीट दोनों तरफ ख़ाली थी। उठ कर उनका स्वागत किया। माधुरी मेरे सामने व सुरेखा मेरी बाईं ओर बैठ गई।

"सॉरी, आपको इंतज़ार करना पड़ा" – माधुरी ने बातों का सिलसिला शुरू किया।
"जी नहीं, आप तो सही वक़्त पर आए हैं। हम लोग ही समय से पहले आ गए"
– मैंने संजीदगी से कहा।
"आप लोग दिल्ली वाले हैं। हमारे मेहमान हैं। हमें पहले आना चाहिए था। लेकिन पुणे का ट्रैफिक तो आप जानते ही हैं"– इस बार सुरेखा ने अपनी उपस्थिति का एहसास दिलाया।
"यहाँ तो कम है, जी। आप हम दिल्ली वालों से पूछिए! ट्रैफिक क्या होता है?"
– सुजीत ने जवाब दिया।
"छोड़िए, अब पहुँच गए न? अब क्या फ़र्क़ पड़ता है? यह बतलाइए क्या लेंगे? आपने कुछ ऑर्डर किया है क्या?"– माधुरी ने विषय परिवर्तन किया। इसी क्रम में उसने अपने व्यक्तित्व का परिचय दे दिया। सुजीत हतप्रभ था। उसे इस बात की आशा नहीं थी कि माधुरी इतनी मुखर होगी।
"मैं ब्लैक कॉफ़ी लूँगा"– मैंने कहा।

सबने अपनी अपनी पसंद बताई और माधुरी ने वेटर को ऑर्डर दिया। पुणे के मौसम और कल्चर की तारीफ़ दिल्ली वालों ने खुल कर की। सुरेखा और माधुरी ने अपने दिल्ली के संस्मरण सुनाए। वहाँ की चौड़ी सड़कें - बड़ी बड़ी गाडियाँ – बड़े व आलीशान बँगले । सब कुछ बड़ा। दिल्ली वालों का दिल भी बड़ा होता है।

खान-पान, रहन-सहन व रंगीलापन सभी अव्वल दर्जे का। तभी तो कहते हैं – 'दिल्ली है दिल वालों की'।

"अब की बार दिल्ली आएं तो आप हमारी मेहमान होंगी" – सुजीत ने उनको दावत देते हुए कहा।

"ज़रूर, आपसे मुलाक़ात करेंगे" – माधुरी ने कहा और सुरेखा ने नज़रों से मूक सहमति दी। साल में एक बार दोनों साथ घूमने जाती हैं। फिर से दिल्ली आने का वादा किया।

सुजीत दिल्ली लौट गया। छुट्टियाँ अभी बाक़ी थीं। तय हुआ कि माधुरी से एक और मुलाक़ात की जाए। उस दिन कॉफ़ी हाउस की मुलाक़ात में हम लोग आपस में खुल कर बात नहीं कर पाए थे। माधुरी को आपत्ति न थी।

(10)

आज फिर माधुरी से मुलाक़ात होगी। सुबह से मन प्रफुल्लित था। कैम्प एरिया में दोपहर 1 बजे ईस्ट स्ट्रीट स्थित क्वालिटी रेस्टोरेंट में मिलना तय हुआ। ठीक एक बजे पहुँच गया। माधुरी पहले ही उपस्थित थी। लाल रंग की कुर्ती और आसमानी-नीली जीन्स। कानों में मैचिंग इयर रिंगस। आकर्षक व्यक्तित्व। स्पोर्ट्स शूज़। एक कॉर्नर टेबल पर अपना हैन्ड बेग रख कर दरवाज़े की तरफ़ निगाहें जमाए हुए। उसने मुझे तुरंत देख लिया और सावधान हो गई।

"अरे! आप पहले ही आ गईं?"– उसके करीब पहुंच कर सामने की कुर्सी खींच कर बैठते हुए कहा।
"जी, उस दिन आप जल्दी आ गए थे। तो आज मुझे आना ही था। आपका हिसाब बराबर करने"– माधुरी ने मुस्करा कर कहा।
"हिसाब बहुत करती हैं आप?"– मैंने मुस्कराते हुए कहा।
"जी, मैं किसी का उधार नहीं रखती"– माधुरी ने जवाब दिया।

"वाह! आपने तो बहुत जल्दी हिन्दी सीख ली" –उसे अपनी पहली मुलाक़ात और हिन्दी भाषा पर हुई चर्चा की याद दिलाई। जवाब में वह सिर्फ़ मुस्करा दी। यह उसकी अदा थी या आदत? जब उसके पास कोई तर्क शेष नहीं रहता सिर्फ़ मुस्करा देती। मुझे यह अदा पसंद आई। बहुत से वाद-विवाद एक मुस्कान से टाले जा सकते हैं। यह उसका कहना था, जिस से मैं पूरी तरह सहमत हूँ।

बातों का सिलसिला शुरू हुआ तो थमने का नाम ही नहीं ले रहा था। उसे मेरे बारे में सब कुछ जानने की इच्छा थी। बचपन, परिवार, भाषा, खान-पान की पसंद आदि-आदि। साहित्यिक रूचियाँ। व्यसन और शौक़।

"आप ड्रिंक करते हैं? आपका पसंदीदा ब्रांड?"– उसने मेरी आँखों में झाँकते हुए पूछा तो मैं हतप्रभ रह गया। अनेकों प्रश्नों के उत्तर दे चुका था। इस प्रश्न की अपेक्षा नहीं थी।

"जी, मैं ड्रिंक नहीं करता"– मैंने संभल कर उत्तर दिया। इस पर वह मुस्करा दी। मैंने उसका साथ दिया।

तब तक कॉफ़ी आ गई। बातें होती रहीं। मैंने साथ लाया गिफ़्ट उसको दिया। इयर रिंगस। मेटल फ़िनिश के – ट्राइबल आर्ट। उसने मुस्करा कर स्वीकार किया।

मैंने उस से दिल्ली आने का वादा लिया। रविवार की शाम दिल्ली वापस आ गया।

(11)

बात दिसम्बर महीने की है। तीसरा सप्ताह। बहुत ठंड थी। कोहरे की घनी चादर से उत्तर भारत के मैदानी इलाक़े ढके हुए थे। धूप का नामों निशान तक नहीं। पुणे से निज़ामुद्दीन एक्स्प्रेस से माधुरी और सुरेखा का दिल्ली आगमन हुआ। साथ में कुछ और लोग भी थे। महाराष्ट्र व गुजरात के लोगों की विशेषता है कि मित्र-परिवार के साथ समूह में पर्यटन के लिए निकलते हैं। करोल बाग़ के एक होटल में ठहरे थे।

रात में माधुरी का मैसेज आया कि कल सुबह वह मुझसे मिलने आ रही है। न्यू फ्रेंड्स कालोनी के रेस्टोरेंट 'नाथूस' में मिलना तय हुआ। माधुरी के साथ नाश्ता कर ऑफ़िस पहुँच जाऊँगा। सुबह जल्दी तैयार हो कर मैंने ऑफिस की राह पकड़ी। रास्ते में ही 'नाथूस' पड़ता था। 8 बजे मिलना तय था।

रास्ते में ट्रैफिक के कारण मुझे 10 मिनट्स की देरी हो गई। 8.10 पर मैं पहुँचा।

माधुरी को पहले से वहाँ मेरा इंतज़ार करते पा कर मुझे बहुत आश्चर्य हुआ। शर्मिंदगी भी हुई। यह मेरा शहर है। वह मेरी मेहमान है, मुझे पहले पहुँच जाना चाहिए था। मैं समय पर था। उसके चेहरे की मुस्कान मेरा मुँह चिढ़ा रही थी।

"सॉरी, मैं लेट हो गया। आप कब पहुँची?"
"7.50 पर। सिर्फ़ 10 मिनट्स पहले"
"और मैं 10 मिनट्स देरी से"
"जी, ऐव्रिज करेंगे तो हम लोग समय पर हैं"– मैंने झेंपते हुए कहा।

मेरी क़ैफ़ियत देख कर उसने कहा - "मैं कभी सही समय पर नहीं आती। देखिए आज जल्दी आ गई। उस दिन देर से आई थी।"

माधुरी ने अपनी मुस्कराहट के साथ बात को ख़त्म किया। मैं भी उसकी तरह सिर्फ़ मुस्करा कर रह गया। चाय नाशता करने के बाद मैंने माधुरी को जामिया यूनिवर्सिटी देख कर जाने का प्रस्ताव रखा। उसे कोई आपत्ति नहीं हुई।

जामिया मिलिया यूनिवर्सिटी का हरा-भरा प्रांगण उसे बहुत पसंद आया। सर्दी के मौसम की खिली हुई धूप में 'ताज़ा खिले गुलाब' की क्यारियों के बीच सैर करते हुए हम दोनों के बदन एक दूसरे के काफ़ी क़रीब हो जाते। साथ चलते-चलते न जाने कब हम दोनों के हाथ एक पाश में बांध गए। इसका ख़याल तब आया जब मेरे फ़ोन की घंटी बजी। ख़ान साहब का फ़ोन था।
-अरे भाई! कहाँ हो? हम यहाँ तुम्हारी कुर्सी को सलाम कर तुम्हारा इंतज़ार कर रहे हैं।

ख़ान साहब मेरी शाखा के एक विशिष्ट ग्राहक थे। व्यवसाय के अलावा भी हम दोनों में आपसी प्रेम का रिश्ता था। उम्र में 25 साल बड़े ख़ान साहब असली दिल्ली वाले थे। बड़े सरकारी ओहदे से रिटायर हुए थे। ज़बान में 'अवध ओ' आगरा' की नरमी के साथ-साथ दिल्ली की गर्मी भी थी। आगरा ज़िला में उनका पुश्तैनी गाँव था।
-जी, मैं यहीं क़रीब ही हूँ। अभी हाजिर होता हूँ। आप तशरीफ़ रखें।
उन्होंने बग़ैर उत्तर दिए फ़ोन काट दिया। यह उनका अंदाज़ था। फ़ोन का कम से कम इस्तेमाल।

-हमें चलना होगा।
-चलिए । आपका शहर है। जहाँ चाहे जा सकते हैं।
-अभी तो 'call of duty' है। ऑफ़िस चलना होगा।
-चलिए फिर। सोच क्या रहे हैं?
-यही, क्या आप भी चलना चाहेंगी?
-आप से हमारा संबंध आपकी शाखा के रास्ते से होकर जाता है। पुणे हो या दिल्ली। बैंक तो वही है।

मैं निरुत्तर हो गया। ऑफिस पहुँचे तो ख़ान साहब सोफ़ा पर विराजमान थे।

टेबल पर रखा चाय का ख़ाली कप इशारा कर रहा था कि वो काफ़ी देर से मुंतज़िर थे।

-माफ़ी चाहता हूँ सर! आपको इंतज़ार करना पड़ा। दरअसल मेरी मेहमान आई हुई हैं, मुंबई केन्द्रीय कार्यालय से। इनको जामिया का गार्डन दिखा रहा था। बहुत पसंद आया इन्हें।
-हाँ भाई, सुंदर गार्डन है, पसंद तो आना ही चाहिए। क्या नाम है आपकी मेहमान का?
-जी, माधुरी। मुंबई से आई हैं लेकिन पुणे की रहने वाली हैं।

मुझे माधुरी का यही परिचय देना उचित लगा। ख़ान साहब ने औपचारिक रूप से माधुरी से एक दो सवाल किए। उनका काम हो जाने पर रुख़सत हो गए।

अब माधुरी को बोलने का अवसर मिल गया।
-तो आपको झूठ बोलना भी आता है?
-जी, यहाँ दिल्ली में अगर झूठ न बोल पाएँ तो जीना मुमकिन नहीं।
-क्यूँ, सच बोलते तो क्या होता?
-सच बोल देता तो आपको लंच तक उनके साथ ही रहना पड़ता। मेहमान नवाज़ी में ख़ान साहब का कोई सानी नहीं।

माधुरी अपनी आदत के अनुसार मुस्कुरा कर रह गई।

(12)
समय गतिशील है। सरकारी नौकरी में जगह-जगह तबादले हुए। मुंबई में दो बार पोस्टिंग हुई। मगर फिर से पुणे में सेवा का अवसर प्राप्त नहीं हुआ। यहाँ स्थाई घर होने के कारण आना जाना लगा रहता। माधुरी से मुलाक़ात होती। कभी नहीं होती। मगर जब भी होती मन उल्लसित हो जाता। उसका कहना था – 'यदि मूड या स्वास्थ्य ठीक नहीं है तो मिलना ही नहीं चाहिए। जब भी मिलें प्रसन्नचित मिलें'।

मुझे यह नियम पसंद आया।

इंदौर व पटना के कार्यकाल में माधुरी अपने मित्रों व परिवार के साथ इन स्थानों पर भ्रमण के लिए आई। समय निकाल कर मिल कर गई।

माधुरी के पति श्रीकांत भी साथ आए थे। मेरी व माधुरी की मित्रता श्रीकांत से छिपी नहीं है। वो जानते हैं कि अर्न्येश्वर में बैंक के लोन के संबंध में मैंने सहायता की थी। 'उपकार' की भावना से दोनों ही ओत-प्रोत हैं। जबकि मेरे लिए यह एक सामान्य 'रूटीन जॉब' था। अच्छे व संभ्रांत लोगों की यही पहचान होती है। वो किसी का एहसान कभी नहीं भूलते। यही गुण उन्हें बाक़ी दुनिया से अलग करता है।

सेवा-निवृति पश्चात मैं पुणे वापस आ गया। माधुरी से मुलाक़ात आसान होने की आशा प्रबल थी। मगर नियति को कुछ और ही मंज़ूर था। कोविड संक्रमण के दौरान जन-जीवन अस्तव्यस्त हो गया। कोविड संक्रमण का दुष्प्रभाव माधुरी के स्वास्थ्य पर पड़ा। दो बार संक्रमित हो जाने पर कुछ अन्य गंभीर neurological व्याधियों से ग्रस्त हो गई। मगर उसने साहस नहीं छोड़ा। बेटी सायली व श्रीकांत के सहयोग से उसने सभी विकट परिस्थितियों का सामना किया।

वर्तमान में बेटी उच्च शिक्षा के लिए विदेश गई है। यदा-कदा, मुझे फ़ोन करने से नहीं चूकती। उसके शिक्षा ऋण के लिए मैंने बैंक में सिफ़ारिश की थी, यह बात उसे अपने पिता से मालूम हुई। सायली, माता-पिता के संस्कार लिए एक समझदार, सुसंस्कृत व सुशील लड़की है। वर्षों पहले माधुरी ने मुझे उसकी शादी में आने का निमंत्रण दिया था। अक्सर, मैं इस निमंत्रण की याद सायली को दिलाता हूँ। वह भी अपनी माँ की तरह सिर्फ़ मुस्करा कर रह जाती है। 28 वर्ष की युवती बन चुकी है। मगर अभी उसका शादी करने का मन नहीं बन पाया।

माधुरी कहती है – "जब मुझे उसकी शादी की मंशा के विषय में मालूम होगा, मैं आपको बता दूँगी। अगर उसने मुझे शादी में बुलाया तो मैं आपको अवश्य बुलाऊँगी। मुझे, आपको दिया हुआ 'निमंत्रण' याद है।"

ख़ान साहब

जामिया नगर साउथ दिल्ली के ओखला में न्यू फ्रेंड्स कॉलोनी से लगी हुई बस्ती। विश्व विख्यात यूनिवर्सिटी- जामिया मिलिया इस्लामिया। जिसकी स्थापना से महात्मा गांधी, मोतीलाल नेहरू, डॉ ज़ाकिर हुसैन व जमना लाल बजाज जैसी शख़्सियतों का नाम जुड़ा था।

पिछले कुछ सालों में जामिया नगर अनेक कारणों से समाचार की सुर्ख़ियों में रहा।

मगर मेरे जीवन में इसका महत्व बहुत ही ख़ुशनुमा यादों की वजह से है। वर्ष 2006 में पुणे से तबादला हो कर बैंक की जामिया मिलिया इस्लामिया शाखा में पदस्थापन हुआ। आश्चर्य भी हुआ। क्या यह मात्र संयोग है? इस्लाम में मेरी रुचि बचपन से थी। बहुत से मुस्लिम दोस्त थे। मेरे वालिद के भी थे। कोई फ़र्क न था। न पहनावे में न बातचीत के अंदाज़ में। सभी तयौहारों को मिलजुल कर मनाना। शादी ब्याह व सभी रस्में साझी। ज्यूं-ज्यूं उम्र बढ़ती गई और गाँव से बाहर कदम रखा तो हिन्दू-मुसलमान का भेद समझ आने लगा। लेकिन इस भेद को कभी अपने दिमाग़ में घर नहीं करने दिया। माँ सिख धर्म की अनुयायी थी। हिन्दू - सिख - इस्लाम तीनों मज़हबों की सीख लेने में कभी कोई हिचक नहीं हुई।

ख़ैर, प्रारब्ध के अनुसार ही जीवन की गाड़ी चलती है। ज़्यादा प्रश्न रखने से तनाव बढ़ता है। स्वीकार करने में ही जीवन की सार्थकता है। नियत दिन व तारीख़ को बैंक की जामिया नगर शाखा में हाज़िरी लगा दी। शाखा एक पुराने छप्पर नुमा मकान में यूनिवर्सिटी कैंपस में स्थित थी। आधुनिक सुविधाओं से दूर-दूर तक कोई नाता न था। शाखा का सर्विस एरिया निकट की कच्ची बस्तियों के अलावा जसोला गाँव भी था जहाँ गूजर समुदाय के जमींदार (भू- स्वामी) बसे हुए थे। काफ़ी पैसे वाले थे। राजधानी के विकास के साथ ही उनकी ज़मीनों का अधिग्रहण हुआ और मुआवज़े की भारी राशि से सब मालामाल हो गए। कच्ची बस्तियों में उत्तरप्रदेश व बिहार से आए हुए निम्न मध्यम वर्गीय व निम्न आय वर्ग के मुस्लिम समुदाय के लोगों की वसाहत थी।

ज़्यादातर लोग कारोबार की तलाश में अपना गाँव छोड़ कर यहाँ विस्थापित हुए थे। किसी एक को रोज़गार मिल जाता तो वह अपने भाई-बंधुओं व दोस्तो को भी यहीं बुला लेता। इसी सिलसिले में भारी संख्या में लोग यहाँ पहुंचे थे। बाटला हाउस, अबुल फ़ज़ल एन्क्लेव, तिकोना पार्क आदि नामों की छोटी-छोटी घनी बस्तियां थीं जिनकी तुलना मुंबई की झुग्गी-बस्तियों से की जा सकती थी।

शाखा के ज़्यादातर ग्राहक मुस्लिम समुदाय से थे। मुझे उनसे कारोबार करने में कोई परेशानी नहीं हुई। उनकी ज़बान समझता था। उन्हीं की ज़बान बोलता था। बचपन की यादें ताज़ा हो गईं।

यहीं पर मेरी मुलाक़ात **'ख़ान साहब'** से हुई।

आई.एच.ख़ान यानी इकराम हुसैन ख़ान। जिनके पूर्वज राजपूत परिवार से थे। मगर अपनी ज़मींदारी बचाने के लिए मुगल शासकों के दबाव में इस्लाम क़ुबूल कर मुसलमान कहलाने लगे। उनका पैतृक गांव आगरा ज़िले में पड़ता था। नौकरी के सिलसिले में दिल्ली आना हुआ और दिल्ली वाले हो गए। प्रशासनिक सेवा से निवृत्त, भारत सरकार के सोशल वेफेयर विभाग में डायरेक्टर के पद पर रह चुके थे। सरकारी रुतबा मिज़ाज में था। अपने ख़ान टाइटल को सार्थक करते हुए बड़े शहाना अंदाज़ में एक दिन मेरे केबिन में प्रवेश किया। मैंने उम्र में बड़े और अच्छी शख़्सियत को देख कर बड़े अदब से उन्हें सामने रखी कुर्सी पर बैठने का इशारा किया। हाथ का काम निपटा कर उनसे मुख़ातिब हुआ। इस दौरान वह एक-टक मेरे चेहरे पर नज़र गड़ा न जाने क्या देख रहे थे।

जैसे ही मैंने बात करनी चाही उन्होंने प्रश्न दाग़ दिया।
"कहाँ से आए हैं?" - चमकदार आँखों को गोल घुमाते हुए उन्होंने पूछा.
"जी, फ़िलहाल तो पूना से आया हूँ।"
"वैसे मूल रूप से कहाँ से हैं?"
"जी, बचपन यहीं करीब के ज़िला सहारनपुर में गुज़रा।"

बातचीत का दौर थोड़ी देर तक चला। औपचारिक बातें। उन्होंने दिल्ली व जामिया नगर में आने पर स्वागत किया। अपने बारे में बताया। जामिया मिलिया इस्लामिया

विश्वविद्यालय में वह रजिस्ट्रार के पद पर रह चुके थे। भारत सरकार की ओर से डेपुटेशन पर। उनका कुछ साधारण काम था। वहीं बैठे-बैठे उनका काम हो गया। बाहर उठ कर जाने की ज़रूरत नहीं पड़ी। बहुत खुश हुए।

"भई, आपसे पहले वाले साहब तो यहाँ कभी मिलते ही नहीं थे।"
"जी, बाहर जाना पड़ता है, बिज़नेस के सिलसिले में", मैंने अपने से पूर्व मुख्य-प्रबंधक का बचाव करते हुए कहा।
"हम जानते हैं, हमने भी सारी उम्र सरकारी नौकरी की है। ख़ैर जाने दीजिए। आपसे मिल कर ख़ुशी हुई। बेस्ट विशिज़"- कह कर अपनी फेल्ट कैप सर पर रख जैसे आए थे, वैसे ही वापस चले गए। पूर्व प्रबंधक के बचाव का मेरा प्रयास काम न आया।

संजय ख़ान

जी, यह संजय ख़ान मेरी शाखा में एक सहयोगी थे। इनके नाम में ख़ान लगा है लेकिन यह शुद्ध हिन्दू मैथिली ब्राह्मण थे। मैं उनकी मातृ भाषा मैथिली से वाकिफ़ था। दरभंगा पोस्टिंग के दौरान सीखी थी। भाषा का बंधन बहुत मज़बूत होता है। विदेश में भी आपको भाषा के माध्यम से मित्रों की प्राप्ति हो जाती है। बिहार के सहरसा ज़िले के रहने वाले थे। बहुत ही हँसमुख व आमोद प्रेमी। घर से पान की डिबिया में पान लगवा कर लाते और मुझे भी ऑफर करते। कभी कभी मैं उनकी ऑफर स्वीकार कर लेता, जब कहीं मीटिंग वगैरह में न जाना हो। मुझे से अत्यंत प्रेम करते थे। बिहारी मूल के होने के कारण नेता-गिरी उनकी रगों में बसती थी। ऑफिसर यूनियन में नेता थे। इनके नाम से बहुत से ग्राहक इनको मुसलमान समझते थे। इनकी बोलचाल भी वैसी ही थी। उस दिन मेरे पास बैठ कर कुछ कारोबारी चर्चा कर रहे थे कि ख़ान साहब का आना हुआ।

“अरे भाई, मैं हाज़िर हो सकता हूँ?”
– केबिन के द्वार से उनकी बुलंद आवाज़ सुनाई पड़ी।
“आइए आइए सर! प्लीज़! पूछ क्यूँ रहे हैं?”– मैंने विनम्रता से कहा।
“भई, आप लोग कुछ डिस्कशन कर रहे थे तो मैंने पूछ लिया”– ख़ान साहब ने अपनी तहज़ीब व विनम्रता का परिचय दिया।

संजय ने अपनी पान की डिबिया खोली और ख़ान साहब को पान पेश किया।

"पान खाएंगें सर!"– संजय ने कहा।
"Sorry, I don't have minor vices."– ख़ान साहब ने पुरइसरार लहजे में कहा।
ऐसे थे ख़ान साहब।

मुझ से उम्र में लगभग 25 वर्ष बड़े। पिता-तुल्य व्यवहार। उस दिन जुमा/शुक्रवार था। इस दिन बैंक में काम-कारोबार मंदा रहता था। लोग जुमे की नमाज़ के लिए जाते थे। जिनको कुछ ज़रूरी काम होता वो 1 बजे से पहले ही अपना काम करवा के चले जाते। उसके बाद कोई इकका-दुक्का ग्राहक ही दिखाई पड़ता। सुकून से बैठ कर अख़बार पर नज़रसानी कर रहा था कि ख़ान साहब की आमद हुई।

"अरे भाई! यहाँ अकेले बैठ कर क्या कर रहे हो?" – उनकी बुलंद आवाज़ उनसे पहले ही पहुँच गई।
"सर, नौकरी कर रहे हैं। आप, आज, यहाँ इस वक़्त?"
"क्यूँ, आज क्या कुछ ख़ास है?"
"जी, आज जुमा है। आप नमाज़ के लिए नहीं गए?"
"अरे भाई, हम इन सब चक्करों में नहीं पड़ते। चलो उठो, कहीं चल कर लंच करते हैं"– उन्होंने ख़ान साहिबी का परिचय दिया।
"मगर सर, अभी तो मुझे बहुत से काम हैं"– मैंने तकल्लुफ़ का इज़हार किया।
"अरे भाई! काम करके भी कोई बड़ा हुआ है? हमने बहुत नौकरी की है। चलो उठो!" हँसते हुए उन्होंने मुझे हुक़्म सुना दिया।
उनके इस अपनेपन व अधिकार जताने के जज़्बे के आगे मेरी सारी अफ़सराना तहज़ीब शून्य हो जाती। मंत्र-मुग्ध उनके आदेश का पालन करने लगता।

क़रीम होटल निज़ामुद्दीन यहाँ पहुंचे तो मुग़लई खानों की ख़ुश्बू से ऑफिस का सारा तनाव जाता रहा। बहुत नाम सुना था इस जगह का। आज पहली बार आना हुआ। ख़ान साहब ने बहुत सी चीज़ों का ऑर्डर कर दिया। मेरे मना करने का कोई असर नहीं।

"जवान मर्द हो। खाओगे नहीं तो इतनी बड़ी ज़िम्मेदारी कैसे निभाओगे?"
"सर! मैं तो लंच करता ही नहीं। ज़्यादा से ज़्यादा कोई फ़ल खा लेता हूँ और बस।"

"अच्छा तो यह है आपकी सेहत का राज़" – ख़ान साहब ने अपने मुनफ़रीद अंदाज में कहा तो मेरे पास कोई जवाब न था।

चिकेन कोरमा, रूमाली रोटी, बिरयानी, रायता व कबाब से पूरा टेबल सज गया। किसी तरह खाना ख़त्म हुआ तो वेटर फिर से आ गया।
"सर, कुछ मीठा?" – उसने मुझे नज़रंदाज़ कर ख़ान साहब से पूछा।
"हाँ, हाँ, क्यूँ नहीं? मीठे के बिना क्या लंच होता है? क्या है तुम्हारे यहाँ?" – ख़ान साहब ने वेटर से कहा।
"फ़िरनी लीजिए, बहुत पसंद आएगी आपको"
"ठीक है। दो फ़िरनी ले आओ।"
मेरा कोई 'रोल' नहीं था। मुझे मूक सहयोगी बन कर रहना है, यह बात मुझे समझ आ गई थी।
ख़ैर, मिट्टी के दो कसोरो में ठंडी फ़िरनी आ गई। गुलाबजल की ख़ुशबू से महकती हुई। ऊपर कुछ मेवा-काजू-बादाम की कतरन। रूह तक असर कर गई।

"क्यूँ जनाब कैसी लगी आपको फ़िरनी?"– ख़ान साहब ने पूछा।
"जी, फ़िरनी तो अच्छी है, बहुत लज़ीज़ है, मगर इसकी मात्रा कुछ कम है"

ख़ान साहब ने तुरंत होटल के मैनेजर को तलब किया। वह बेचारा दौड़ता हुआ आया और हाथ बांधकर खड़ा हो गया।
"जी सर, हुक्म"
"हुक्म कोई नहीं, बस अगली बार हम आएँ तो आप फ़िरनी बड़े कसोरे में सर्व करें" – ख़ान साहब ने उसके जवाब की परवाह किए बग़ैर बिल का भुगतान किया और हम वापस जामिया नगर पहुंचे। बैंक के सामने मुझे उतार गाड़ी उनके बंगले की तरफ बढ़ गई।

पुणे की याद में

शाम होते ही अकेलापन सताने लगता। बहुत वर्षों के बाद घर से दूर अकेला रहने का अनुभव हो रहा था। रह-रह कर घर की याद आती। कभी-कभी आँसू आ जाते। मैंने क्यूँ प्रमोशन का लालच किया? न प्रमोशन होता – न पुणे छोड़ना पड़ता। न परिवार से अलग होना पड़ता। रात में घर पर बात होती मगर मैंने कभी ख़ुद को कमज़ोर नहीं

पड़ने दिया। मैं कमज़ोर पड़ जाऊंगा तो पत्नी व बच्चे का मनोबल भी गिर जाएगा। पत्नी व बेटे ने भरपूर सहयोग दिया। कभी कोई शिकायत नहीं की। जो भी परिस्थिति हुई उसका सामना किया। बेटे का 12वीं का इम्तिहान था। मुझे जब भी छुट्टी मिल पाती मैं पुणे आ जाता। कभी-कभी यह भी ख़याल आता कि नौकरी ही छोड़ दूँ।

अभी उम्र ज़्यादा नहीं हुई थी। अपने अनुभव व योग्यता के बल पर पुणे में भी बहुत से अवसर मिल जाते। मगर फिर पत्नी व मित्रों के समझाने पर ऐसा कोई क़दम नहीं उठाया। मुंबई या पुणे के लिए ट्रांसफ़र की कोशिशें ज़रूर करता रहा।

रेशम और हया

क़रीबन 12 बजे का वक़्त होगा कि ख़ान साहब तशरीफ़ लाए। आज उनके साथ में थीं दो ख़ूबसूरत युवतियाँ, उम्र लगभग 30 वर्ष से दो बरस ऊपर / नीचे। बड़े अदब से दोनों ने सलाम ओ' आदाब किया। मैंने उन सभी को बैठने का इशारा किया। टेबल के सामने तीन कुर्सियाँ थीं। मेरी लेफ्ट साइड में एक और, कुल मिल कर यह चार कुर्सियाँ मैंने यहाँ आने पर गोदरेज की खरीदी थीं। पुराना सोफ़ा जिस को छूने में भी घिन आती थी, बाहर कहीं रखवा दिया था। पुराने जर्जर परिसर में यह शाखा व्यवसाय कर रही थी। चूंकि यूनिवर्सिटी ने यहाँ से निकलने का नोटिस दे दिया था, इसमे सुधार की कोई गुंजाइश नहीं थी। इस नर्क से निकलने की बजाय बैंक इसी में बने रहने के लिए मुक़दमा लड़ रहा था। यह एक और अजीब बात थी जो मेरे गले नहीं उतरती थी। कैबिन में 'एयर कन्डिशनर' था और 'pedestal' पंखा भी। बिना पंखा इस्तेमाल किए 'एयर कन्डिशनर' की मौजूदगी का एहसास नहीं होता था।

उठ कर पंखे का रुख़ मेहमानों की ओर करते हुए मैंने मुस्कराते हुए ख़ान साहब की तरफ़ देखा।
-क्या लेंगे सर? पहले तो पानी मँगवाता हूँ।
कह कर घंटी बजाई तो मुस्तैदी से चपरासी हाज़िर हो गया। बावजूद सब तरह की ख़ामियों के एक बात अच्छी थी कि यहाँ घंटी की आवाज़ पर कोई न कोई हाज़िर ज़रूर हो जाता था। चाहे ड्राइवर ही सही।

ख़ान साहब के बाद दोनों नए मेहमानों से मुख़ातिब हुआ।
-आपका स्वागत है।

उनका परिचय नाम से शुरू हो कर उनकी योग्यताओं व वर्तमान में क्या कर रही हैं कहाँ रह रहती हैं पर आ कर रुका। उसके बाद उनके आने का सबब। तफ़सील तो ख़ान साहब की विशेषता थी।

मंज़र-निगारी के माहिर। यहीं बैठे-बैठे आपको कहीं का भी दृशय अनुभव करवा दें। जुमलों समेत। जुमले भी ऐसे कि ज़िंदगी छूट जाए मगर जुमले न छूटें।

रेशम वर्मा बड़ी व हया अरोरा उनकी छोटी बेटी का नाम था। रेशम वर्मा और हया अरोरा – ख़ान साहब की बेटी? यह कैसे? उस वक़्त मुझे कुछ अटपटा लगा था। दोनों के व्यक्तित्व में बहुत अंतर। रेशम वेस्टर्न ड्रेस में बोल्ड तो हया हल्के प्रिन्ट के सूट सलवार सिमटी सी शर्मीली पंजाबी लड़की। रेशम गेहूँआ रंगत और हया गोरी रंगत लिए हुए। रेशम एक तपी हुई शख़्सियत जब कि हया 'डैडी की बिटिया'। ख़ान साहब उसे बिटिया कह कर इंगित करते।

"अरे भाई, काम तो रेशम को था आपसे। मगर बिटिया आई हुई थी तो मैंने कहा चलो यहाँ घर बैठी-बैठी क्या करोगी, तुम्हें भी बैंक घुमा लाते हैं" – ख़ान साहब ने चुप्पी तोड़ी।
"अरे सर! हमारा बैंक भी भला कोई घूमने की जगह है। दिखलाना ही है तो लाल क़िला दिखाइए – कुतुब मीनार दिखाइए" – मैंने भी उन्ही के लहजे की नक़ल करने की कोशिश की। इस पर वो मुस्कराए।
"लगता है, पानी असर कर रहा है, जामिया का"
"सर! पानी नहीं आपकी सोहबत का रंग चढ़ रहा है"
इस पर वह ज़ोर से हँस दिए।
"हम तो पहले दिन ही आपको देख कर समझ गए थे। बैंक ने अब सही आदमी को भेजा है यहाँ जामिया में। यह ब्रांच आम आदमी के बस की बात नहीं। हम तो बरसों से देख रहे हैं इसे"

इसके बाद उन्होंने जो इतिहास के पन्ने पलटने शुरू किए तो मुझे लगा यह अपने नए ख़ूबसूरत मेहमानों के साथ ना-इंसाफ़ी होगी।

– "सर! पहले इनका परिचय तो दीजिए" बीच में रोक कर मैंने कहा।

"हाँ भाई यह हमारी बड़ी बेटी है रेशम। यहीं जामिया में पढ़ी है। मास कम्यूनिकेशन में 'शाहरुख़ ख़ान' की क्लैस्मैट थी। अब दुबई में रहती है। मल्टीमीडिया के कारोबार में है। अपना ऑफिस है वहाँ पर। इसके पतिदेव हमारे एक ज़मींदार दोस्त वर्मा साहब के बेटे हैं। वह कनाडा शिफ्ट हो गए हैं। इसे भी वहीं आने के लिए ज़ोर डाल रहे हैं। अब देखें दोनों में से कौन किसको अपनी तरफ़ खींचता है"

"और यह छोटी बिटिया है, हया। इनसे दो साल छोटी है। इसने अपने लिए एयर फोर्स के पंजाबी पायलट का चुनाव किया। यहीं दिल्ली में राज़ौरी गार्डन में कोठी है" – शब्द 'कोठी' पर ज़ोर देते हुए कहा। यह दिल्ली की विशेषता है।

"हम बच्चों की ख़ुशी की राह में कभी आड़े नहीं आते" - ख़ान साहब ने सुकून भरे स्वर में कहा।
"सर, भगवान सभी बच्चों को आप जैसे पिता दें" – मैंने कहा।
इस पर रेशम बोली - "आप सही कहते हैं मि.बजाज। डैडी बहुत मॉडर्न ख़यालात रखते हैं। मेरी बहुत सी फ़्रेंड्स मुझसे रश्क करती हैं"

"जी बिल्कुल, सभी पेरेंट्स ऐसा नहीं सोचते। हमारा समाज अभी बहुत से रूढ़ियों में जकड़ा हुआ है। और फिर इन्टर-रीलिजन मेरिज तो बहुत बड़ी बात हुई" – मैंने अपना मत पेश किया।

चंद बिस्किट्स के साथ चाय आ गई।

जाने से पहले रेशम ने घर पर चाय पीने की दावत दी।
मैंने कहा – "इंशाअल्लाह"
मेरे मुँह से 'अरेबिक दुआ' सुन कर वह चौंकी। तो ख़ान साहब ने जुमला फेंका – नया मुल्ला ज़्यादा प्याज़ खाता है। अभी जुमा-जुमा एक हफ़्ता हुआ है यहाँ आए हुए। मुल्लाओं का असर होने लगा है। कह कर हँसने लगे।
"सर, दिन भर जिनके साथ रहना है। जिनकी वजह से मेरा 'रिज़क' है, उनका सम्मान तो करना चाहिए न ? आप क्या कहते हैं?" – मैंने उनके पाले में बॉल फेंकी।
"हाँ भाई, हम भी मानते हैं – Be a Roman while in Rome. अच्छा, अब हम चलते हैं। इन लोगों के कुछ और भी काम हैं। आज दिन भर बाहर ही घूमना है"

ख़ान साहब और बिरयानी

उस दिन सुबह ऑफिस पहुँचा तो ख़ान साहब पहले से ही मौजूद थे।

"सलाम-व-अलेकुम सर! मैंने इस्लामिक तरीक़े से अभिवादन करना सीख लिया था।
"व-आलेकुम अस-सलाम, जनाब कहाँ की सैर हो रही है ? हम यहाँ कब से आपका इंतज़ार कर रहे हैं" – ख़ान साहब ने चौक्का मारा।
"अरे सर क्या बताएँ, जन-सेवा में ही वक़्त लग जाता है। कोई न कोई मिल ही जाता है जिसकी मदद ज़रूरी होती है। लिहाज़ा कभी-कभी आने में ज़रा देर हो जाती है" उनका ध्यान बदलने की कोशिश करते हुए कहा।
"भई, देर तो ठीक है अंधेर नहीं होना चाहिए"

"नहीं सर! अंधेर कैसे होगा? राजधानी में बैठे हैं" – बात में बात मिलाते हुए मैंने कहा।
"यार, तुम बात बहुत अच्छी करते हो" – ख़ान साहब ने कहा तो मुझे अपनी मुस्कान रोकने का प्रयत्न करना पड़ा।
"दूसरी बात यह है कि तुम हमारी बात समझ लेते हो। वरना हमारी बात लोगों के सर के ऊपर से निकल जाती है" – अपने विशिष्ट अंदाज़ में उन्होंने कहा।
"सर! आज आप सुबह-सुबह तशरीफ़ लाए हैं। कोई ख़ास वजह?"
"हाँ, रेशम अगले हफ़्ते दुबई वापस जा रही है। उसके जाने से पहले आपको घर खाने पर आना है। इस शनिवार को कैसा रहेगा?" – ख़ान साहब ने दावत दी।
"ठीक है। जैसे आपका हुक्म" – मैंने कहा।
"और यह कुछ FDs हैं उसकी। इन्हें एक साल के लिए आगे बढ़वा देना। फिर जब आएगी तो देखा जाएगा"– कहकर FDs टेबल पर रख दीं और उठ खड़े हुए।
"चाय नहीं पीजिएगा" – मैंने पूछा।
"आज चाय सेठी के ऑफिस में पिएंगें" – कह कर तेज़ी से बाहर निकल गए।

मि.सेठी, वित्त मंत्रालय, भारत सरकार में सेक्रेटरी थे। पहले कभी इनके मातहत रह चुके थे। एक दो बार मेरी मुलाक़ात उनसे हो चुकी थी। उन्हीं के घर पर। डिनर किया था। जामिया के 'मौलाना' से बिरयानी ले कर हम लोग वहाँ पहुंचे थे तो कुछ और भी आला अफ़सरान वहाँ मौजूद थे। 'मौलाना' की बिरयानी इतनी मशहूर थी इस बात का अंदाज़ा मुझे उसी दिन लगा था।

नूर नगर, जहाँ ख़ान साहब का एक तिमंजिला मकान था, उसके सामने वाली गली के नुक्कड़ पर 'मौलाना' की बिरयानी की दुकान थी। नीचे बहता नाला, नाले को कवर कर के सड़क से ऊपर ऊँची उठी हुई दुकान। इस पर ही अपनी लंबी सफ़ेद लहराती हुई दाढ़ी की नुमाएश करते हुए 'मौलाना' शाम होते ही हाज़िर होते। उनके दो बेटे मदद करने के लिए रहते। एक घर से बड़ी-बड़ी देगचियों में बनी व रुमाल से ढकी बिरयानी लाता जाता। दूसरा दुकान पर लगी ग्राहकों की लंबी क़तार में उसको तक़सीम करता जाता। शाम के 8 – 8.30 बजते-बजते बिरयानी ख़त्म हो जाती।

मि. सेठी के सभी मेहमानों ने बड़े चाव से बिरयानी खाई और 'मौलाना' के हाथों की खुल कर तारीफ़ भी की।

शनिवार डिनर :

उन दिनों शनिवार को 'हाफ डे' बैंकिंग होती थी। दो बजे ऑफिस बंद। लिहाज़ा घर जल्दी पहुँच गया। शाम को ख़ान साहब के घर डिनर पर जाना है। पहली बार उनके घर जा रहा था। उस पर दावत भी उनकी बड़ी बेटी रेशम की जानिब से थी। खाली हाथ जाना ठीक नहीं था। मगर क्या ले कर जाऊँ? यह एक समस्या थी। रेशम के व्यक्तित्व को ध्यान में रखते हुए बुक-स्टोर से मीर तक़ी 'मीर' की उर्दू शायरी की एक किताब खरीदी। गिफ़्ट पैक करवा कर अपने बैग में रख ली। तय समय पर घर पहुँचा।

"भई, हमे आपकी वक़्त की पाबंदी पसंद है। आइए तशरीफ़ लाइए" – ख़ान साहब ने तारीफ़ के साथ इस्तक़बाल किया।

"सर, मैं वक़्त का पाबंद हूँ, मगर वक़्त आपका पाबंद है" – मैंने मुस्कराते हुए जवाब दिया। सुन कर ख़ान साहब हँस दिए।

इसके पीछे भी एक कहानी थी।

एक बार मैंने उनके दोनों मोबाईल नंबर पर कॉल किया। मगर दोनों पर कोई जवाब नहीं मिला। बाद में जब उनसे मुलाक़ात हुई तो बिना किसी झिझक के उन्होंने कहा –
"फ़ोन तो हमारे पास ही थे मगर हमारे बैग में थे, 'साइलन्ट मोड' में"।
"तो फिर फ़ोन का क्या फायदा? अगर आप से कोई बात ही न कर पाए?"

"भई, फ़ोन हमारे लिए है। जब हमें बात करनी होती है हम कर लेते हैं" – कह कर उन्होंने बात ख़त्म कर दी।

ऐसा ही एक और वाकया है। दोपहर का वक़्त था। उनके दोनों फ़ोन बंद थे या पहुँच से बाहर मिले थे। तब एक 'लैंड-लाइन' से बात करने की कोशिश की। यह नंबर भी उन्होंने ख़ुद ही दिया था यह कह कर कि यह हमारे तहख़ाने का नंबर है। गर्मी में यहाँ हम आराम करने चले जाते हैं। इस पर भी कोई जवाब नहीं मिला। बाद में मैंने उनसे यह क़िस्सा बयाँ किया।

"अरे भाई, दोपहर में जब हम आराम करते हैं तो इस फ़ोन की तार निकाल देते हैं"

मेरे पास कहने के लिए अब कुछ न रहा। बिना उनकी इजाज़त के उन तक पहुँच पाना मुमकिन न था। मन ही मन उनको 'प्रणाम' कर लिया।

वहाँ हया और उसके शौहर रवि अरोरा भी मौजूद थे। हैन्डसम पंजाबी मुंडा। हया भी कोई कम न थी। शहज़ादी थी। ख़ान साहब की तर्बियत ने उसकी शख़्सियत में वह सब रचा था जो एक 'हैन्डसम' नौजवान चाहता है।

थोड़ी देर तक बात-चीत होती रही। बेगम साहिबा यानी मिसेज ख़ान ने बहुत अच्छा इंतज़ाम किया था। दो बाँदियाँ मुस्तैदी से काम कर रही थीं। बीच में उठ कर बावर्चीख़ाने का चक्कर लगा लेतीं और फिर हमारे बीच आ कर बैठ जातीं। मेरी उनसे पहली मुलाक़ात थी। मगर वह मेरे बारे में बहुत कुछ जानती थीं। मेरी हैरानी देख कर उन्होंने ख़ुलासा किया – "आप जब से आए हैं ख़ान साहब की तबीयत अच्छी हो गई है। हमारे यहाँ रोज़ आपकी बात होती है। आपको खाने में 'प्याज़' बहुत पसंद हैं"

"जी, बिल्कुल। मैं नया मुल्ला हूँ इसलिए" – कहते हुए मैंने ख़ान साहब की ओर देखा। ख़ान साहब मेरी शरारत समझ गए। मुस्करा कर रह गए। बेगम के सामने कुछ न कहा। मुझे 'नया मुल्ला' कह कर मेरा मज़ाक़ किया करते थे।

दस्तरख़ान लग गया। 6 सीटर डाईनिंग टेबल पर कोई कोना खाली न था। चिकेन चंगेज़ी, शामी कबाब, मटन कोरमा, रूमाली रोटी, बिरयानी, ख़ास अंदाज़ से काटी

गई दिल्ली की विशेष 'प्याज़ व टमाटर' की सलाद, लंबी चिरी हरी मिर्च, सिरके वाले प्याज़। धनिया टोमॅटो सूप से शुरुआत हुई।

"रवि को नॉन-वेज बहुत पसंद हैं। जैसे आपको"– बेगम साहिबा ने फ़रमाया।
"जी, हमारे मरहूम वालिद साहिब बहुत शौक़ीन थे। ख़ुद शिकार कर के लाते थे। 12 बोर की 'डबल बैरल' बंदूक रखते थे। उनके दोस्तों की लंबी फ़हरिस्त थी" – मैंने संक्षेप में बयाँ किया।
"अरे भई, आपने उनका परिचय हमें कभी नहीं दिया, मगर हम समझ गए थे कि आपका ताल्लुक़ अच्छे ख़ानदान से है"– ख़ान साहब बीच में बोल पड़े।
"सर, आपकी इनायत है" – मैंने विनम्रता से कहा।
"तो क्या उनका इंतक़ाल कम उम्र में हो गया?" – बेगम साहिबा ने हमदर्दी से पूछा।
"जी, दिल का दौरा पड़ा था"
"ओह! अल्लाह उनकी मग़फ़िरत करे"– बेगम साहिबा ने दुआ की। हम सबने "आमीन" कहा। एक पल के लिए सभी मौन थे।

रेशम ने विषय परिवर्तन किया – आपकी ज़बान बहुत अच्छी है। आपने उर्दू बोलना कहाँ से सीखा?

"अपने घर से ही। हमारे बुज़ुर्ग उर्दू ही जानते थे और इसी ज़बान में ख़तों–चिट्ठियों का आना जाना होता था। देश के बँटवारे के बाद इधर आए थे मगर उनकी तालीम अविभाजित पंजाब के उस हिस्से में हुई थी जहाँ की ज़बान उर्दू थी। बचपन में मेरे वालिद ने मुझे उर्दू सिखाने के लिए एक उस्ताद को भी घर पर बुलाया था", मैंने उत्तर दिया। "और अब मुझे सिखाने के लिए पूरी जामिया मिलिया के प्रोफेसर आते हैं", मैंने हँस कर कहा तो सब लोग हँस दिए।

मि.अरोरा दिलचस्प इंसान थे। उनसे मिल कर ख़ुशी हुई। उन्होंने फिर मिलने की तमन्ना ज़ाहिर की। सबने मिल कर लज़ीज़ खाने का लुत्फ़ लिया। आख़िर में फ़िरनी आ गई। 'फ़िरनी' देख कर मुझे ख़ान साहब के साथ 'क़रीम रेस्टोरेंट' की बात याद आ गई। आज बड़ी कटोरी में फ़िरनी मिली। दिल ख़ुश हो गया।

रेशम ने बाहर गाड़ी तक आ कर विदा किया।

"इस ख़ूबसूरत तोहफ़े के लिए बहुत शुक्रिया" रेशम ने उर्दू शायरी की किताब अपने हाथों में ली हुई थी।
"मैं इसे अपने साथ ले जाऊँगी। वहाँ भी आपकी याद दिलाएगी"
"शुक्रिया! आपने इस मामूली तोहफ़े को क़ुबूल किया" – मैंने कहा।
"तोहफ़े की क़ीमत उसके पीछे छिपी भावनाओं से होती है। आपकी मोहब्बत की क़ीमत कैसे लगा सकती हूँ। मेरे लिए यह अमूल्य है" – रेशम ने संजीदगी से कहा तो मेरी आँखें भर आईं।
"मीर का एक शेर मुझे बहुत पसंद है" – मैंने कहा।
"कौन सा? सुनाइए – हम भी सुनें!" – रेशम ने जिज्ञासा प्रकट की।

"नाज़ुकी उस के लब की क्या कहिए
पंखुड़ी इक गुलाब की सी है"

यह शेर सुन कर रेशम मुस्करा पड़ी और जब मुझसे नजरें मिलीं तो शर्मा गई। वो क्षण और रेशम की मुस्कान आज तक नहीं भूल पाया।

उसके बाद रेशम जब भी हिंदोस्तान आती मेरे लिए ड्यूटी फ्री 'रेड लेबल' ज़रूर लेकर आती। इस 'रेड' में छिपी मोहब्बत से जो सुरूर हुआ, वह उन दिनों को याद कर आज भी ताज़ा हो जाता है।

इधर काफ़ी दिनों से ख़ान साहब से मिलना नहीं हुआ। शायद किसी काम में व्यस्त रहे होंगें। रिटायर होने के बाद एक ट्रस्ट को सलाह मशविरा (consultancy) दिया करते थे। कभी अपने फ़ार्म पर जा रहते। फ़ार्म मथुरा रोड पर दिल्ली से क़रीब 25 किमी की दूरी पर था। सर्दी के मौसम में एक बार मुझे अपने साथ ले गए।

दिन भर वहीं रहे। लंच किया। एक जोड़ी जर्सी गाय – गंगा और यमुना, दो डाबरमैन – रुस्तम और दारा, व एक 'जर्मन शेफर्ड – शाहजहाँ' के साथ वक़्त कैसे गुज़र गया पता ही नहीं चला। इन मूक जानवरों से दोस्ती की कोई शर्त नहीं होती। वो आपसे सवाल नहीं करते। बस जैसे हैं वैसे ही स्वीकार करते हैं। 'शाहजहाँ' अपने नाम के मुताबिक़ शाहाना तबीयत का प्राणी निकला। हमारी ख़ातिर में हर क्षण साथ रहा।

जहाँ भी हम गए वह आगे-आगे। एकदम शांत स्वभाव मगर चौकन्ना। कान सीधे खड़े। आँखें हर चीज का मुआयना करती हुई। जैसे एक-एक चीज़ के बारे में गाइड की तरह समझाते हुए आगे चलता था। डाबरमैन की जोड़ी कमरे में बंद थी। उनकी ड्यूटी रात की थी। इनकी आँखें अंधेरे कमरे में शोलों की तरह चमकती थी। ऊर्जा से बेचैन। ज़रा सी आहट पाते ही उछल कूद करने लगे। अपने स्वामी का स्वर पहचानते थे। ख़ान साहब की डाँट सुन कर शांत हो गए।

"देखिए सर! आपका रुतबा, डाबरमैन भी डर गए आपसे। फिर मेरी क्या मजाल है?" – मैंने चुटकी ली।
"अरे, बहुत बदमाश हैं यह दोनों। कभी रात में आना तब देखना इक जलवा। बहुत मुश्किल से तमीज़ सिखाई है इनको" – ख़ान साहब ने अपने विशिष्ट अंदाज़ में कहा।
"तो क्या आपने 'सलाम' करना भी सिखाया इनको?" – मुझे मज़ाक सूझा।
"इनका फ़र्ज़ फ़ार्म की हिफ़ाज़त करना है। वही इनका 'सलाम' है। इंसान हो या जानवर अपनी आबरू के लिए उसे अपने फ़र्ज़ की अदायगी में कोई कोताही नहीं करनी चाहिए।"
– ख़ान साहब नें बातों-बातों में शिक्षा दी।

उनकी शिक्षा हमेशा मेरे साथ है। जीवन के हर पल, हर एक मुक़ाम पर पर मुझे उनकी मौजूदगी का एहसास होता है।

ख़ान साहब इस दुनिया से कूच कर चुके हैं मगर उनका एक-एक जुमला, मेरे लिए जीवनदायी है। शिक्षाप्रद है। मेरी पत्नी को उन्होंने सदा अपनी बेटी की तरह माना। 2009 में शास्त्री भवन दिल्ली में, जहाँ विधि मंत्रालय था, उन्होंने स्वयं भाग-दौड़ कर पब्लिक नोटरी भारत सरकार का लाइसेन्स जारी करवाया। आज मेरी पत्नी भारत सरकार की नोटरी की एक-एक मोहर लगाते वक़्त उनको मन से याद करती है। प्रत्येक मोहर के साथ उनका ऋण बढ़ता जाता है। इसे चुकाना संभव होगा या नहीं, नहीं जानता।

उनकी दोनों बेटियाँ रेशम और हया, आज भी संपर्क में है। बहुत मोहब्बत करती हैं।

मोहब्बत के सिवा और क्या कमाया है मैंने?

दुनिया मुझ को समझ न आई
न दुनिया ने मुझ को समझा
जिसने की बेबाक मोहब्बत
दुनिया ने उसे दीवाना समझा

वास्तव में, जात-पात व धार्मिक कट्टरता से परे ख़ान साहब का व्यक्तित्व इन चार वाक्यों में बयाँ होता है।

मोहब्बत ही उनकी शिक्षा थी, मोहब्बत ही जीवन शैली।

मुझे तारीख़ के पन्नों में न ढूंढो लोगो
इक हक़ीक़त हूं ,
मुझे आँखों से देखा जाए

- अंजुम लखनवी

फ़िल्टर क'अप्पी

प्रिय सखी लता,

आज सुबह जब ध्यान में बैठा तो तुम्हारा चेहरा अनायास ही मेरी आँखों के सामने था। तुम्हारी भंगिमाएँ जो दक्षिण भारतीय विष्णु के अवतार से मेल खाती थीं, कभी नहीं भूल पाऊँगा। तुम्हारा दिया हुआ फ़िल्टर कॉफ़ी बनाने वाला यंत्र आज भी मेरे पास है। मेरे जीवन का अभिन्न अंग। तुमने फ़िल्टर कॉफ़ी बनाना सिखाया। अब जबकि तुम इस दुनिया में नहीं हो फ़िल्टर कॉफ़ी मेरे जीवन का अभिन्न अंग बन चुकी है। हर घूँट में तुम्हारी गंध समाई है। इस यंत्र से छन-छन कर गिरती कॉफ़ी की बूँदे वर्षा की उन बूँदो की तरह दिल ओ' दिमाग़ में सौंधी खूशबू, एहसास, सुकून पैदा करती है, जैसे जेठ की गरमी के पश्चात मानसून पूर्व वर्षा की बूँदे तपती हुई धूल भरी ज़मीन पर पड़ने से करती हैं।

क्या तुम्हें याद है हम पहली बार एयरपोर्ट पर मिले थे। जबलपुर में। सन 2012 के ऑक्टोबर माह का ख़ुशनुमा मौसम। दोनों मुंबई की यात्रा कर रहे थे। लाउन्ज में मेरी नज़र तुम पर पड़ी और ठहर गई। सुगढ़ बदन, गौरवर्ण, काजल-युक्त मोटी चंचल आँखें बरबस ही आकर्षित कर रही थीं। सुडौल नितंबों पर लाल बॉर्डर वाली 'ivory' रंग की साड़ी। उभरे वक्ष पर सलीक़े से लिपटा पल्लू कुछ छिपाने की नाक़ाम कोशिश करता हुआ।

'वेटिंग लाउन्ज' में तुम्हारे करीब वाली सीट पर मैंने जानबूझ कर अपना हैन्ड्बैग रखा था। जब विमान में दाख़िल होने कि बारी आई तो मैं क़तार में तुम्हारे एकदम पीछे था। कहीं तुम्हारे बदन से मेरा कोई अंग छू जाए और तुम नाराज़ हो जाओ, यह सोच कर मैं खुद को बचा रहा था। मगर मन ही मन चाहता था कि ऐसा कुछ हो जाए। जैसे कोई कुचक्र चल रहा था। क्या यह मात्र संयोग था कि विमान में एक ही क़तार(row) में तुम्हारी विंडो सीट (9F) व मेरी मिडल सीट(9E) थी?

यह बात हमे पहले मालूम नहीं थी। मालूम कैसे होती हम दोनों के बीच कोई पहचान ही नहीं थी। न हम लोगों ने कोई बात की। अब चूंकि पास-पास बैठ गए तो बात करना स्वाभाविक था। तुमने बतलाया – तुम पहली बार विमान से यात्रा कर रही हो। मैंने तुम्हें सीट-बेल्ट बांधने में मदद की। अनायास तुम्हारे नरम रेशमी हाथों का स्पर्श हो गया। न मैंने - न तुमने इसका कोई मतलब निकाला। सब कुछ एक पूर्व-लिखित स्क्रिप्ट की भाँति चल रहा था। तुमने मेरा परिचय पूछा मैंने तुम्हारा। तुमने बतलाया – तुम HDFC बैंक के म्यूचूअल फंड व्यवसाय से जुड़ी हो। बैंकिंग हम दोनों के बीच साझा विषय बन गया। मैं मुंबई एक ट्रेनिंग के सिलसिले में जा रहा था, जो अगले दिन – सोमवार से शुरू होने वाली थी।

मध्य-रात्रि, तुम्हारी हाँग-काँग की फ्लाइट थी। क़रीब 1 बजे के आसपास। हम लोग मुंबई एयरपोर्ट पर दोपहर 12 बजे उतर गए। मुझे लेने के लिए मेरे मित्र अजय ने अपनी कार भेजी थी। इतने लंबे समय तक मुंबई महानगर में कैसे वक़्त गुजरेगा? तुम्हारी इस परेशानी को देख कर मैंने तुम्हें मेरे साथ रह कर वक़्त गुज़ारने की सलाह दी। मुझे आश्चर्य हुआ जब तुमने नि:संकोच मेरा प्रस्ताव स्वीकार कर लिया। मुंबई मेरे लिए नई नहीं थी। 2009-10 में मैं मुंबई में सेवारत था और शहर से वाकिफ़ था। हम लोगों ने पश्चिमी बांद्रा में मोती-महल रेस्टोरेंट में खाना खाया। मोती-महल, 2009-10 के पैरी क्रॉस रोड पर स्थित मेरे निवास के निकट था। मैं अक्सर यहाँ जाया करता था। तुम्हें यहाँ का खाना पसंद आया। मैंने वाइन का सुझाव दिया तो तुमने धीरे से मना कर दिया था। मुझे अच्छा लगा था।

अभी बहुत समय बाक़ी था। हम लोगों ने तय किया साउथ मुंबई घूमने का। इंडिया गेट, मरीन ड्राइव और चौपाटी। कितनी खुश नज़र आ रही थी तुम। मुझे तो यह बिल्कुल नहीं लगा कि हम लोग आज ही पहली बार मिले हैं। वैसे तो मुंबई में कोई किसी को नहीं ताक़ता। मगर फिर भी आस-पास खड़े लोग हम दोनों को देख कर एक परिवार जैसा ही समझ रहे थे। 'गेट वे ऑफ इंडिया' पर तुमने क़बूतरों को दाना खिलाया। मरीन ड्राइव पर लहरों की फ़ुहार में भीग कर कितना हर्षित थी।

शाम होने पर हम लोग मेरे मित्र अजय से मिलने 'बजाज भवन' नरीमन पॉइंट गए। तुम्हें उसका स्वभाव बहुत अच्छा लगा। वो है ही ऐसा। पहली बार मिलने पर भी ऐसा लगता है जैसे बहुत दिनों से जान पहचान हो। बाद में जल्दी भूल भी जाता है।

मगर वह तुम्हें नहीं भूला। आज भी याद कर के तुम्हारे बारे में पूछता रहता है।

अजय और मैं बहुत पुराने मित्र हैं। हम दोनों भोपाल में साथ थे। 1994 से 1999 तक। फिर इधर-उधर घूमते रहे और 2009 में मुंबई दोबारा मिल गए। कुछ दिनों तक एक साथ एक ही फ्लैट में रहे। बांद्रा में। पैरी क्रॉस रोड पर सचिन तेंदुलकर के पड़ोसी बन कर। 2010 में मैं इंदौर और फिर 2012 में जबलपुर आ गया।

अजय के साथ शाम का नाश्ता किया। 'हाई टी'। देर तक उसकी गाड़ी ले कर हम लोग घूमते रहे। वो न जाने कैसे घर गया होगा। मैंने आज तक नहीं पूछा। लौटते हुए तुमने दादर में 'सिद्धि विनायक' दर्शन करने की इच्छा ज़ाहिर की तो तुम्हारे साथ मैंने भी पहली बार वहाँ क़दम रखा। तुमने मुझे गणपति से मिलवाया या गणपति ने तुमसे मिलवाया। वरना 2009-10 में मेरे 'वर्ली' स्थित ऑफिस का रास्ता इसी सड़क से जाता था लेकिन मैं कभी दर्शन लाभ न ले सका। तुम्हारे सौजन्य से संभव हुआ।

कुछ दिनों पहले मुंबई में एक महिला के साथ भयंकर दुर्घटना हो गई थी। सुबह जबलपुर से आने के समय तुम्हारे मन में भी डर था। चंद घंटों में ही तुम्हें मुझ पर कितना विश्वास हो गया था। मंदिर जाने से पहले अपना सब कीमती सामान मेरे बैग में सुरक्षित रखवा दिया। ज्वेलरी, कैश व टिकेट्स सब कुछ। दर्शन कर के निकले तो समय रात के 9 से ज़्यादा हो चुका था। खाना खाने की कोई गुंजाइश नहीं थी। तुम्हें सीधे एयरपोर्ट पर छोड़ कर मैंने अपने ट्रेनिंग कॉलेज का रुख़ किया। रात में फ़्लाइट में बैठने पर तुमने SMS से सूचित किया। मुझे तसल्ली हुई। नींद में खो गया।

क्या यह मात्र संयोग था? हम दोनों के लौटने का दिन और फ़्लाइट भी एक ही थी। किसी पूर्व निर्धारित स्क्रिप्ट की तरह घटित हो रहा था। चेक-इन काउन्टर पर हम दोनों ने एक साथ बैठने के लिए सीट का चुनाव कर लिया। फ्लाइट जाने में अभी देर थी। तब तक लाउन्ज में कॉफ़ी और स्नैक्स का आनंद लिया। तुमने अपनी हाँग-काँग की मीटिंग के विषय में कितना कुछ बताया। मैं मीटिंग में हुई बातों से ज़्यादा तुम्हारे अंदाज़-ए--बयाँ का मज़ा ले रहा था। फ़्लाइट में भी तुम्हारी बातों का सिलसिला बिना रुके चलता रहा। मेरे लिए बहुत आसान था। मुझे कुछ बोलना ही नहीं पड़ता था। सिर्फ़ आँखों के इशारों से काम चल जाता था। ऐसा लगता था जैसे बहुत समय के बाद तुम्हें बोलने का अवसर मिला है तो मेरे जवाब की परवाह किए बिना बोलती ही जा रही थी।

जबलपुर एयरपोर्ट पर मेरी सरकारी गाड़ी व ड्राइवर इंतज़ार कर रहा था। एक और संयोग। तुम्हारा घर उसी नर्मदा रोड पर मेरे घर से 2 km पहले। मेरी पत्नी, जो उन दिनों पुणे से जबलपुर आई हुई थी, मुझे लेने आई थी। मैंने तुम्हारा परिचय कराया। तुम आगे की सीट पर बैठ गई और हम दोनों पीछे की सीट पर। रास्ते में तुम्हें उतार कर हम लोग घर पहुँचे।

मेरी पत्नी ने तुम्हारे बारे में न कुछ पूछा न मैंने ज़्यादा बात की। बस इतना कि फ़्लाइट में मुलाक़ात हुई। हम लोग साथ-साथ बैठे थे, इसलिए परिचय हो गया। स्वयं उसने क्या-क्या कल्पना कर ली होगी, कह नहीं सकता।

मुझे जबलपुर में आए ज़्यादा वक़्त नहीं हुआ था। स्थानीय लोगों और संस्थाओं से धीरे-धीरे परिचय हो रहा था। हरी-भरी वादीयों से घिरा मध्य प्रदेश का एक छोटा व शांत शहर - जबलपुर। प्रकृति ने इस क्षेत्र को विशेष रूप से आशीर्वाद दिया है। वनस्पति के साथ-साथ भाषा व संस्कृति को भी समृद्ध किया है। जबलपुर को मध्य प्रदेश की सांस्कृतिक राजधानी कहा जाता है। "संस्कार-धानी" के नाम से इसका उल्लेख राजनीतिक व सांस्कृतिक कार्यक्रमों में करना अनिवार्य है। यहां बोली जाने वाली भाषा मुख्य रूप से हिन्दी है लेकिन यह हिन्दी देश के अन्य हिस्सों में बोली जाने वाली हिंदी से भिन्न है। 'शुद्ध' हिंदी कहना उचित होगा। यहाँ, सांस्कृतिक कार्यक्रमों के प्रति जनसाधारण की रुचि देखते ही बनती है।

'भेड़ा घाट' – प्राकृतिक, आकर्षक, विश्वविख्यात झरने नगर से मात्र 20 किलोमीटर की दूरी पर हैं। यहाँ शरद पूर्णिमा की रात्रि को नर्मदा नदी के तट पर हर साल आयोजित समारोह में भाग लेने के लिए जब तुमने कहा तो मैंने बे-झिझक हाँ कह दी। रात्रि होने पर ठंड में हम लोग जब वहाँ पहुंचे तो आयोजकों ने हमे अग्रिम पंक्ति में जगह दी। इतना सम्मान देख कर तुम चौंक गई। मैंने तुम्हें बतलाया नहीं था कि हमारे बैंक ने इसमें पर्याप्त चन्दा दिया है। वैसे भी जबलपुर में पद-प्रतिष्ठा का काफ़ी ध्यान रखा जाता है। शासकीय गाड़ी से आने वालों का निश्चित विशेष सम्मान होता है। इस लिहाज़ से मेरा पद इस सम्मान का हक़दार था।

धीरे-धीरे तुम्हारी और मेरी पहचान बढ़ने लगी। तुम अपने बेटे के साथ नर्मदा रोड के फ्लैट में रहती थी। ऑफ़िस व घर के अलावा तुम्हें केवल एक ही बात में रुचि थी।

वह थी मंदिर जाना। शहर का कोई ऐसा मंदिर नहीं था जिसकी जानकारी तुम्हें न हो। शायद इतना भी कम था। इसलिए तुम उस दिन मुझे 'ब्रह्मकुमारी आश्रम' में लेकर गई। तुमको लग रहा था मैं ईश्वर से दूर रहता हूँ, नास्तिक हूँ। लेकिन वहाँ जाकर जब मैंने 'बहिन' से अपनी मुंबई वाली 'स्मिता बहन' का ज़िक्र किया तो तुम्हारे आश्चर्य का ठिकाना नहीं रहा। मैंने गाड़ी में साथ लाए फल व अन्य उपहार आश्रम को दिए। तुम्हें खुशी हुई। पहली बार तुम्हें लगा था कि मेरा, थोड़ा ही सही, कुछ झुकाव आध्यात्म व ईश्वर की ओर है।

'स्मिता बहन' से मेरा परिचय 2009 में हुआ था। मेरे बांद्रा वाले निवास के सामने ही गार्डन था। आज भी है। पैरी क्रॉस रोड पर। इस गार्डन में प्रतिदिन सुबह 'मुरली पाठ' होता है। रविवार शाम को विशेष सभा होती है। जिसमें काम-काजी लोग भी हिस्सा लेते हैं। इसमें 'स्मिता बहन' जरूर आती हैं और स्वयं 'मुरली' सुनाती हैं। 'मुरली' के बाद उपस्थित लोगों से संवाद करती हैं। प्रश्न पूछती हैं कि आपने मुरली से क्या सीखा ? 'शिव बाबा' ने क्या कहा? नए आने वालों से विशेष रूप से। ऐसे ही मेरा परिचय हुआ। मैंने उनको अपनी बैंक के वर्ली शाखा में अपने स्टाफ को संबोधित करने के लिए बुलाया था। बाद में जब मेरी दोबारा पोस्टिंग मुंबई में हुई तो मैंने उसी बांद्रा वाले फ्लैट में अपना निवास रखा। मुझे रविवार शाम का विशेष इंतज़ार रहता था। स्मिता बहन मुझसे बहुत स्नेह करती हैं। आज भी।

जबलपुर के निकट 'बर्गी डैम' सैलानियों के लिए मुख्य आकर्षण है। अपनी विशालता से दर्शकों का मन मोह लेता है। स्टीमर की सुविधा से आप थल से दूर, जहाँ जल ही जल हो, डैम की विशालता व सुंदरता का अनुभव, संगीत और रोमांच के साथ कर सकते हैं। प्रेमी-युग्ल एवं नव-विवाहितों के लिए मुख्य आकर्षण है। उस दिन तुमने बर्गी डैम जाने की इच्छा व्यक्त की तो मुझे कुछ आश्चर्य हुआ। मंदिर से दूर वहाँ हम दोनों का क्या काम? अभी तक तो मंदिर और सिर्फ मंदिर अथवा किसी धार्मिक अनुष्ठान और पूजा-पाठ के अलावा तुम्हारे मुँह से कोई बात सुनी ही नहीं थी।

जीवन में बहुत कुछ आश्चर्यजनक होता है। ऐसा ही हुआ जब हम लोग बर्गी डैम पहुंचे। स्टीमर की सैर के बाद नाश्ता कर हम लोग एकांत में बैठे। पहली बार तुम मेरे बहुत क़रीब बैठी थी। फ़्लाइट की सीट से भी ज़्यादा करीब। मुझे असहज लग रहा था। मेरे हाथ पर तुम्हारा हाथ आया तो बदन में झुरझुरी होने लगी। मैंने हाथ हटा लिया और

थोड़ा दूर हो कर बैठ गया था। इस पर तुम्हारी आँखों में आँसू आ गए। दूरी तय कर तुम फिर से क़रीब आ गई और हाथ पकड़ कर फ़फ़क कर रो पड़ी थी। मुझे समझ नहीं आया कि मैं क्या करूँ? तुम्हें कैसे संभालू और कैसे खुद को?

उस दिन तुमने दिल खोल कर बातें की थी। अपने एकाकी जीवन का बयाँ किया था। मैंने तुम्हें अपनी मित्रता का विश्वास दिलाया। इससे अधिक तुम्हारी अपेक्षा नहीं थी। मुझे इसमें कोई आपत्ति नहीं थी। समय गुज़रता गया। मंदिर और पार्क में बैठ कर हम लोग बातें करते और फिर अपने-अपने घर चले जाते। तमिल भाषा की ओर पहले से ही मेरा रुझान था। तुमने मुझे तमिल भाषा के कुछ और शब्द सिखाए। मेरा ज्ञानवर्धन हुआ। तमिल-संस्कृति बहुत महान है। हम लोग अक्सर तमिल-संस्कृति के विषय में चर्चा करते थे।

मेरे कड़वे वचन सुन कर तुम्हें अच्छा नहीं लगता था। जीवन में कुछ ऐसे अनुभव हुए कि मुझे कड़वा बोलने की आदत हो गई। खरी बात। बिना कोई लाग-लपेट के बोलना मेरा स्वभाव रहा है। इसमें कोई गुस्सा या बदनीयत नहीं होती थी। तुमने मुझे कड़वा न बोलने का सुझाव दिया। यह तुम्हारा व्यावहारिक ज्ञान था।

जब मैं टूर पर होता तुम सुबह-शाम फ़ोन कर मेरा हाल पूछती। क्या खाया? कब खाया? पूरा ध्यान रखती थी। मेरे आने का तुम्हें इंतज़ार रहता था। लौटते वक़्त मैं फल-सब्ज़ियाँ और मिठाई लेकर आता। ड्राइवर से तुम्हारे घर भिजवा देता।

मेरा कार्य-क्षेत्र 10 ज़िलों में फैला था। जिसमें से पाँच ज़िले ऐसे थे - जहाँ आदिवासी जनसंख्या बहुतायत में थी।पाँच ज़िले नकसली हिंसा से प्रभावित थे।इस के बावजूद जबलपुर एक आकर्षण था।यहाँ डैम्स,नर्मदा नदी व हरी-भरी घाटियां,ऊंचे पहाड़, अमरकंटक-नर्मदा नदी का उदगम स्थल आदि अनेक मनमोहक स्थल हैं। अमरकंटक की ऊँची पहाड़ियों में स्थित गुरुद्वारा सभी धर्मों के अनुयायियों के आकर्षण का केंद्र है। मध्यप्रदेश पर्यटन विभाग के आरामदायक और ख़ूबसूरत रीसॉर्ट्स आपका दिल से स्वागत करते हैं, इस टैगलाइन के साथ - अपना मध्यप्रदेश : अजब है - ग़ज़ब है।

सरकारी काम-काज से मैंने इनमें से बहुत सी जगह का दौरा किया। छुट्टी के दिन तुमसे मुलाक़ात होती थी। किसी न कसी मंदिर का दर्शन।

सदर बाज़ार के कॉफ़ी-हाउस में नाश्ता तुम्हें पसंद था। यहाँ की फ़िल्टर कॉफ़ी और इडली। बरसात के दिनों में यहाँ का मौसम और हरियाली देखने वाली होती थी। सर्दियों में चटकदार धूप व ठंडी शुद्द हवा। यहाँ प्रदूषण नहीं था। घने शहरी क्षेत्र को छोड़ कर आस-पास का इलाक़ा पूरी तरह प्रदूषण मुक्त।

सब कुछ पिक्चर परफ़ेक्ट चल रहा था, कि मेरा स्थानांतरण मुंबई हो गया। मेरे लिए यह अच्छा और बुरा दोनों तरह का समाचार था। मुंबई मेरे गृह नगर पुणे से नज़दीक था। मगर, अभी तो हमारी मित्रता धीरे-धीरे परवान चढ़ रही थी। ऐसे में जबलपुर छोड़ना कष्टदायक लगा। मगर नौकरी में पर्याय नहीं होता। मुझे मुंबई आना पड़ा।

फ़ोन के द्वारा संपर्क बना रहा। फिर अचानक एक दिन तुमने बतलाया कि तुम मुंबई आ रही हो। मुझे खुशी हुई। निर्धारित तिथि व समय पर दादर स्टेशन से जहाँ तुम्हारी ट्रेन आ कर रुकी थी तुम्हें 'पिक-अप' कर अपने निवास ले गया। संयोग से मेरा निवास वही था जहां मैं 2009-10 में रहता था। पैरी क्रॉस रोड पर कॉस्टा बेल नाम की बहुमंज़िली इमारत में एक फ्लैट हमारे बैंक के नाम था। जिस पर बैंक ने कोहिनूर मिल्स से अपने लोन की धनराशि वसूल न होने की स्थिति में कानूनी तौर पर कब्ज़ा किया था। न जाने इस फ़्लैट से क्या संबंध था कि मुझे इसमें दो बार रहने का मौक़ा मिला।

बांद्रा वेस्ट में कार्टर रोड के पास स्थित होने के कारण इस फ्लैट का सभी को विशेष आकर्षण रहता था। इसी इलाक़े में ज़्यादातर फिल्मी सितारों के घर हैं। सलमान, आमिर ख़ान व शाहरुख़ ख़ान, राजेश खन्ना, जॉनी वॉकर आदि। सचिन तेंडुलकर का बंगला जो 2009-10 में बन रहा था, अब वो उसमे रहने आ गए थे। मैंने तुम्हें दिखलाया भी था। अपने घर से 50 मीटर की दूरी पर। गीतकार गुलज़ार व जावेद अख़्तर के निवास भी करीब में हैं। नज़दीक में ही 'खार' में नई पीढ़ी के सितारों के फ्लैट्स हैं।

स्नान करने के पश्चात हम लोग नज़दीक के 'सायबा रेस्टोरेंट' में लंच करने गए। यहाँ का कोंकणी खाना, 'सोलकढ़ी व कोथिंबिर वड़ी' तुम्हें बहुत पसंद आया। शाम की ट्रेन से तुम्हें चेन्नई जाना था। इसलिए, मैं तुम्हें वी.टी. स्टेशन छोड़ने गया और गाड़ी में बैठा कर लौट आया। यह मुलाक़ात 2014 के अंतिम महीने दिसंबर की थी।

फिर से तबादला। जब एक जगह मन लगने लगता है तभी वहाँ से जाना पड़ता है। न जाने क्यूँ? मेरे जीवन की कहानी इस कविता के रूप में बयाँ की जा सकती है -

बहता जा रहा हूँ
अनवरत्
हिम शिखर से निकले
जल प्रताप की नाँई।

शायद,
यही मेरी नियती है
लेकिन अब और नहीं।

पथ के कंकरीले पत्थरों ने
दी हैं छालों की सौगात
मेरे नन्हे पाँवों को।

बँध जाना चाहता हूँ
सीमाओं में,
इक बाँध की तरह
जिसकी गहराई में
पा जाऊँ
असीम शान्ति।
जिसकी तलाश है
मुझे बरसों से।

चाहिये इक मज़बूत सहारा
कठोर आलम्ब
जो रोक सके
मेरे मन के आवेग को।
आदत सी हो गई है
भटकने की इसको।

ढूँढता हूँ डगर-डगर,
इक हसीं रहबर
जिसके प्रेम की गहराई में
समा जाऊँ,
भूलूँ अपना अस्तित्व,
अपना अहं,

बन के गजरा,
उसकी ज़ुल्फ़ का,
अपनी मंज़िल पा जाऊँ।

इसी कश्मकश में ज़िंदगी कट रही थी।

मैं, अप्रैल 2015 में लखनऊ आ गया। लखनऊ बहुत सुंदर शहर है। यहाँ की तहज़ीब, खाना, पहनावा और आपसी प्यार की मिसाल पूरी दुनिया में नहीं मिलती। 'अदब' और 'आदाब' दोनों के लिए यह शहर मशहूर है। एक और ख़ास बात है – यहाँ लोग 'चिकन' खाते भी हैं और 'चिकन' पहनते भी हैं। यहाँ के गलावटी कबाब, बिरयानी व अवधी खाने अपने आप में एक अलग पहचान रखते हैं।

लखनऊ उर्दू अदब का मरकज़ रहा है। डेक्कन से 'ग़ज़ल' यहाँ आ कर जवाँ हुई। यहाँ के नवाबों ने कला व साहित्य को पराश्रय दिया। गायन कला 'ठुमरी' यहीं पर पैदा हुई। आज़ादी की लड़ाई में भी लखनऊ का महत्वपूर्ण योगदान रहा। मुझे यह शहर पहले से ही पसंद था। यहाँ पोस्टिंग हुई तो मैं खुशी-खुशी यहाँ आ गया। हज़रतगंज में मेरा ऑफिस। दोपहर को 'लंच-ब्रेक' में 'गंज' घूमने का मज़ा आने लगा। किताबों की पुरानी दुकाने – जहाँ हर तरह की साहित्यिक व अन्य किताबें उपलब्ध थीं।

इत्र व कपड़ों की दुकाने। लज़ीज़ खानों के रेस्टोरेंट। एक और दुकान जिसमें सब तरह की घर उपयोगी वस्तुएं मिलती थी। 'Dream Store' के नाम से मशहूर इस दुकान के मालिक बांद्रा मुंबई से वापस अपने शहर आए थे। उनसे मेरी दोस्ती हो गई। उनकी बेटी दुकान संभालती थी। जितनी ख़ूबसूरत उतनी ही कार्य-कुशल।

उस दिन जब कुछ ख़रीदा तो बिल बनाते वक़्त मेरी उससे बातचीत हुई। अब तो लखनऊ छोड़े एक अरसा बीत गया, मगर वो मुख़्तसर सी 'बात' अभी भी याद है।

तुम्हारी याद तो दिल से जाती न थी। मगर अब जल्दी ही मिल पाने की कोई उम्मीद भी नज़र नहीं आती थी। हाँ, तुम्हारा सुबह का मैसेज निरंतर मिलता था। उसी से सुकून होता था कि तुम ख़ैरियत से हो। तुम्हारे बेटे की पढ़ाई पूरी हो गई थी। मुंबई में ही उसे जॉब मिल गया। अब तुम जल्द ही मुंबई शिफ्ट होने वाली हो। यह सब जानकारी तुमने मैसेज से ही दी। मुझे यह सब सुन कर बहुत खुशी हुई थी।

इधर कुछ दिनों से तुम्हारा कोई संदेश प्राप्त नहीं हुआ तो मैंने कॅाल किया। तुम्हारे बेटे ने जवाब दिया। मैंने उसे जबलपुर की याद दिलाई। मैं उससे मिल चुका था। यह भी बतलाया। मगर उसे कुछ याद नहीं था।

"मम्मी ने आपके बारे में कभी बतलाया नहीं था।" – सुन कर मेरे कान खड़े हो गए। यह लड़का मम्मी के बारे में भूतकाल में क्यूँ बात कर रहा है? किसी अनजाने भय ने मेरे दिल-दिमाग़ पर अचानक दस्तक दे दी।

मम्मी से बात हो सकती है? मैंने पूछा तो कोई उत्तर नहीं मिला और फ़ोन कट गया। मैं स्तब्ध रह गया। अप्रिय घटना के अनुमान मात्र से मेरा दिल घबरा रहा था। कुछ दिनों तक दोबारा कॉल करने की हिम्मत न जुटा सका। क़रीब एक महीना गुज़र जाने के बाद साहस कर के कॉल किया। मगर फोन बंद मिला। कुछ दिनों तक लगातार कोशिश की। मगर हर बार फ़ोन बंद ही मिला। तुम्हारे सिवा तुम्हारे किसी परिचित या रिश्तेदार से मेरा कभी संपर्क नहीं हुआ था। तुम्हारे बारे में किससे मालूम करता? विचित्र दुविधा में वक़्त गुज़र रहा था।

11 ऑक्टोबर, तुम्हारा जन्मदिन। फेसबुक पर तुम्हारे दोस्त 'जन्मदिन' की बधाई दे रहे थे। मगर बधाई का जवाब नहीं था। मैंने भी बधाई लिखी और इंतज़ार करने लगा। कभी तो जवाब आएगा, इस आशा में कुछ माह गुज़र गए। तुम्हारा अगला जन्म दिन आने वाला था। कोई जवाब न पा कर मैने तुम्हारे दोस्तों के नाम एक संदेश लिख कर पूछा कि क्या कोई तुम्हारे संपर्क में है? किसी ने कोई जवाब नहीं दिया। यही आज के समाज की विडंबना है।

सब बधाई दे रहे हैं लेकिन कोई नहीं जानता तुम कहाँ हो - कैसी हो?

फिर कुछ दिनों बाद अचानक तुम्हारी भाभी ने जवाब दिया। "मैं उसकी भाभी हूँ। आप लता को कैसे जानते हैं? आप कौन हैं अपने विषय में बतलाएँ।"
मैंने बतलाया कि मैं तुम्हें जबलपुर में मिला था। जब तुम 'HDFC Group' में काम करती थी।
"मुझे खेद से यह बतलाना है कि लता की 25 जून 2016 को हृदय गति रुक जाने से मृत्यु हो गई।"

जवाब सुन कर सन्न रह गया। इतने सुंदर हृदय की स्वामिनी को हृदय आघात ! हे ईश्वर यह कैसा न्याय है? तुम चली गयी। आठ बरस हो गए। एक दिन भी ऐसा नहीं गुज़रा जब तुम्हें महसूस न किया हो। तुम्हारा मिलना और इस तरह से अचानक इस दुनिया से चले जाना, मेरे लिए एक रहस्य ही रहेगा।

2013 में तुम्हारी गिफ़्ट की हुई 'ग्रे शर्ट' अभी तक मेरे पास है। यदा-कदा इसको पहनता हूँ तो तुम्हारे निस्वार्थ प्रेम का एहसास मेरे दिल में गहरा जाता है। इस मिलने और बिछड़ने के बीच जो पल हमने साथ गुज़ारे वह अविस्मरणीय हैं। तुम जहाँ, जिस दुनिया में हो उसी प्रकार से मुस्कुराती रहो जैसे इस दुनिया के अनेक कष्टों के बीच मुस्कुराना तुम्हारा स्वभाव था।

तुम्हारा दिया हुआ फ़िल्टर क'अप्पी का यंत्र मेरे जीवन का अभिन्न अंग है। दिन में तीन बार 'क'अप्पी' पीना मेरा स्वभाव बन गया है। इसकी गंध मुझे तुम्हारी समीपता का आभास दिलाती है। लिखते-लिखते जब थक जाता हूँ तो एक कप और !!!

चलो, अब 'क'अप्पी' पीते हैं !!

शीश-महल

ग्रैजवैशन के तुरंत बाद बैंक अधिकारी की नौकरी। उत्तर बिहार के ऐतिहासिक व सांस्कृतिक शहर दरभंगा में प्रथम नियुक्ति। आर्थिक स्वावलंबन। आत्मविश्वास।

मिथिला क्षेत्र अनेकानेक कारणों से भारत की संस्कृति व इतिहास में महत्वपूर्ण स्थान रखता है। नेपाल का बॉर्डर होने के कारण इसका सामरिक महत्व भी है। नेपाल एक मित्र देश होने के नाते यहाँ सेना की अधिक गतिविधियाँ नज़र नहीं आती।

शीश-महल। दो शब्दों का यह नाम अक्सर यादों के दरीचे में खींच ले जाता है। दरअसल यह किसी इमारत या राजा के महल का नाम नहीं बल्कि पटना के ऐतिहासिक गांधी मैदान के दक्षिणी भाग में स्थित रेस्टोरेंट का नाम है। जिसका भौतिक अस्तित्व मिट चुका है परंतु मन-मस्तिष्क में इसकी अमिट छाप बाक़ी है। इस जगह से मोहब्बत जैसा रिश्ता हो गया था।

विद्युत-विहीन शहर दरभंगा में एकाकी जीवन की ऊब से राहत पाने व यदा-कदा आनंद की अनुभूति के लिए यह स्थान शरणस्थली बन गया था।

मेरा यहाँ प्रथम आगमन आशु के साथ सन 1986 में हुआ। आशु, जिसका पूरा नाम आशुतोष रंजन है। दरभंगा के मेरे निवास, मिसर टोला के डा. ठाकुर के दो-मंज़िला मकान के नीचे वाले तल्ले पर रहने वाले इक्साइज़ एंड कस्टम इन्स्पेक्टर श्री वर्मा की पत्नी का छोटा एवं एक-मात्र भाई। उनकी पत्नी विभा तीन बहनों में सबसे बड़ी थी। उनसे छोटी आभा और फिर निभा। आभा वर्तमान में दिल्ली और निभा पुणे में रहती है। सबसे छोटा और जीजा जी का अति-प्रिय साला, आशु। दरभंगा में अपने जीजाजी से मिलने अपनी मम्मी के साथ आया था, मुलाक़ात हुई। मम्मी का स्वभाव बहुत अच्छा था। बात-चीत हुई। उनको मुझसे मिल कर न जाने कैसा लगा कि पटना में घर पर आने की दावत दे डाली। मेरा उनके घर पटना आना जाना शुरू हो गया।

पहले वो लोग सलीमपुर अहरा, exhibition road पर और बाद में जब उसके पापा जो SBI में कार्यरत थे, सीनियर मैनेजर हो गए तो राजेन्द्र नगर में बैंक कालोनी के फ़्लैट में चले गए। वर्मा जी ने भी नज़दीक ही 'चारमीनार' कॉम्प्लेक्स में फ़्लैट लिया था। आज उनकी पत्नि बबिता और बच्चे वहीं रहते हैं। वर्मा जी का 2016 में असामयिक निधन हो गया। मधुमेह रोग से पीड़ित थे। हृदयगति रुक जाने से पटना के अस्पताल में मृत्यु हो गई।

उसी वर्ष, 2016 में आशु के पिता और 2019 में मम्मी का दिल्ली में निधन हो गया।

वर्तमान में आशु दिल्ली में ट्रैवल बैग बनाने वाली कंपनी VIP Industries में एरीआ सेल्ज़ मैनेजर है।

1986 में वो 10वीं कक्षा में साइंस कॉलेज पटना में पढ़ता था। बेहद ज़हीन था। जब भी मैं पटना जाता, उसके पास ठहरता। वह मेरे प्रेम का पात्र था। शाम होते ही हम लोग, उसके परिवार की मर्ज़ी के खिलाफ, पैदल गांधी मैदान घूमने चले जाते। उन दिनों शाम 7 बजे के बाद उस इलाक़े में यूँ घूमना एक साहसिक कार्य था। आए दिन छीना--झपटी व अन्य वारदातें होती रहती थीं। मगर मेरे पास था ही क्या जो कोई छीन लेता?

वहीं पर भारत की एक मात्र सरकारी एयरलाइन्स -एअर इंडिया का चमचमाता ऑफ़िस था। इंग्लिश बुक्स व पत्रिकाओं की भी एक दुकान थी। वयस्कों के लिए मासिक पत्रिका 'Debonair' यहाँ मिलती थी। अभी कुछ वर्षों पूर्व इसका प्रकाशन बंद हो गया। शायद भारतीय संस्कृति को इससे ख़तरा पैदा हो गया था।

इधर-उधर टहलने के बाद 'शीश-महल' का रुख़ करते। द्वार पर एक हट्टे-क़ट्टे द्वारपाल से सामना होता। यादव जी। उनकी मोटी मूँछें और अन्दाज़ निराला था। कुर्सी पर किसी तरह अपना विशालकाय शरीर समेटे हुए, आलस्य-भरी मुद्रा। ग्राहक के आने पर प्रयास कर उठते और झूमते हुए स्वागत के साथ दरवाज़ा खोलते। आज भी वह दृश्य आँखों के सामने आ जाता है।

आजकल यह मुद्रा व शरीर लुप्तप्राय: हो गए हैं। 'जिम' के प्रचार-प्रसार व संतुलित आहार के सेवन से सबको दुबला रहने का शौक़ हो गया हैं। 'केलोरीज़' गिन कर अब

केवल 'जीने के लिए' खाते हैं, जबकि पहले समाज का एक बड़ा वर्ग 'खाने के लिए जीता' था। अच्छा खान-पान व रहन-सहन समृद्धि की निशानी था। मोटर गाड़ियों और गैजेट्स का अभाव था। धन का उपयोग मुख्यत: शारीरिक भूख को संतृप्त करने में होता था। कपड़ा, ग़हना व ज़मीन ख़रीदना गर्व का विषय था।

'चिकन चिल्ली' आशु की पसंदीदा डिश थी। मैंने उसी के मुंह से इस डिश का नाम पहली बार सुना था। मुझे भी यह डिश पसंद आई। शीश महल में 'बार' था। इसका माहौल अति-आकर्षक था। कभी-कभी हम लोग थोड़ा मदिरा-पान भी करते। शुरुआत थी। ज़्यादा होने पर घर पर डाँट पड़ने का डर था।

दरभंगा से राजधानी पटना की सैर अत्यंत प्रतीक्षित घटना होती थी। अपने घर-गाँव रूड़की जाने के लिए पटना से ट्रेन मिलती थी। अक्सर मैं यात्रा से एक दिन पहले ही पटना पहुँच जाता ताकि राजधानी की चमक व 'शीश-महल' में मौज-मस्ती कर सकें।

1987 में चंडीगढ़ पोस्टिंग हो गई। दरभंगा से चंडीगढ़ – 180 डिग्रीस का अंतर। यहाँ बिजली का आना एक 'news' होती थी, वहाँ जाना। मोहब्बत है तो जुदाई निश्चित है। शीश-महल से दूरी हो गयी। एक लंबे अरसे तक पटना आना नहीं हुआ।

2013 में, जबलपुर में वरिष्ठ क्षेत्रीय प्रबंधक के पद पर कार्यरत था। मेरे परम-मित्र अरुण सहाय के बेटे सोनू की शादी में शिरकत के लिए एक जून को पटना आना हुआ। पटना के मशहूर लग्शरी होटल "मौर्यलोक" में शादी हुई। मेहमानों के रहने का इन्तज़ाम बोरिंग रोड गेस्ट हाउस में था। शाम को बाहर निकल कर रिक्शॉ लिया और 'गांधी मैदान' बोल कर बिहार की इस शाही सवारी का आनंद लेते हुए, शीशमहल पहुँचा। तब तक बिहार में नशबंदी लागू नहीं हुई थी। द्वार पर यादव जी और उनकी मोटी मूँछों की याद आई। एक अरसा गुज़र चुका था। उनकी जगह किसी छरहरे बदन के मुस्तैद नौजवान ने ली हुई थी। यादों के दरीचों में खोया अंदर दाख़िल हुआ।

माहौल आज भी ख़ूबसूरत था। पहला बदलाव यह नज़र आया कि काउंटर पर पुरुष की बजाय एक महिला विराजमान थी और दक्षता से व्यवसाय का संचालन कर रही थी। बिहार राज्य में एक महिला को 'बार' का प्रबंधन करते हुए देख कर मुझे अपनी आँखों पर विश्वास नहीं हुआ। महिला की उम्र करीब 35-36 बरस रही होगी।

गेंहुआ रंग, सुंदर बड़ी आँखें व गोल आकर्षक चेहरा इस बात के प्रतीक थे कि महिला उत्तर बिहार के किसी संभ्रांत परिवार से संबंधित है। मैंने अपनी पुरानी, कोने वाली जगह को तलाशा। संयोगवश सीट खाली थी। यहाँ से काउन्टर व वहाँ पर मौजूद महिला स्पष्ट दिखाई दे रही थी। उसकी कार्य-कुशलता देख कर मैं स्तब्ध था।

इसी बीच वेटर ने हाज़िरी दी। मेरा ध्यान भंग हुआ। गर्मी के मौसम के मद्दे-नज़र मैंने बिना ज़्यादा सोचे एक 'किंगफिशर' माइल्ड बीयर का आदेश दिया। 'किंगफिशर' एक ऐसा ब्रांड है जिसे हर नौजवान ने अपनी जवानी मे 'ड्रिंक्स' के सफ़र के शुरुआती दौर में ज़रूर चखा होगा। धीरे-धीरे वक़्त गुज़र रहा था। स्मृतियाँ घेरा डाले हुए थीं। 1987 में मैंने बिहार छोड़ दिया था। मात्र दो वर्षों से भी कम समय का प्रवास रहा। मगर नियति कुछ ऐसी थी कि जीवन भर का अनुराग हो गया। चंडीगढ़, लखनऊ, भोपाल, पुणे, दिल्ली, मुंबई, इंदौर, जबलपुर जैसे अनेकों शहरों में सेवा में रत रहा। बड़े बड़े स्टार होटलों में आना जाना हुआ।

मगर न जाने क्यूँ 'शीश-महल' की यादें पीछा नहीं छोड़ती। जीवन में किसी स्थान का महत्व इस बात पर निर्भर होता है कि अपने जीवन के किस भाग में आपने वहाँ पर वक़्त गुज़ारा है और उस समय / काल की आपकी ज़िंदगी में क्या अहमियत है। उस से जुड़ी यादों का गवाह वह स्थान उस कहानी का हिस्सा बन जाता है। उस स्थान से आप बातें करते हैं। गिला-शिकवा करते हैं। जो जैसा पहले था - अब वैसा नहीं है। समय चलायमान है। 'आज' बीते 'कल' से बेहतर हो सकता है परंतु यादें आपको अतीत में ही ले जाती हैं।

यादों ने घेरा हुआ था। वो दरभंगा का स्वछन्द जीवन। लाल मोटरसाइकिल। जिसे देख कर लोग रश्क करते थे। उन दिनों भारत में 100 सी.सी. की Ind-Suzuki मोटरसाइकिल नई-नई आई थी। किसी तरह बैंक से लोन लेकर व कुछ अपनी बचत की राशि मिला कर मुज़फ्फ़रपुर के आमगोला से वह गाड़ी खरीदी थी। उसकी क़ीमत में 'बजाज' के दो स्कूटर आ सकते थे। मगर – "शौक़ की कोई क़ीमत नहीं होती।" ऐसा लोग कहते हैं। यह भी कहा जाता है – "ज़िंदगी न मिलेगी दोबारा"।

मिथिला यूनिवर्सिटी कॅम्पस में स्थित काली मंदिर में गाड़ी की पूजा की।

मैं नास्तिक सर्वथा नहीं था मगर अंधविश्वास व रूढ़िवाद के विरुद्ध सदैव आवाज़ उठाता रहा। काली मंदिर में स्थापित प्रतिमा के प्रति इतनी श्रद्धा कब और कैसे पैदा हुई यह आज भी रहस्य है। जब कभी दरभंगा किसी काम से गया तो 'श्यामा माई' के दर्शन व आशीर्वाद के बिना नहीं लौटा। इस काम में मेरे मित्र बाबू बंशीधर झा ने हमेशा साथ निभाया। बहुत धार्मिक प्रवृति के व्यक्ति हैं, 'झा जी'।

आशु के साथ भी दरभंगा व पटना में गुज़ारे हुए वक़्त की यादें। आज उसके बिना यहाँ अकेले मन नहीं लग रहा था। बीयर समाप्त हुई तो उठ कर चला आया। मन इस बात से हल्का हो गया कि मोहब्बत का हक़ अदा हो गया ।

सितम्बर 2016 में दो सप्ताह के लिए ऑडिट संबंधी कार्य हेतु लखनऊ से पटना आना हुआ। आने के दो दिन बाद ही अरुण सहाय की मृत्यु हो गई। कैंसर से। उनको 'गुटका' खाने का बहुत शौक़ था। मदिरापान नहीं करते थे। गुटका खाने की वजह से पहले भी एक बार जबड़े की किसी बीमारी का इलाज कराने लखनऊ आए थे। तब मैं वहीं पदस्थ था। हमारे ही पास ठहरे थे, विश्वास खंड, गोमती नगर के मकान में।

53 वर्ष की आयु में निधन हुआ। गंगा तट पर बाँसघाट शमशान भूमि में उनकी अन्त्येष्टि में भाग लिया। डोम राजा के नख़रे देखे। दिन-रात जलती लाशों के बीच धन के प्रति उनका मोह वास्तव में विरोधाभास की पराकाष्ठा थी। 'मशान-वैराग्य' जैसी कल्पनाओं से विश्वास उठ गया। कहा जाता है सब व्यर्थ है, कुछ साथ न जाएगा। परंतु यह भी सत्य है कि जब तक जीवन है सब चीज़ों की ज़रूरत इंसान को होती है। जीवन कब तक है यह भले ही न मालूम हो।

अप्रैल 2016 में बिहार की नीतीश कुमार सरकार द्वारा नशा-बंदी लागू की जा चुकी थी। फिर भी शीश-महल जाने की इच्छा प्रबल थी। ड्राइवर से कह कर गांधी मैदान का दौरा किया लेकिन शीश-महल का कहीं नामों-निशान नहीं था। जुलाई 2017 में सेंट्रल बैंक ऑफ इंडिया के आँचलिक प्रबंधक के तौर पर पटना पोस्टिंग हुई।

पटना अंचल दो राज्यों – बिहार एवं झारखंड से मिल कर बना है। करीब 540 शाखाएँ इस अंचल के दूर-दराज़ इलाक़ों में फैली हुई हैं। गरीबी एवं अशिक्षा की दोहरी मार से पीड़ित, ऐतिहासिक महत्व के इस प्रदेश के लोगों का जज़्बा देखते ही बनता है।

देश की प्रशासनिक सेवाओं में बड़ी संख्या में यहाँ के युवा वर्ग का प्रतिनिधित्व सराहनीय है। इसके अलावा इंजीनियरिंग, बैंकिंग व मेडिकल के क्षेत्र में भी बहुतायत है। प्रदेश की जनसंख्या वृद्धि दर भारत में सबसे ज़्यादा। सम्राट अशोक व चन्द्रगुप्त के स्वर्णकाल से लेकर दांडी-मार्च व जे. पी.आंदोलन – सम्पूर्ण क्रांति का गौरव इस प्रदेश को हासिल है। भारत में मुद्रा का चलन सबसे पहले इब्राहीम लोदी ने यहीं से किया। स्वतंत्र भारत के प्रथम राष्ट्रपति देशरत्न डॉक्टर राजेन्द्र प्रसाद की जन्म व कर्म भूमि। न जाने कितनी ऐतिहासिक घटनाओं का साक्षी यह प्रदेश आज जाति -समुदाय की राजनीति में फंसा अपने गौरवशाली इतिहास पर गर्व करने का एहसास भी भुला चुका है।

आचार्य चाणक्य के अर्थशास्त्र को ताक़ पर रख कर आज का बिहार असमानता, गरीबी और बदहाली का जीवन जीने को मजबूर है।

पटना के दो साल के कार्यकाल में शीश-महल के विषय में जानकारी मिली कि जिस 4 सितारा पनाश में अक्सर 'बैंकर्ज़ क्लब' के फ़ंक्शन होते हैं वह शीशमहल की ज़मीन पर ही बना था। पुणे से जब भी पत्नी का पटना आगमन होता तो 'बैंकर्ज़ क्लब' के फ़ंक्शन में हम दोनों बहुत शौक़ से शिरकत करते। इस पनाश होटेल से बहुत यादें जुड़ी हैं। बैंक एवं केंद्र सरकार के प्रतिनिधि, मुंबई व दिल्ली से आने वाले अतिथियों के रहने का बंदोबस्त यहीं किया जाता। अक्सर, कभी ब्रेक्फास्ट / लंच, कभी डिनर यहीं पर होता था।

शायर युगल 'बेगम आएशा और समर' के साथ भी यहाँ अनेकों बार डिनर किया। बेगम आएशा को यहाँ का 'नॉन-वेज' खाना और माहौल पसंद था। विशेष रूप से वह सीट जो गांधी मैदान की तरफ़ खुलने वाली काँच की दीवार से सटी हुई थी। जहाँ से विशाल गांधी मैदान दूर तक दिखता था। 'हथुआ महाराज' की ज़मीन पर बना यह 4 स्टार-होटल आज पटना का प्रसिद्ध लैंडमार्क है। लेकिन 'शीश-महल' नहीं हो सकता। 'शीश-महल' गवाह था पटना से पहली मोहब्बत का। पनाश गवाह है 'चिर-मोहब्बत' का।

निश्छल प्रेम के प्रमाण स्वरूप 'शीश-महल' की स्मृति शेष है।

मेरी गंगटोक यात्रा

हिन्दी व राजभाषा पर एक सेमीनार के सिलसिले में वर्ष 2022 में गंगटोक जाने का अवसर प्राप्त हुआ। कार्यक्रम अप्रैल महीने के आख़िरी सप्ताह में था। यह वक़्त पर्यटन के लिहाज़ से उत्तम होता है। सिक्किम की राजधानी गंगटोक दर्शन के विचार मात्र से मन प्रफुल्लित हो उठा। विगत दो वर्षों के लॉक डाउन के बाद मिले इस आमंत्रण को मैंने सहर्ष स्वीकार किया। आनन फ़ानन में बिना किसी विशेषज्ञ की सलाह लिए पुणे से दिल्ली व दिल्ली से बागडोगरा की टिकेट्स बुक कर डाली। देर रात पुणे से जाने वाली उड़ान से दिल्ली पहुंचा। टर्मिनल 'B' काफ़ी व्यस्त या यूँ कहिए कि अस्त-व्यस्त टर्मिनल है। एक छोटा सा लाउन्ज न जाने कितने मुसाफ़िरों को अपनी सेवाएं प्रदान करने की ज़िम्मेदारी निभाता है। कर्मी दल की विनयशीलता के बावजूद अक्सर मुसाफ़िरों और कर्मियों के बीच तनाव भरी बातें सुनी जा सकती हैं। इसका मुख्य कारण स्थान की कमी है। इस कारण प्रवेश द्वार पर हमेशा ही क़तार लगी रहती है। अगली उड़ान छूट न जाए इस तनाव को मस्तिष्क मेँ लिए क़तार में प्रतीक्षा करना निश्चय ही किसी योगी के बस की बात हो सकती है, साधारण मनुष्य के लिए तो मुश्किल है। किसी प्रकार से प्रवेश प्राप्त हुआ। सामान रख कर गहरी साँस ली। मध्य-रात्रि में भोजन की इच्छा नहीं थी। मधुमेह से पीड़ित होने के कारण ब्लैक कॉफ़ी का पर्याय उपलब्ध था। अत: ब्लैक कॉफ़ी ले कर टेबल के एक सिरे पर स्थान ग्रहण किया।

टेबल के दूसरी ओर एक नौजवान इयर फोन, लैप टॉप व मोबाईल से लैस, मेरी उपस्थिति से अनभिज्ञ, अपनी कृत्रिम दुनिया में लीन था। आभासी दुनिया (virtual world) भी बहुत मज़े की दुनिया है। इसमें सब सुंदर और अच्छा ही दिखता है। FaceBook हो या Instagram, सावन के अंधे को हर जगह हरा ही दिखता है। घर में निरंतर कलह में मशगूल पति–पत्नी को उनके सोशल मीडिया में हँसी-खुशी शादी के तीसवीं वर्षगांठ मनाते हुए देखा जा सकता है। सोशल मीडिया की मानें तो किसी परिवार में वैमनस्य नाम की कोई चीज़ नहीं पाई जाती। सब जगह सिर्फ़ और सिर्फ़ प्यार की अनवरत् गंगा बह रही है। हर परिवार ख़ुशहाल है।

काश ! वास्तविक जीवन भी ऐसा होता।

मुझे वो दिन याद आ रहे थे जब रेल्वे के साधारण डब्बे में चंद घंटों के सफ़र के बाद एक नया रिश्ता ले कर अपने स्टेशन पर उतरते थे। पॉकेट डायरी में एक नए शहर के वासी का पता जुड़ जाता था। कभी उस नए शहर में जाने का मौक़ा मिले या न मिले लेकिन अपने जान-पहचान वालों को बताने के लिए – 'उस शहर में भी हमारा एक घर है', हम स्वयं को सक्षम पाते थे।

थोड़ी देर बाद उस युवक की समाधि भंग हुई और वह अपना जंत्र-तंत्र ले कर चलता बना। किसी और ने तुरंत वह जगह पकड़ ली और अपना अड्डा जमाने में मग्न हो गया।

अगली उड़ान का वक़्त क़रीब आ रहा था। सोचा कुछ स्नैक्स ले लिए जाएँ। उड़ान के दौरान काम आएंगे। पेट नामक थैली में स्नैक्स रख कर निश्चिंत हुआ और बोर्डिंग गेट का रुख़ किया। पुणे से दिल्ली की उड़ान लगभग आधी खाली थी लेकिन दिल्ली से बागडोगरा की इस उड़ान में सामान तक रखने की जगह अपर्याप्त महसूस हो रही थी। पूर्व दिशा में जाने वाली रेलगाड़ी हो या वायुयान आपको हमेशा अपनी सीमाएं लाँघती हुई प्रतीत होंगी। कोई भी रितु – गर्मी, सर्दी या बरसात आपको इस दिशा में सफ़र करने के लिए संघर्ष करना ही होगा। पूरे देश और यहाँ तक कि देश के बाहर भी मानव – संसाधन की मांग को भारत का पूर्वी क्षेत्र ही पूरा करता है। देश की औसत प्रजनन दर से बेहतर दर से राष्ट्र की जनसंख्या में योगदान पूर्वी राज्यों की सदैव विशेषता रही है और आज भी बरक़रार है। मैंने अपने बिहार कार्यकाल में इस विषय पर बहुत मनन किया और पाया कि गरीबी, अशिक्षा व जनस्वास्थ्य सुविधाओं का अभाव इसका मुख्य कारण है। बाल-विवाह एक अतिरिक्त कारण है। जिसको रोकने के लिए शिक्षा ही एक मात्र साधन है। गरीबी शिक्षा के आड़े आ जाती है। यह एक विषम कुचक्र की भांति है जिसको तोड़ पाना इतना सरल प्रतीत नहीं होता। आर्थिक-सामाजिक समस्याओं की जड़ें बहुत गहरी होती हैं। संस्कार का रूप ले चुकी रूढ़ियों को तोड़ना किसी एक व्यक्ति या समूह के बस की बात नहीं। राज्य के मुख्यमंत्री ने सात निश्चयों के तहत समाज में परिवर्तन लाने का प्रयास किया परंतु उसमे कितनी सफलता मिली यह इस वक़्त चर्चा का विषय नहीं।

चलिए, आगे चलते हैं।

विमान प्रात: 8.30 बजे जद्दो-जहद के बाद बागडोगरा विमान तल पर उतरा। इसका कारण शायद 'रन वे' का छोटा होना था। विमान उद्घोषिका ने विमान तल का परिचय सैनिक हवाई अड्डे के रूप में दिया और बतलाया कि यहाँ तस्वीरें लेना वर्जित है। तस्वीरें तो गूगल पर उपलब्ध रहती हैं। फिर तस्वीर लेने की ज़रूरत ही क्या है? फिर भी लोग तस्वीरें लेते देखे गए। विमान को पार्श्वभूमी में रख कर लोग सेल्फ़ी भी ले रहे थे। किसी ने नहीं रोका। ऐसे में इस उद्घोषणा का औचित्य क्या है? यह मेरी समझ से परे है।

अब सामान लेने की बारी आई तो एक घमासान का सामना करना पड़ा। जिस बेल्ट की घोषणा हुई वह खराब पाई गई। कुछ देर प्रतीक्षा के पश्चात मालूम हुआ कि सामान 1 नंबर बेल्ट पर मिलेगा। 1 नंबर बेल्ट पर किसी अन्य उड़ान का सामान भी था। देखा तो पाया कि तीन उड़ानों के यात्रियों का सामान 1 नंबर की एक मात्र सुचारु बेल्ट पर उपलब्ध हो रहा था। बागडोगरा एक महत्वपूर्ण विमान तल है। यह शेष भारत को पूर्वोत्तर भारत से जोड़ता है। कुल मिल कर दिन में 36 विमान यहाँ से उड़ान भरते हैं। किसी प्रकार सामान हासिल कर निकास की ओर क़दम बढ़ाए। संयोजक महोदय के माध्यम से प्राप्त जानकारी के अनुसार बाहर से टैक्सी ले कर दो घंटे में गंगटोक पहुँच जा सकता था। संदेह करना मेरा स्वभाव नहीं। इसलिए किसी अन्य स्त्रोत का सहारा लिए बग़ैर ही निकल पड़ा।

परंतु, वास्तविकता कुछ और ही निकली। बंगाल पर्यटन विभाग से जानकारी मिली कि आप सिलीगुड़ी जाइए। वहाँ से आपको गंगटोक के लिए सवारी मिल जाएगी। सिलीगुड़ी का नाम सुन कर मेरा माथा ठनका। मुझे इस बात का कोई अंदाज़ा नहीं था कि सिलीगुड़ी कितनी दूर है। लगा कि सफ़र में एक और पड़ाव जुड़ गया है। मंज़िल की ओर बढ़ने की जल्दी ने व्यग्रता पैदा कर दी।

"सिलीगुड़ी? क्यूं?" मैंने आश्चर्ययुक्त जिज्ञासा से पूछा।
"यहाँ से गंगटोक की टैक्सी क्यूँ नहीं?"

ज्ञात हुआ कि यहाँ से आपको पूरी टैक्सी 'रिज़र्व' कर के जाना होगा और ज़्यादा पैसे खर्च होंगें। लिहाज़ा सिलीगुड़ी बस स्टैन्ड से शेयर टैक्सी लेना उचित होगा।

"सिलीगुड़ी कितनी दूर है ? वहाँ तक कैसे जा पाऊँगा?" – मेरी बेचैनी हर गुज़रते पल के साथ बढ़ रही थी।

"बाहर से लोकल टैक्सी मिल जाएगी। ज़्यादा दूर नहीं है." – कह कर श्रीमान किसी और मुसाफ़िर से मुखातिब हो गए।

आगे बढ़ा तो सिक्किम पर्यटन का बोर्ड दिखाई पड़ा। अंधकार से घिरा वह बूथ-नुमा स्थान खाली था। अभी से आगे के सफ़र के आसार दिखाई पड़ने लगे। अल्लाह ख़ैर करे। कह कर मन को दिलासा दिया। क़दम आगे बढ़ाए।

बाहर निकला तो बहुत से लोगों ने घेर लिया। कहाँ जाना है? कहाँ जाना है? इधर आइए। हम ले चलते हैं। होटल जाइएगा ? वग़ैरह – वग़ैरह। द्दशय दिल्ली या उत्तर प्रदेश के किसी शहर से भिन्न नहीं लगा। टुरिस्ट स्थलों पर ऐसा होता ही है। अंततः एक टैक्सी वाला भाई मुझे गार्ड करते हुए ले चला। 200 रुपए में तय हुआ कि वह एक सवारी और बैठाएगा जिसके लिए मुझे कोई आपत्ति न थी। सौभाग्य से एक काम-काजी युवती, जो अपने नैन नक़्श व गौर वर्ण से पूर्वोत्तर की लग रही थी, अन्य सवारी के रूप में टैक्सी में आ बैठी। संतोष हुआ।

क़रीब 14 किमी का सफ़र उसने आधे घंटे में तय किया। बस स्टैन्ड पर एक शेयर टैक्सी वाले के पास छोड़ दिया। जाते जाते सिफ़ारिश की – 'साहब को मिडल सीट देना'। मिडल सीट पर मेरी आपत्ति देख कर समझाया कि इसका मतलब चालक के पीछे वाली कतार है। SUV में इस सीट की डिमांड ज़्यादा होती है, यह भी जानकारी प्राप्त हुई। खलासी ने सामान ले कर ऊपर छत पर रख दिया। मिडल सीट पर पहले से एक बंगाली दम्पत्ति और उनकी बेटी विराजमान थे। बेटी की उम्र लगभग 7 – 8 बरस रही होगी। वह भी पहली बार गंगटोक जा रहे थे। देखने में सज्जन लग रहे थे।

शीघ्र ही वार्तालाप शुरू हो गया। मुझे बंगाल की धरती पर कोलकाता में मेरे दोस्त 'दादा चैटर्जी' की याद आ गई। बहुत दिनों पहले दादा ने फेस्बुक पर लिखा था – 'मुझे कॉल करो'। सो मुझे आज अवसर मिला। दादा से बात हुई। उन्होंने मेरे आगमन और कार्यक्रम की जानकारी ली तो राज्यपाल और केन्द्रीय मंत्री का संदर्भ आया। बॉम्बे, पुणे, दिल्ली जैसे बड़े शहरों का ज़िक्र हुआ। साधारण बंगाली परिवार प्रभावित हो

गया और मुझे बड़े आदर से बैठने में सहूलियत हो गई। सुरक्षा की भावना भी दिल में गहरा गई। अब मैं अजनबी जगह या लोगों के बीच नहीं था। रास्ते भर बातें की। चाय के लिए रुके तो वहाँ भी साथ-साथ। सफ़र में साथी मिल गया – सफ़र आसां हो गया।

सड़क अच्छी नहीं थी। टूटी-फूटी। तंग। मुझे ऐसी अपेक्षा कतई नहीं थी। अक्सर किसी भी राज्य की राजधानी की ओर जाने वाले राजमार्ग की दशा बेहतर होती है। यह एक अपवाद ही निकला। सिलीगुड़ी से कुछ दूर निकलने के बाद दुर्गम पहाड़ी रास्ता शुरू हुआ। जगह-जगह बुलडोज़र व क्रेने अपना काम कर रहीं थी।

विकास या विनाश ? कहना मुश्किल है। ज्ञात हुआ कि वर्तमान हाई-वे के समानान्तर एक नया 4 लेन राजमार्ग बनाया जा रहा है। पहाड़ों को काट कर सुरंगे बन रही थी। पेड़ व वनस्पति गायब थी। हिल स्टेशन पर जाने वालों की सुविधा के लिए यह सब किया जा रहा था। सैलानियों के काफ़िले सर्पिलाकार मार्गों से धीमी गति से ऊपर की ओर चढ़ने में संघर्षरत थे। सामने से आने वाली गाड़ियों को रास्ता देने के लिए तंग सड़क और भी तंग होती जा रही थी। 135 किमी का रास्ता दो पड़ावों के साथ करीब 5 घंटों में तय हुआ।

गंगटोक में सिलीगुड़ी बस स्टैन्ड पर जा कर टैक्सी ने विश्राम लिया। मैं पहली बार आया था और असहज महसूस कर रहा था यह बात मेरे सह-यात्रियों व टैक्सी ड्राइवर से छिपी न रह सकी। उस ने स्थानीय टैक्सी वाले को बुला कर मुझे उसके हवाले किया। मुझे आश्वस्त करते हुए विदा ली। टैक्सी में मेरा एक अदद बैग रख कर स्टैन्ड से रवाना हुए। मात्र 3 किमी से भी कम की दूरी के लिए उसने 300 रुपए भाड़ा लिया। पूछने पर मालूम हुआ कि यहाँ किराया दूरी नहीं अपितु ऊंचाई के आधार पर निर्धारित होता है। चूंकि मेरा गंतव्य स्थान ऊंचाई पर है इसलिए यह उचित भाड़ा है।

मेट्रो शहरों में ओला व ऊबेर द्वारा इतने में 20 किमी का सफ़र मुमकिन है। ज्ञात हुआ कि गंगटोक में ओला या ऊबेर की सेवाएं उपलब्ध नहीं हैं। हिल स्टेशनों / पर्यटक स्थलों पर हर चीज़ के दाम स्थानीय नियमों से संचालित होते हैं। यहाँ के वाशिंदे साल के 12 में से 3 या 4 महीने के टुरिस्ट सीज़न पर निर्भर रहते हैं। जीवन-यापन का अन्य कोई साधन न होने के कारण इस काल में की गई कमाई से ही साल भर का ख़र्च चलाना पड़ता है।

विपरीत मौसम तथा कठिन जीवन शैली इनको शारीरिक तौर पर मज़बूत बनाती है। सैलानी के तौर पर कुछ दिनों घूमने के लिए सब बहुत आकर्षक लगता है लेकिन स्थायी रूप से रहने के लिए ऐसी जगहों का जीवन अन्य शहरों, विशेष रूप से मेट्रो शहरों, की तुलना में बहुत कठिन होता है।

डेवलपमेंट एरिया में मनन भवन (Secretariat) के नज़दीक, सिक्किम यूनिवर्सिटी के गेस्ट हाउस पहुँच कर राहत की साँस ली। रिन झिन नाम के युवा ने मुझे मेरे रूम न. 301 में पहुँच दिया। साफ़ सुथरा कमरा, टी वी, स्टडी टेबल व पानी गरम करने के लिए इलेक्ट्रिक केटल से सुसज्जित। बाथ रूम में गीज़र। दो मोटे-मोटे कंबल। केटल तो थी लेकिन चाय – कॉफ़ी का सामान नदारद था। पूछने पर मालूम हुआ कि केटल पीने का पानी गरम करने के लिए है। चाय कॉफ़ी आपको किचन से उपलब्ध होगी। शाम को बाहर निकला तो रास्ते में कॉलोनी की एक दुकान से कॉफ़ी के पाउच ले कर जेब में रख लिए। नेस्कैफ़े के 2 रुपए वाले 10 पाउच। 'ब्लैक कॉफ़ी' का इंतज़ाम हो गया। आत्म-निर्भरता का एहसास बहुत सुकून देता है।

दुकानदार ने एम. जी. रोड का रास्ता बतलाया। सैलानियों की पसंदीदा जगह। उत्साह के साथ एम.जी.रोड की ओर अग्रसर हुआ। शहर का मुख्य आकर्षण। वहाँ पहुंचते ही बाईं-ओर एक 'बार व रेस्टोरेंट' पर नज़र ठहर गई। बाहर आज का मेन्यू एक सफेद बोर्ड पर नीली स्याही से लिखा था। ड्रिंक्स का दाम भी काफी कम था। देश के अन्य शहरों की तुलना में, विशेषकर महाराष्ट्र की तुलना में। सैलानियों की बड़ी तादाद मौजूद थी। कोई सेल्फ़ी ले रहा है। कोई आइस-क्रीम का लुत्फ़ ले रहा है। गोल गप्पे या पानी-पूरी हमारा राष्ट्रीय स्नैक्स है। दिल्ली चाट। पंजाबी जुत्ति। चाय नाश्ता मिठाई की दुकानें। खिलौने, कपड़ों व जूतों की दुकानें। दार्जिलिंग की चाय। गिफ़्ट शॉप्स जिनमें स्थानीय मोमेंटोस उपलब्ध थे। टूर एन ट्रेवल्स। मेडिकल स्टोर। गरज़ यह कि सभी के लिए कुछ न कुछ उपलब्ध था।

सभी बड़े शहरों में एम. जी. रोड होती है। 'बापू' ने शायद ही ऐसे मार्ग की कल्पना की होगी। क्यूंकि विलासिता का सभी सामान इन जगहों पर मिलता है। जबकि विलासिता से 'बापू' का कोई लेना देना नहीं रहा।

एक चाय की दुकान में प्रवेश किया। दार्जिलिंग चाय पत्ती की जानकारी लेनी चाही।

अन्य ग्राहक ज़्यादा जिज्ञासु थे। दुकानदार उनको जानकारी देने में व्यस्त था। मैं उनका वार्तालाप सुन कर आगे बढ़ गया। लौट कर देंखेंगे। कुछ दूरी पर एक और चाय की दुकान थी। जहाँ वही सब पैकेट वाली चाय उपलब्ध थी जो अन्य शहरों या फिर 'ऐमज़ान' के स्टोर से मिल जाती है। एम. जी. रोड का नाम बड़ा है। लेकिन कुछ ही देर में उसके दूसरे छोर तक पहुँच कर 'यू-टर्न' लेने की नौबत आ गई।

एक गिफ़्ट शॉप से कुछ छोटे पाउच नुमा पर्स ले कर रख लिए। घर वापस आने पर पत्नी एवं महिला मित्रों को देने के लिए। फिर से उसी चाय वाली दुकान पर पहुँच कर देखा कि दुकान में अब कोई ग्राहक नहीं है। दुकान के मालिक की जीवन संगिनी भी वहाँ उपस्थित थी और उसके काम में हाथ बँटा रही थी। दोनों की उम्र 30 – 32 साल के आस पास रही होगी। गेहूंआ रंग लिए महिला के चेहरे में आकर्षण था। मुस्तैदी से पति के कारोबार में शरीक़। युवा पति व्यवसाय कुशल मालूम हुआ।

उन लोगों की बोली व हाव-भाव से समझ गया कि उसकी प्रजाति क्या है।

"आप अग्रवाल हैं?" – बिना किसी भूमिका के मैंने सीधे प्रश्न किया।
"जी" – उसने सहज भाव से उत्तर दिया।
"राजस्थान से ?"
"जी, झालावार से."
"कब से यहाँ पर हैं?" – मैंने बिना किसी प्रयोजन के ही बात-चीत का सिलसिला जारी रखा।

ज्ञात हुआ करीब 90 बरस पहले जब सिक्किम भारत का हिस्सा नहीं था उनके पुरखे यहाँ आ कर बस गए। तब से पीढ़ी दर पीढ़ी यह व्यवसाय चल रहा है।

मुझे एक कहावत याद आ गई – 'जहां न पहुंचे बैल गाड़ी – वहाँ पहुंचे मारवाड़ी' राजस्थान से मूल अग्रवाल समाज के व्यापारी भारत के कोने-कोने, विशेष रूप से मध्य व पूर्वी / उत्तरपूर्वी भागों में रिटेल व होलसेल व्यवसाय में दक्षता पूर्ण तरीक़े से कब्ज़ा किए हुए दिखाई देते हैं। उनकी व्यवसाय कुशलता का लोहा पूरा विश्व मानता है। संयुक्त परिवार में रहने वाले इस समुदाय के बच्चे पढ़ाई लिखाई में भी पीछे नहीं हैं। अच्छी पढ़ाई लिखाई करने के बावजूद व्यवसाय उनकी प्राथमिकता रहती है।

बातों से मालूम हुआ कि युवा आदेश अग्रवाल बी.कॉम. व एम.बी.ए. है। उसकी सहयोगिनी पत्नी सुरेखा भी स्नातक है। दोनों मिल कर दुकान के व्यवसाय को आगे बढ़ाने में लगे हैं जो उनको पुरखों से विरासत में मिला है।

मैंने दो तरह की 'दार्जिलिंग लीफ़' चाय पैक करवाई। उनको धन्यवाद कर विदा ली। अब वापसी थी। एम. जी. रोड बहुत लंबी नहीं थी। जाने के वक़्त एक तरफ की दुकानों पर निगाह थी और अब दूसरी तरफ। बार व रेस्टोरेंट काफ़ी संख्या में थे। सड़क पर भीड़ थी। मैं भीड़ में तन्हा था। परदेस और हिल-स्टेशन। शाम का वक़्त। ठंडी हवा व सुंदर समाँ। संध्या का वक़्त गुज़र चुका था। किसी 'बार' में जा बैठने का उचित समय। अचानक निगाहें एक साइन बोर्ड पर ठहर गई। "अल्फा रेस्टोरेंट व बार"। फर्स्ट फ्लोर पर स्थित था। आगे के हिस्से में लॉज का ऑफिस व पीछे यह 'बार'। एक नज़र में ही वहाँ बैठने की इच्छा हो गई। स्मार्ट ड्रेस से सुसज्जित एक जवाँ लड़की ने आगे बढ़ कर अंग्रेज़ी ज़बान में स्वागत किया। पूर्वोत्तर की लाली लिए गोरी रंगत। आँखें सामान्य से छोटी जैसी कि उस क्षेत्र में पाई जाती हैं। मुझे समझने में देर न लगी कि यह लड़की भूटिया समुदाय की है।

"वेलकम सर, प्लीज हैव अ सीट.' – मुस्कराते हुए उसने कहा तो परदेस भी अपना सा लगा।
म्यूज़िक सिस्टम ऑन था। जिस पर जगजीत सिंह की गाई हुई मशहूर ग़ज़ल बहुत ही संतुलित ध्वनि स्तर पर सुनाई दे रही थी। रंग-बिरंगी हल्की रोशनियाँ। साफ़-सुथरे टेबलस्। सिर्फ दो टेबल पर ही रसिक मौजूद थे।'बार काउन्टर' पर एक और कमसिन लड़की थी। कोई पुरुष स्टाफ नहीं था।

पहाड़ी क्षेत्रों की अर्थ-व्यवस्था को महिलायें ही चलाती हैं। मुझे अपने गृह-प्रदेश उत्तराखंड का अनुभव है, जहां पुरुष स्त्रियों पर निर्भर रहते हैं। घर से लेकर खेत-खलिहान का सब काम स्त्रियाँ ही संभालती हैं। पुरुष ज़्यादातर गाँव से बाहर निचले मैदानी शहरों में रोज़गार की तलाश में निकल जाते हैं या फिर नशे का सेवन कर यहाँ-वहाँ पड़े रहते हैं। स्त्री-प्रधान समाज।

मुझे एक टेबल पर बैठने का इशारा कर वह मेन्यू कार्ड लेकर मेरे सामने बैठ गई।
"क्या लेंगे आप?" – उसने स्पष्ट हिन्दी में बात की तो मुझे तनिक आश्चर्य हुआ।

"अरे आप तो बहुत अच्छी हिन्दी बोलती हैं" – मैंने उसकी तारीफ़ करते हुए कहा।
वह थोड़ा मुस्कराई। उसकी छोटी छोटी आँखें और भी छोटी लगने लगी।
"आई एम द् ओनर ऑफ दिस बार" – उसने गर्व से कहा।
"वाह! बहुत अच्छी बात है। आप इसको अकेले ही चलाती हैं?"
"येस, मेरा स्टाफ है जो हेल्प करता है।"
"यहाँ का मौसम ठंडा है। क्या लेना चाहिए?"
"ओल्ड मोन्क रम लीजिए"
"अरे, वह तो सब जगह मिलती है। कोई स्पेशल ड्रिंक बताइए"
"तो फिर आप 'XXX रम' लीजिए। सिक्किम की बहुत अच्छी रम है"

मुझे बचपन की याद आ गई। उन दिनों बच्चों को ठंड लग जाने पर 'XXX रम' और 'ब्रांडी' देने का चलन था।

आज सिक्किम में उसके उद्गम स्थान पर स्वाद चखने की चाहत में मैंने तुरंत हाँ कर दी। वह गई और एक लार्ज पेग बना का ले आई। साथ में पानी व पॉप कॉर्न भी लाई। रम का असली स्वाद 'neat' या फिर सादे पानी के साथ ही आता है। जो लोग इसकी कड़वाहट से परहेज़ करते हैं वो 'सोडा', 'थम्ब्स अप' या 'कोला ड्रिंक' मिला कर पीते हैं। लेकिन इस तरह पीना - रम पीना नहीं।

"आप सिक्किम पहली बार आए हैं?" – उसने सामने बैठते हुए पूछा।
"जी, पहली बार आया हूँ और आपसे मिल कर खुशी हो रही है"
– मैंने मुस्कराते हुए कहा।
मेरी बात सुन कर वह मुस्कराई। मैं अकेला था। यहाँ रम के साथ-साथ साक़ी भी थी। अच्छा लग रहा था।

"आपका ग़ज़लों का कलेक्शन अच्छा लगा। क्या आपके म्यूज़िक सिस्टम पर आपको अपनी ग़ज़ल सुनवाऊँ?" – यह कहते हुए उसे अपने मोबाईल फोन पर एक अल्बम का कवर दिखाया। उस पर मेरी तस्वीर देख कर उसको खुशी हुई।

"ज़रूर सुनाइए" – कह कर वह किसी काम से उठ कर चली गई।

मैंने ग़ज़ल प्ले की। ग़ज़ल के बोल उसके कानों में पड़ रहे थे। म्यूज़िक की वो क़द्रदान निकली। सब काम छोड़ कर वापस या कर ग़ज़ल की तारीफ़ की। मैंने उसका धन्यवाद कर उसे अन्य ग्राहकों को समय देने का मशवरा दिया। तब तक मेरा ड्रिंक भी ख़त्म हो चुका था। बिल भुगतान कर वहाँ से निकल आया।

गेस्ट हाउस में डिनर का वक़्त हो चुका था। मैंने शाम को ही अपनी पसंद –"नॉन-वेज" बतला दी थी। चढ़ाई लांघते हुए ढलान पर करीब 100 मीटर का रास्ता तय कर 15 मिनट्स में गेस्ट हाउस पहुँच गया। डिनर में गरमा-गरम चिकन करी व चपाती, थोड़ा राइस ले कर आनंद आ गया। कैन्टीन बॉय का शुक्रिया अदा किया और सीधे अपने कमरे में जा पहुंचा। रास्ते की थकान अब भूल चुका था। तनाव-मुक्त अनुभव कर रहा था। यह 'XXX' का कमाल था या 'साक़ी' की बातों का कहना मुश्किल है। खुली आँखों से ही सपना देखते हुए शीघ्र ही नींद के आगोश में ख़ुद को सुपुर्द कर दिया। ख़ुद-सुपुर्दगी इंसान को उलझनों से बचाती है।

दूसरे दिन निगाह टी.वी. के ऊपर लगी दीवार घड़ी पर गई। आश्चर्य हुआ – पहले ध्यान क्यूँ नहीं गया। शायद मोबाईल फ़ोन का चमत्कार था। तभी अचानक छत पर देखा तो पाया कि पंखा जो कि मैदानी इलाक़ों में एक स्थायी तौर पर होता है, नदारद था। चारों तरफ ए. सी. को तलाशा। नहीं था। शायद यहाँ इन दोनों चीज़ों की ज़रूरत ही नहीं थी।

टी.वी. मैंने अपने प्रवास के दौरान कभी ऑन नहीं किया। मानसिक शांति के लिए यही उपयुक्त लगा। टुरिस्ट स्थानों पर कक्ष में टी.वी. होना ही नहीं चाहिए। ताकि आप उस स्थान का भरपूर आनंद ले सकें।

क़रीब 7 बजे चाय के लिए दस्तक हुई। तब तक मैं दो कप कॉफ़ी गटक चुका था। जल्दी उठने की व्याधि से पीड़ित प्राणी के पास अन्य विकल्प उपलब्ध नहीं। फिर भी चाय का सम्मान लाज़िमी था। बिना शकर- दूध वाली चाय मिली तो संतोष हुआ।

नाश्ते का समय 8 से 9 बजे तक था। स्नान कर नीचे भोजन कक्ष में जा पहुंचा। वहाँ पहले से ही कुछ अन्य सहभागी जो इसी कार्यक्रम में भाग लेने आए थे उपस्थित थे। एक-एक कर सब से संक्षिप्त परिचय हुआ।

यह परिचय भी विचित्र होता है। लोग आपका नाम पूछते हैं लेकिन उससे ज़्यादा उनकी रुचि उपनाम में होती है। आपकी संस्था व पदनाम में जिज्ञासा रखते हैं। 38 बरस तक बैंक की सेवा पूरी कर निवृतमान होने के नाते अब मुझे स्वयं अपनी पहचान मालूम नहीं।

महाप्रबंधक के पद पर रहते हुए वह सब अनुभव किया जो अनेक लोगों का सपना हो सकता है। एक स्वप्निल जीवन। बड़ा ऑफिस। शान-ओ-शौकत। बड़े अधिकारियों व प्रशासकों के साथ मीटिंग्स। मंत्री, मुख्यमंत्री और केन्द्रीय मंत्री तक रसाई (पहुँच)। मिलने वालों का ताँता। फिर एक पूर्व निर्धारित तिथि पर अचानक आपको एहसास दिलाया जाता है कि आप जिस पद या संस्था के लिए अपरिहार्य थे उसे अब आपकी कोई ज़रूरत नहीं है। अब आपके आराम करने का वक़्त है। लेकिन अब आराम कहाँ? आराम तो इतने वर्षों तक था। इस बात का एहसास सेवा काल में नहीं होता। व्यक्ति उकता जाता है विभिन्न प्रकार के तनाव से ग्रसित जीवन व्यतीत करते करते। मगर यह तनाव एक नशे की भाँति जीवन का अंग बन चुका होता है। इस नशे के टूटने पर वैसा ही आभास होता है जैसा किसी अफ़ीम की लत वाले रोगी को अफ़ीम की आपूर्ति बंद करने पर होता है।

प्रशंसकों की जमात सेवा-निवृत होते ही इस प्रकार गायब हो गई जैसे सूर्योदय होने पर ओस की बूंदें। ड्राइवर प्रणाम कर के बड़ी इज़्ज़त से अपनी बख़्शीश ले कर विदा हो जाता है। अब आपको अपना बैग स्वयं ही उठाना है। अपने बारे में स्वयं ही बताना है। आप किस हैसियत से किसी कार्यक्रम या स्थान पर उपस्थित हैं, इसको स्पष्ट करना है।

मुझे अपना परिचय एक साहित्य सेवी के रूप में देना था।

"तो आप पुणे से इतनी दूर इस कार्यक्रम में भाग लेने आए हैं?" – अनिल जी ने पूछा।
"जी"
"अपना परिचय दें"
"जी, मेरा परिचय! बस एक साहित्य सेवी"
"आप किस प्रकार से साहित्य सेवा करते हैं?"

"जी, मेरी कुछ पुस्तकें प्रकाशित हो चुकी हैं। एक उपन्यास भी 'सफ़र' के नाम से हाल ही में प्रकाशित हुआ है"
"इसके अतिरिक्त? आप और भी कुछ करते होंगे?"
महोदय की जिज्ञासा मेरे उत्तर के साथ शांत होने की बजाय बढ़ती जा रही थी। निश्चय ही उनकी इच्छा यह जानने की थी कि जीविकोपार्जन हेतु मैं क्या करता हूँ। सेवनिवृति के पश्चात गत 2 वर्षों में इस स्थिति का सामना यदा-कदा करना ही पड़ता है। अक्सर लोगों का पहला सवाल यही होता है – "आप क्या करते हैं?" "मैं कुछ नहीं करता हूँ" – मेरा यह उत्तर किसी के गले नहीं उतरता। ख़ैर! इस विषय पर फिर कभी विस्तार से चर्चा होगी।
"इसके अलावा मैं नवोदित कवियों / लेखकों का प्रोत्साहन व मार्गदर्शन करता हूँ" -मैंने उनकी जिज्ञासा शांत करने का प्रयास किया।

अब शायद उनसे और रहा नहीं गया। औपचारिक विनम्रता का जामा उतार कर बोले – "आखिर, आप कुछ काम तो करते होंगे। जैसे कहीं नौकरी या व्यवसाय?"
"जी। मैं नौकरी करता था। लेकिन अब नहीं" – मैंने विनम्रता से कहा।
"तो आपने नौकरी क्यूँ छोड़ दी? कहाँ नौकरी करते थे आप? सरकारी या प्राइवेट सेक्टर में?"

शायद उनको प्रश्नों का खज़ाना प्राप्त हो गया था। कुछ लोग ऐसे व्यावहारिक प्रश्नों के माहिर होते हैं। और जब तक उनकी जिज्ञासा शांत न हो वो आपको छोड़ते नहीं।

"मैं नौकरी पूरी कर सेवानिवृत हो चुका हूँ। 38 बरसों तक सरकारी बैंक में सेवाएँ दी हैं। भारत के 8 राज्यों में पदस्थ रहा हूँ। महाप्रबंधक के पद से सेवनिवृत हूँ। मेरी आखिरी पोस्टिंग पटना में थी जहाँ से मैं दो राज्यों – बिहार व झारखंड में फैली बैंक की 540 शाखाओं का नियंत्रक था" – मैंने एक साँस में सब कह डाला। इस उम्मीद से कि अब और प्रश्न बाकी न रहा होगा।

"फिर! बैंक और साहित्य ? यह कैसे ?" – परिचय जानने के पश्चात प्रश्न तो खत्म नहीं हुए परंतु प्रश्न पूछने की शैली में नरमी आ गई। यह स्वाभाविक था। पदनाम व ओहदे से ही आपकी पहचान बनती है।

"कॉलेज के दिनों से ही मेरी रुचि कविता व निबंध / गद्य लेखन में थी। जिसको मैंने अपने सेवा काल में जारी रखा। बैंक के राजभाषा विभाग ने प्रोत्साहित किया और नतीजा यह हुआ कि साहित्य में रुचि गहरा गई और समय के साथ लेखन शैली भी परिपक्कता को प्राप्त हुई" – मैंने विस्तार से बताया तो महोदय ने संतोष की लंबी साँस ली।

"ओह ! यह तो बहुत अच्छा है। बैंकर और साहित्यकार – एक व्यक्ति में ऐसे दो व्यक्तित्व दुर्लभ होते हैं। मुझे आपसे मिल कर बहुत ख़ुशी हुई।"

"जी, मुझे भी आपसे मिल कर ख़ुशी हुई , मैंने मुस्कराते हुए कहा तो वो भी मुस्करा दिए। मित्रता का आभास होने लगा। एक मुस्कराहट हजारों गांठों को खोलने की क्षमता रखती है।

सेमीनार स्थल तक जाने के लिए गाड़ी पहुच चुकी थी। बैग उठा कर जगह ले ली और समय से पहले ही नर बहादुर भण्डारी महाविद्यालय पहुच गए। आशा के प्रतिकूल यहाँ तो अभी कुछ तैयारी ही नहीं थी। आयोजक व उनके सीमित सहयोगी व्यवस्था करने में जुटे थे। चूँकि मुख्य आयोजक मेरे मित्र थे उनके आग्रह पर मैंने व्यवस्था जमाने में उनका हाथ बटाया। हॉल विद्यार्थियों, अध्यापकों, अध्यापिकाओं व आगंतुकों से धीरे धीरे भरने लगा।

समय पर राज्यपाल महोदय के आगमन की घोषणा हुई। मंच सज गया। गहमा-गहमी तेज हो गई। उद्‌घोषिका सुश्री चूकि भूटिया ने मंच संचालन का कार्यभार ग्रहण कर लिया। सिक्किम में उनके मुख से इतनी सुंदर हिन्दी सुन कर आश्चर्य-युक्त हर्ष का अनुभव हुआ। ज्ञात हुआ कि वह हिन्दी विभाग में प्राध्यापिका हैं।

राज्यपाल महोदय समय पर पधारे। राष्ट्रगान के साथ कार्यक्रम का शुभारंभ हुआ। तत्पश्चात पुरस्कार वितरण व सम्मान समारोह का सिलसिला शुरू हुआ। मुझे अत्यंत आश्चर्य व हर्ष हुआ जब मेरा नाम 'साहित्य शिखर' पुरस्कार के लिए पुकारा गया। आयोजकों ने इससे पहले मुझे इस पुरस्कार के विषय में सूचित नहीं किया था। जब कि परिपाटी यह है कि पुरस्कृत होने वाले व्यक्तियों को इसकी सूचना पूर्व में दे दी जाती है। बहरहाल यह समय विचार करने का नहीं था।

मंच पर जा कर पुरस्कार ग्रहण किया। सम्मान के रूप में 'मोमेंटों' व पारंपरिक दुपट्टा भी प्राप्त हुआ। यह दूसरा अवसर था महामहिम राज्यपाल श्री गंगा प्रसाद के हाथों पुरस्कार प्राप्त करने का। इससे पहले 2018 में पटना के बिहार हिन्दी साहित्य सम्मेलन में महाकवि आरसी प्रसाद सिंह पुरस्कार प्राप्त किया था। उस समय महामहिम मेघालय के राज्यपाल थे। उस कार्यक्रम में गोवा की राज्यपाल श्रीमती मृदला सिन्हा भी उपस्थित थीं। गत वर्ष उनका आकस्मिक निधन हो गया।

ज्ञात हुआ मेरे हाल ही के कविता संग्रह 'सहर होने तक' व गत वर्ष प्रकाशित उपन्यास 'सफ़र' को पुरस्कार योग्य समझ कर 'साहित्य शिखर सम्मान' देने का निर्णय 'जगदंबी प्रसाद यादव स्मृति प्रतिष्ठान व केन्द्रीय हिन्दी संस्थान' ने संयुक्त रूप से लिया। पुरस्कार में कोई धन-राशि नहीं थी। लेखक को धन से ज़्यादा अपने कार्य को पहचान मिलने से खुशी होती है। अत: खुशी स्वाभाविक थी।

कार्यक्रम का प्रथम सत्र राज्यपाल के उद्बोधन से आरंभ व उनके प्रति धन्यवाद ज्ञापन से सम्पन्न हुआ। राज्यपाल के जाने के पश्चात दूसरा सत्र आरंभ हुआ। तीसरे सत्र में मेरी सहभागिता थी। विषय था – 'राजभाषा व हिन्दी'।

बैंक के सेवा काल में इस विषय पर बहुदा बोलने का अवसर मिलता रहा है।

अत: नया कुछ नहीं लगा। फिर भी कुछ तो नया करना था। इन दिनों हिन्दी-उर्दू बहस काफ़ी ज़ोरों पर है। बॉलीवुड पर हिन्दी की बजाय उर्दू को बढ़ावा देने के आरोप लग रहे हैं। मेरे विचार में हिन्दी व उर्दू में भेद करना उचित नहीं है। आज़ादी की लड़ाई के वक़्त महात्मा गांधी ने जिस हिन्दी को अपनाया और देश भर में उसको एक संपर्क भाषा का दर्ज़ा देने की हिमायत की उसमें हिन्दी उर्दू का भेद नहीं था। वही हिन्दी थी - वही उर्दू थी। उर्दू हमारी अपनी और अपने देश में जन्मी ज़बान है।

"इन्किलाब ज़िन्दाबाद" "सारे जहाँ से अच्छा हिंदोस्तान हमारा" "सरफ़रोशी की तमन्ना अब हमारे दिल में है." यह सभी जुमले हिन्दी ही तो है। मैं तो यहाँ तक कहता हूँ कि शब्द – 'उर्दू' भी हिन्दी है क्यूंकि इसका जन्म सर ज़मीन ए हिन्द –'हिंदोस्तान' में हुआ है। बस फिर क्या था? हॉल, तालियों की गड़गड़ाहट से गूंज उठा। कुछ समय के लिए ज़बानों को लेकर चल रही बहस कमज़ोर पड़ने लगी। मेरे बाद के सभी वक्ताओं ने

यही दिशा पकड़ी और अंतत: यह निष्कर्ष निकला कि हिन्दी का किसी स्थानीय भाषा से कोई विरोध नहीं। बल्कि स्थानीय शब्दों का प्रयोग इसे और भी लचीला व लोकप्रिय बनाने में सहायक सिद्ध होगा। स्थानीय भाषाओं के पक्षधरों ने राहत की साँस ली। सर्वसम्मति से हिन्दी को बड़ी बहन व संस्कृत को भारतीय भाषाओं की जननी माना।

आत्मसंतुष्टि के भाव में दिवस का अवसान हुआ। वापस अपने गेस्ट हाउस आने का वक़्त हो गया। अब वक़्त था 'अंग्रेज़ी' का। भारत में ही बने अँग्रेज़ी 'पेय पदार्थ' चखने का। किचन में सूचना भेज दी कि आज रात का खाना यहाँ नहीं खाएंगे। थोड़ा विश्राम कर एम. जी. रोड की राह पकड़ी। थोड़ी देर इधर उधर टहल कर कल वाले ठिकाने यानी 'अल्फा रेस्टोरेंट एण्ड बार' में हाज़िरी दर्ज़ कर दी।

बार-टेन्डर गर्ल सामने ही थी। लपक कर उसने स्वागत किया। कल रात अपनी व्यस्तता के लिए क्षमा याचना की। हालाँकि इसकी कोई ज़रूरत नहीं थी।
"आज क्या लेंगे?"– उसने पूछा।
"जो भी पिलाओ, पी लेंगे.....। और आज खाना भी खाएंगे आपकी पसंद का। मगर उससे पहले अपना नाम तो बता दीजिए। मैं किस नाम से आपको पुकारूँ?"
– मैंने सीट पर व्यवस्थित होते हुए कहा।
"मेरा नाम सुनैना है।"
मेरी नज़र उसके चेहरे पर गई। नैन छोटे थे। मगर उनमें कशिश थी। एक आकर्षण था। जो नाम को सार्थक कर रहा था।

"बहुत सुंदर नाम है। उससे भी सुंदर आपका व्यवहार है। मुझे कल आपकी व्यस्तता पर कोई शिकायत नहीं। काम पहले। बात-चीत तो होती रहेगी।"– मैंने फ़िराख़्-दिली (generosity) का इज़हार करते हुए कहा तो वह मुस्करा कर रह गई।

मैं इतना महत्वपूर्ण नहीं जिसके लिए वह अपना बिज़नेस छोड़ कर सामने बैठी रहती। जितना समय मुझे दिया उतना भी मेरी पात्रता से अधिक था। परंतु यह उसकी व्यावसायिक कुशलता को दर्शाता था।

उसे कल की बातें याद थी।

"आज मैं आपके पास बैठूँगी। आपका नाम, मोबाईल नंबर और ऑटोग्राफ़ ..." यह कह कर उसने एक पॉकिट-डायरी आगे कर दी।

मैंने बग़ैर किसी झिझक के उसकी इच्छा-पूर्ति कर दी। उसने विस्तार से अपने बारे में बताना शुरू किया। यह 'बार' मैं चलाती हूँ। वो जो काउन्टर पर छोटी लड़की है न वह मेरे गाँव की है। और वो जो दो लड़के हैं वो मेरे स्टाफ हैं।

"तुम्हारी शादी हो गई?" – मैंने सवाल किया। न जाने क्यूँ?
"नहीं, मैंने शादी नहीं की। करूंगी भी नहीं। मेरी एक बहन जो मुझसे 6 साल बड़ी है उसने भी नहीं की। मैं अपने माता-पिता के साथ रह कर उनकी देखभाल करूंगी।" – विस्तार से उसने बताया।

"अरे, पहले आप यह बताएँ आप के लिए क्या लाऊँ? ह्विस्की लेंगे। एक नया ब्रांड आया है। लोकल सिक्किम का। ट्राइ कीजिए" – यह कहते हुए उसकी आँखों में चमक आ गई। घर परिवार की चर्चा करते हुए जो उदासी चेहरे पर दिखाई दे रही थी, गायब हो गई। विचार के बदलने से स्वभाव बदलता है।

मेरे उत्तर की प्रतीक्षा किया बिना उठ कर गई और एक लार्ज ड्रिंक साथ में सोडा और बर्फ़ लेकर आ गई। पानी की एक विशेष कांच की बोतल थी। अन्य स्थानों पर मिलने वाली प्लास्टिक बिसलेरी से अलग। मौसम को देखते हुए बर्फ़ की ज़रूरत नहीं थी। उसने ड्रिंक बनाया और मेरी तरफ बढ़ा दिया। जा कर कल की तरह आज भी पॉप-कॉर्न लेकर आई। इतनी बड़ी मात्रा में कि मुझे कहना पड़ा इसे कम कर लीजिए बर्बाद हो जाएंगे। मुस्कराते हुए उसने मेरी बात को मान लिया।

"यहाँ बिसलेरी नहीं मिलती है?"– मैंने पूछा।
"नहीं, पर्यावरण को बचाने के लिए हमारे मुख्यमंत्री ने उन पर प्रतिबंध लगा दिया है। टुरिस्ट लोग यहाँ-वहाँ फेंकते रहते हैं।"
"आपके मुख्यमंत्री बहुत अच्छे हैं। मैंने उनके पोस्टर देखे हैं बहुत जवाँ भी दिखते हैं"– मैंने तारीफ़ करते हुए कहा।

उसने सिक्किम की राजनीति के विषय में मेरा ज्ञानवर्धन किया।

दूसरे राज्यों से व सीमावर्ती नेपाल से विस्थापितों के यहाँ आने से स्थानीय समस्याओं से अवगत कराया। सिक्किम में बड़ी संख्या में नेपाली मूल के लोग बसे हुए हैं। भाषा, पहनावे व शक्ल-सूरत से एक जैसे दिखने के कारण यह अंतर करना मुश्किल है कि कौन नेपाली व कौन सिक्किम के मूल स्थानीय निवासी हैं।

नेपाली भाषा का प्रयोग राज्य के कार्यालयों में राजकीय भाषा के रूप में होता है। शिक्षण संस्थानों में नेपाली भाषा के विभागों के माध्यम से एम.ए. व पी.एच.डी. तक की शिक्षा की सुविधा उपलब्ध है। जब कि हिन्दी के लिए सीमित संसाधन हैं।

"आप सिक्किम सिर्फ़ घूमने आए हैं या किसी काम से?" – उसने फिर से बातों का सिलसिला शुरू किया।
"मैं एक कार्यक्रम में भाग लेने आया हूँ। जिसकी अध्यक्षता आपके राज्य के राज्यपाल कर रहे हैं" – मैंने संक्षेप में कहा।
"कैसा कार्यक्रम है?" – उसने पूछा।
"राजभाषा व हिन्दी पर आधारित दो दिनों की सेमीनार है। फिर राजभवन में कवि गोष्ठी तथा रात्रि–भोज है" – मैंने सहजता से बताया।
"आप कवि हैं?" – उसने बाकी सब बातों से अलग यह प्रश्न पूछ लिया।

"हाँ। क्यूँ, क्या मैं कवि नहीं हो सकता हूँ?"
वह कुछ क्षण मुझे देखती रही। मैं उसके चहरे पर आने जाने वाले भावों को उत्सुकता से देखता रहा। न जाने क्यूँ किसी संबंध (connection) का अनुभव हो रहा था।
थोड़ी देर तक चुप रह कर वो बोली – "मैं भी कविता लिखती थी"
मुझे आश्चर्य हुआ। उसके कविता लिखने पर नहीं बल्कि 'लिखती थी' कहने पर। फिर अब क्या हुआ? अब क्यूँ नहीं लिखती?
"मैंने कुछ कविताएँ लिख कर रखी थी। फिर एक दिन घर की सफ़ाई व रंगाई-पुताई के समय मेरे भाई ने रद्दी कागजों में मेरी डायरी भी रद्दी वाले को दे दी। उसने जान बूझ कर ऐसा नहीं किया। ग़लती से हो गया। बाद में उसे भी बहुत अफ़सोस हुआ। मेरा दिल टूट गया। उसके बाद मैंने कभी कविता नहीं लिखी।"

तो यह वजह थी मेरे यहाँ तक पहुँचने की। कुछ लोग ज़िंदगी में पहली बार मिलते हैं और अपने से लगते हैं। कुछ 'अपने' जीवन भर साथ रहते हैं, अजनबी की तरह।

क्या राज़ है इन बातों में? कोई समझ नहीं पाया। हम दोनों की आँखों ने आपस में क्या बातें की। मुझे मालूम नहीं। लेकिन एक गहरे संबंध का सच्चा एहसास हुआ। दिल को दिल से राहत होती है।

ड्रिंक खत्म हो चला था। लिहाज़ा वह एक और बना लाई। खाने का वक़्त हुआ तो 'मोमोज़ करी' जो मैंने पहले कभी नहीं खाई थी, का ऑर्डर उसने स्वयं ही अपने स्टाफ को दे दिया। लाजवाब लज़ीज़ डिश थी। 'बासिल और मिंट लीव्स' की बहुतायत थी। अनोखा स्वाद जो पहली बार चख़ा था। इससे पहले मोमोज़ सिर्फ स्नैक्स के तौर पर ही खाए थे। आज मेन-कोर्स के रूप में। एक बड़ा बाउल भर कर। स्टाफ, सहयोगी गाँव की लड़की और सुनैना का धन्यवाद कर दिया। तृप्ति का भाव लिए मैंने वहाँ से विदा ली।

आख़िरी दिन।

मुख्य अतिथि - केन्द्रीय मंत्री महोदय का आना व्यस्तता के कारण निरस्त हुआ। पूरा दिन भ्रमण के लिए उपलब्ध। सिक्किम यूनिवर्सिटी के हिन्दी विभाग के अध्यक्ष श्री हरदीप सिंह, जो मूल रूप से पंजाब के औद्योगिक शहर लुधियाना से हैं, बहुत ही रोचक व मिलनसार व्यक्तित्व के स्वामी हैं। आध्यात्म में रुचि रखने वाले हरदीप जी 'ब्रहमकुमारी मिशन' से भी जुड़े हैं। मैंने तथा केन्द्रीय हिन्दी संस्थान के दो अधिकारियों ने उनका निमंत्रण स्वीकार करते हुए हिन्दी विभाग में संकाय सदस्यों एवं विद्यार्थियों के साथ समय व्यतीत करने का निर्णय लिया। गेस्ट हाउस से दो गाड़ियों में हम लोग जल्द ही वहाँ पहुच गए।

यहाँ पहुँचने पर कल से चल रहे कार्यक्रम की संचालिका सुश्री चूकी भूटिया से पुनः मुलाक़ात हुई। उनके पति भी उपस्थित थे। सी. दोरजी। चाय का दौर शुरू हुआ। सिक्किम यूनिवर्सिटी व हिन्दी विभाग की स्थापना से जुड़ी रोचक बातों की जानकारी मिली।

माहौल धीरे-धीरे अनौपचारिक होने लगा। टेक्स्ट बुक चर्चा से हट कर साहित्य व कविता पर चर्चा होने लगी।

दिल्ली व आगरा से आए अतिथियों ने एक-एक कविता सुनाई। मेरी बारी आई। मैंने एक कविता और हिन्दुस्तानी ज़बान में एक नज़्म पेश की। उपस्थित विद्यार्थियों व संकाय सदस्यों ने भी शिरकत की। हमारे मेज़बान ने खुशहाल ज़िंदगी जीने के सूत्र उपस्थित जनों के साथ साझा किए।

चाय का एक और दौर चला। तय हुआ कि स्थानीय दर्शनीय स्थलों का दौरा किया जाए। आसमान में बदल छाए थे। हल्की-हल्की बूंदे बीच-बीच में फिज़ाओं को और भी ख़ूबसूरत बना रही थीं। सी. दोरजी की SUV उपलब्ध थी जिसे वह ख़ुद ही ड्राइव कर हम लोगों को ले चले। मि. दोरजी एक हंसमुख व्यक्तित्व के स्वामी। पेशे से सिविल इंजीनियर। सिक्किम सरकार में इग्ज़ेक्यटिव इंजीनियर। पत्नी व परिवार को समर्पित। चूकी भूटिया ने खुले दिल से उनकी प्रशंसा की।

"दोरजी साहब आपकी पत्नी बहुत कुशल व योग्य है। आपकी उन्नति के पीछे इन्ही का हाथ है।" – अनिल जी ने कहा।
"इनकी सफलता के पीछे मेरे दोनों हाथ हैं" – दोरजी ने अपनी हाज़िर जवाबी का परिचय दिया तो सब ठहाका लगा कर हंस पड़े।
अब बारी चूकी भूटिया की थी। बोली – "यह बात तो सही है। मैं तो इन्हीं पर निर्भर हूँ, अपनी सारी चिंताएँ इन्हे सौंप कर निश्चिंत हो जाती हूँ"

इसी तरह हल्की-फुलकी बातें व हंसी मज़ाक के साथ हम लोगों नें स्थानीय स्थलों का दर्शन किया जिनमें 'वाटर फाल' व 1945 में निर्मित बौद्ध स्तूप – Do Drul Chorten प्रमुख हैं। स्तूप के चारों और 108 प्रार्थना चक्र हैं। मान्यता है कि इनको घुमाते हुए परिक्रमा करने के साथ की गई प्रार्थना स्वीकार होती है। अपने स्वर्गवासी प्रियजनों की याद एवं उनकी आत्मा की शांति के लिए 'दीप' प्रज्जवलित कर रखने की परंपरा है। अपनी श्रद्धा व सामर्थ्य के अनुसार दीपों की संख्या व दिनों की संख्या का चयन किया जा सकता है।

इसके पास ही मोनास्टरी है जहाँ युवा लामा साधना व शिक्षा ग्रहण करते हैं। 500 मीटर नीचे Namgyal Institute Of Tibetology – जो वास्तव में एक म्यूज़ीअम है, स्थित है। इसकी स्थापना 1957 में 14 वें दलाई लामा द्वारा हुई और 1 ऑक्टोबर 1958 को इसका उद्घाटन तत्कालीन प्रधानमंत्री श्री जवाहर लाल नेहरू ने किया।

सिक्किम प्रदेश व प्रदेश में स्थित करीब 60 मोनास्टरीस से जुड़ी ऐतिहासिक जानकारी को डिजिटल रूप में संग्रह करने का कार्य यहाँ पर चल रहा है।

ज़ीरो-पॉइंट पर्यटकों के लिए मुख्य आकर्षण है। 15,000 फुट की ऊंचाई पर स्थित यह आम नागरिकों के लिए पहुँचने का अंतिम पड़ाव है। इसके आगे जाने की अनुमति सिर्फ सेना के जवानों व अधिकारियों को है। जाने की इच्छा थी लेकिन वक़्त ने इजाज़त नहीं दी। लिहाज़ा भविष्य के लिए इस इरादे को जमा रख लौट आए। दोपहर के भोजन का समय हो चुका था। चूकी भूटिया व उनके पति दोरजी के आग्रह पर उनके घर पर भोजन का कार्यक्रम बन गया।

दोरजी विला : सामने पहाड़ तथा पीछे घाटी। मुख्य गंगटोक शहर की भीड़ से दूर सड़क के किनारे एक विशाल इमारत। प्रथम तल, भू-तल व तलघर में होटल का प्रकल्प। द्वितीय तल पर दोरजी परिवार का निवास स्थान। सामने बड़ा अहाता कार पार्किंग के लिए। बड़े चाव से दोरजी ने हमें होटल के विषय में बताया। अभी फ़रनिशिंग का काम बाक़ी है।

शीघ्र ही पूरा हो जाने पर होटल का शुभारंभ किया जाएगा। पर्यटन के दृष्टिकोण से सिक्किम एक महत्वपूर्ण राज्य है। राजधानी गंगटोक में सरकारी, ग़ैर-सरकारी विभागों के अधिकारियों व देसी विदेशी पर्यटकों का आना-जाना निरंतर लगा रहता है, इसलिए यहाँ होटल का व्यवसाय बहुत लाभकारी है। मि० दोरजी के व्यावसायिक दृष्टिकोण व समझ-बूझ का परिचय मिला।

"सर! अगली बार आप आएंगे तो गेस्ट हाउस में नहीं आपको यहीं रुकना होगा। हमारा मेहमान बन कर" – चूकी भूटिया ने चहकते हुए कहा।

"जी, ज़रूर। मुझे खुशी होगी। इस बार समयाभाव के कारण बहुत कुछ देखना बाक़ी रह गया। अगली बार आराम से रहेंगे" – मैंने उनको आश्वस्त किया।

भारत के विभिन्न भागों का रहन-सहन, खान-पान, पहनावा भले ही भिन्न हो। मगर एक बात सभी स्थानों पर समान पाई जाती है। वह है आतिथ्य सत्कार। देश के किसी भी भाग में जाइए लोगों के दिलों में प्यार ही प्यार भरा है। सब आपका स्वागत करना

चाहते हैं। शायद हम बड़े शहरों के निवासी इस दैवी गुण से वंचित हैं और स्वार्थ की भावना से ग्रसित रहते हैं।

होटल के निरीक्षण के पश्चात अब समय था उनके निवास स्थान को देखने का। बहुत ही आदर व सम्मान के साथ हमारा स्वागत किया गया। परिवार के अन्य सदस्यों से भेंट हुई। मि. दोरजी की माता जी के अलावा उनकी एक बहन का परिवार भी साथ ही रहता था। मि. दोरजी व चूकी भूटिया ने अपने मेहमान कक्ष मे बैठने के लिए कहा। सुसज्जित व आकार में इतना बड़ा कि उतने में शहर में दो बेडरूम का फ़्लैट बन जाए।

हमारे साथ दिल्ली के अतिथि श्री अनिल जी व हिन्दी विभाग के अध्यक्ष ने उनको होटल व्यवसाय को सफलतापूर्वक चलाने के टिप्स देने शुरू किए। अंत में मेरी ओर इशारा कर दिया कि बैंकर होने के नाते मैं उनको बेहतर सलाह दे सकता हूँ। सलाह देने के लिए कुछ होने की ज़रूरत नहीं होती। यही एक चीज़ है जो निशुल्क और यहाँ तक कि बिना मांगे भी उपलब्ध है। मैंने इस ज़िम्मेदारी से बचने के लिए विषय परिवर्तन किया और अपने मेज़बान से उनके बच्चों के बारे में जानना चाहा।

उनके दो बच्चे थे। दोनों लड़के। जुड़वाँ। फिर एक लड़की को गोद ले लिया। अब कुल मिला कर तीन बच्चे। भरा-पूरा परिवार। अत्यंत प्रेम, आदर व सत्कार से उन्होंने स्थानीय नाश्ता कराया। जिसमे केला, सेब व नूडल-नुमा नमकीन शामिल थे। तत्पश्चात चाय के स्थान पर 'सूप'। हर अतिथि के सामने नाश्ता व पानी टेबल पर रखने के बाद उनको हाथ जोड़ कर विनयपूर्ण अभिवादन अत्यंत हृदयस्पर्शी लगा। इसके बारे में पूछा तो ज्ञात हुआ कि परोसने के बाद अतिथि से भोजन को ग्रहण करने की विनम्र विनती की जाती है। मात्र सामने रख देना यहाँ की संस्कृति के विरुद्ध तथा अपमानजनक माना जाता है। वास्तव में, इससे पहले मैंने ऐसी प्रथा कभी नहीं देखी थी। सब कुछ बहुत ही सुंदर और व्यवस्थित।

'नाश्ता' के बाद हम लोगों ने चलने की बात की तो दोपहर के भोजन के लिए आग्रह होने लगा। इतना कुछ खाने के बाद और भोजन की न आवश्यकता थी न क्षमता। अत्यंत विनम्रता से हमने अपने मेज़बान से अनुमति ली। भविष्य में यदि 'ईश्वर ने चाहा' तो भोजन अवश्य करना चाहेंगे। ईश्वर का नाम सब संभव कर देता है।

तुरंत उठ कर सब लोग गाड़ी में बैठे और घुमावदार रास्तों से, घने बादलों की छाँव में, ऊँची-नीची पहाड़ियाँ व घाटियाँ पार करते हुए हम लोग गेस्ट हाउस वापस पहुँच गए।

शाम का कार्यक्रम : आज शाम का कार्यक्रम राजभवन में था। नियत समय पर गाड़ी के साथ ड्राइवर ने दस्तक दी। सभी उत्साह से भरे थे। राजभवन की सैर व तत्पश्चात भोज। घुमावदार रास्तों से गुज़रते हुए चढ़ाई चढ़ कर चोटी पर स्थित राजभवन जा पहुंचे। सिक्किम में राजभवन की दो इमारतें हैं। वर्तमान के अलावा एक पुराना राजभवन। समय के साथ बदलती आवश्यकताओं के मद्दे-नज़र नई इमारत –नई टेक्नॉलजी व नए विचारों की भी ज़रूरत होती है। नए भवन के सुसज्जित हॉल में भोजन की व्यवस्था थी। विशालकाय भवन की दीवारों पर पूर्व राज्यपालों, राष्ट्रपति व अन्य राष्ट्रीय नेताओं के तैल-चित्र। प्रदेश की कला को प्रदर्शित करती पेंटिंगस्। ऊंचाई से लटके झिलमिलाते झूमर। रंग-बिरंगी रोशनियाँ। संगमरमर का फ़र्श। एक दम साफ़-सुथरा। चमचमाता हुआ।

करीने से लगी सजी सँवरी कुर्सियाँ। उनके सामने लगे मेज़। मेज़ पर गुलदस्ते। पानी की बोतलें व सुंदर गिलास। धीरे-धीरे हॉल भरता गया। समय पर राज्यपाल महोदय का आगमन। सभी ने खड़े हो कर महामहिम का स्वागत किया। आयोजकों ने धन्यवाद प्रस्ताव पारित किया। राज्यपाल द्वारा हस्ताक्षरित पुरस्कार व प्रमाण पत्र वितरित किए गए। तत्पश्चात राज्यपाल महोदय का अभिभाषण। राज्यपाल महोदय ने सभी उपस्थित जनों को उनके द्वारा हिन्दी व साहित्य के क्षेत्र में किए गए योगदान के लिए धन्यवाद देते हुए रात्रि भोज में भाग लेने के लिए आमंत्रण दिया। शुद्द शाकाहारी भोजन – दाल, चावल, चपाती, सूखी सब्ज़ी, पनीर की सब्ज़ी, रायता, सलाद व पापड़। मीठे के तौर पर खीर। कुल मिला कर एक संतुलित व स्वादिष्ट आहार। अतिथियों ने राजकीय आवभगत का पूर्ण आनंद लिया। भोजनोपरांत राज्यपाल महोदय विश्राम हेतु अपने निवास प्रस्थान कर गए।

तत्काल एक संक्षिप्त कवि गोष्ठी का आयोजन किया गया। जिसमें सिक्किम यूनिवर्सिटी की शिक्षिकाओं ने सक्रिय भाग लिया। कविता, लघु कथा, संस्मरण... जिससे जो भी हो सका – प्रस्तुत किया। सब को खुले मन से सराहा गया। माहौल इतना रोचक हो गया कि उप-कुलपति महोदय भी स्वयं को रोक नहीं पाए। उन्होंने रोचक प्रस्तुति – "बड़ा लुत्फ़ था जब कुवाँरे थे हम-तुम...." के माध्यम से उपस्थित जनों का दिल जीत लिया।

मेरी बारी आने पर मैंने एक नज़्म पेश की।

आज फिर किसी की याद आयी है,
आज फिर दिल उदास है
मेले में अजब तन्हाई है
आज फिर दिल उदास है

याद उसकी कब आती नहीं
हरदम वो मेरे पास है,
फिर क्यूं – आख़िर आज
क्यूँ दिल उदास है? ....

कार्यक्रम समाप्त हो चुका था। हँसते-हँसाते, मिलते–मिलाते, सबका धन्यवाद करते ही काफ़ी वक़्त निकल गया। अब समय था विदा लेने का। अतिथियों के लिए गाड़ियां द्वार पर लग गईं। धीरे-धीरे लोग अपने अपने घरों / होटलों व गेस्ट हाउस की ओर प्रस्थान करने लगे।

रात में ही निकलना था। अगली सुबह बागडोगरा से मुंबई की फ़्लाइट थी। मैं रात में देरी से या सुबह जल्दी निकल कर भी बागडोगरा पहुँच सकता था। परंतु एक अन्य वृद्ध महिला कवियत्री को चेन्नई की फ्लाइट सुबह जल्दी करीब 8 बजे लेनी थी। महिला बहुत घबराई हुई थी। पहली बार इस क्षेत्र में आई थी। पहाड़ी रास्तों की विकटता से एकदम अनजान व भयभीत। हम दोनों के लिए एक ही कार से जाने की व्यवस्था की गई थी। आर्थिक व सुरक्षा - दोनों कारणों से। अत: मेरे लिए रात भर के जागरण के सिवा अन्य कोई विकल्प न था।

वापसी : गेस्ट हाउस पहुँच कर सामान पैक किया। रंग-बिरंगी यादें ले कर, बाज़ार से ख़रीदे हुए गिफ़्ट्स बैग में संभाल कर रख लिए। डर था यदि गिफ़्ट्स छूट गए तो जिनके लिए हैं उनके कोप का भाजन बनना पड़ेगा। किसी को नाराज़ करना आसान नहीं होता। किसी की नाराज़गी देख कर जीवन की व्यर्थता का एहसास होता है। हम जीते किस लिए हैं? अपने लिए? शायद नहीं। अपने लिए तो बहुत कम प्रयास की आवश्यकता होती है।

हमारे अनेकानेक प्रयासों का लक्ष्य अपने इर्द-गिर्द के लोगों को खुश देखना होता है। यदि हमारे प्रियजन ख़ुश नहीं तो हम स्वयं कैसे ख़ुशी महसूस कर सकते हैं?

अचानक ड्राइवर का फोन आया। वह मेरी सह-यात्री महिला को लेकर गेस्ट हाउस पहुँच चुका था। जल्दी से सामान गाड़ी में रखवा गेस्ट हाउस के रूम-बॉय को पचास रुपए का नोट दिया तो उसे विशेष ख़ुशी हुई। मुस्करा कर उसने हाथ हिला कर विदा किया। गाड़ी धीरे से सामने वाली पहाड़ी पर चढ़ते हुए अपने गंतव्य की ओर चल पड़ी। चढ़ाई, ढलान और घुमावदार रास्तों से होते हुए, रात के अँधेरों में सिलीगुड़ी का रास्ता पकड़ चले जा रहे थे। बात करने की कोई इच्छा न होते हुए भी ड्राइवर से बात करनी पड़ी। वरना उसको नींद आ जाने का ख़तरा था। यह बात उसने पहले ही साफ़ तौर पर बतला दी थी।

अक्सर ड्राइवर प्रजाति क्षमता से अधिक काम करती है। यह उनकी मजबूरी है। मालिक द्वारा कम तनख़्वाह, परिवार की ज़िम्मेदारियाँ, महंगाई वग़ैरह इसके मुख्य कारण हैं। अधिक काम और अन्य समस्याओं के कारण तनावग्रस्त जीवन व्यतीत करते हैं।

इनकी नींद कभी पूरी नहीं होती। मेरे सेवाकाल में कोई भी ऐसा ड्राइवर नहीं मिला जो 'साहब' के मीटिंग से लौट कर आने पर सोता न पाया गया हो और जिसको गाड़ी चलाने के समय रेडियो सुनने का शौक़ न हो। मैंने हमेशा रेडियो को बंद रखने का निर्देश दिया हुआ था। कम से कम मेरे गाड़ी मे रहने के दौरान रेडियो बंद रखा जाता था। इतना मेरे लिए काफ़ी था।

ख़ैर, रास्ते में रुकते-रुकाते, गप-शप करते सिलीगुड़ी पहुँच गए। रास्ते भर ड्राइवर ने हमारा स्थानीय भूगोल व राजनीति से अवगत कराया। इनके आर्थिक परिणामों पर चर्चा हुई। कैसे नेपाल की सीमा से भारत को ख़तरा है। नेपाल के वासियों का हिंदोस्तान में प्रवेश हमारी राजनीति व अर्थव्यवस्था को कैसे प्रभावित करता है। आदि। आदि। मेरे संक्षिप्त प्रवास में यह स्पष्ट अनुभव हुआ। कभी-कभी तो यह एहसास होता था हम 'भारत' में नहीं बल्कि नेपाल में हैं। नेपाली भाषा का वर्चस्व इसका मुख्य कारण रहा।

एक अन्य बिन्दु जिसने ध्यान आकर्षित किया, वह था – स्टेट बैंक ऑफ सिक्किम। इस बैंक की स्वायत्तता। इस बैंक की स्थापना 1968 में, सिक्किम के भारत में विलय

के 5 वर्ष पूर्व हुई थी। 2021 से पहले रिज़र्व बैंक ऑफ इंडिया का इस पर कोई नियंत्रण नहीं था। 22 फरवरी 2021 से रिज़र्व बैंक ने इसका नियंत्रण अपने हाथों में लिया। हालाँकि, स्वामित्व में कोई परिवर्तन नहीं हुआ। अपनी 54 शाखाओं और 6 विस्तार पटल (extension counters) के माध्यम से यह बैंक सिक्किम सरकार का व्यवसाय संभालता है और सिक्किम राज्य के अधीन कार्य करता है। सिक्किम के बाहर इसकी कोई शाखा नहीं है। सिक्किम राज्य के PSUs के कुल लाभ का 80 प्रतिशत से ज़्यादा लाभ इस बैंक से आता है। आर्थिक दृष्टि से यह बैंक सिक्किम के लिए बहुत महत्वपूर्ण है।

अंत में सिक्किम की एक और विशेषता आपसे साझा करना चाहूँगा जिसे जान कर आप में सिक्किम का वासी होने की इच्छा जागृत हो सकती है। सिक्किम के मूल निवासी को भारत सरकार कर / करों से मुक्त रखा गया है। ऐसा सिक्किम के भारत में विलय की शर्तों के अनुरूप किया गया है। बहुत कम आबादी वाले इस राज्य में लगभग हर परिवार से एक व्यक्ति सरकारी नौकरी में है। सिक्किम एक प्रसन्नचित राज्य / Happy State है, ऐसा कहना अनुचित न होगा।

ख़ूबसूरत सिक्किम की मधुर यादें मन में सँजोए बागडोगरा से मुंबई की उड़ान ले कर, मुंबई से पुणे का रास्ता शिवनेरी बस से तय किया। 1 मई , लेबर डे/मज़दूर दिवस व महाराष्ट्र दिवस की छुट्टी थी। शाम होते-होते पुणे पहुँच गया।

वापस, अपने निवास स्थान पर रात्रि भोजन का आनंद लेते हुए मुझे एम. जी. रोड गंगटोक का 'अल्फा रेस्टोरेंट व बार' मन-मस्तिष्क पर छाया रहा।

दो छोटी-छोटी मुलाकातों ने अंतर्मन को इतना प्रभावित किया कि जीवन में एक और बार 'गंगटोक यात्रा' की इच्छा शेष है।

'इच्छा शेष' ही जीवन का अमृत, प्रेरणा व प्रयासों का निमित्त है।

है मोहब्बत जहाँ शिकवा वाजिब है वहाँ
यूँ भला कौन कब किसको याद करता है

- अंजुम लखनवी

चिंतन

बहुत कठिन है डगर पनघट की

बहुत कठिन है डगर पनघट की

बातों बातों में प्रेमिका अनजाने में प्रेमी को एहसास दिलाती है कि वह आइने में जो 'तस्वीर' देखना चाहती है वह 'उसकी' शक्ल से नहीं मिलती। प्रेमी मायूस हो जाता है। क्यूँकि वह उस से असीम प्रेम करता है। प्रेमिका की ख़ुशी की ख़ातिर उसको उसकी पसंद के व्यक्ति से मिलवाने का प्रस्ताव करता है। तब प्रेमिका कहती है – "मैं तो उपहास कर रही थी।"

प्रेमी ने कहा – "मैं भी उपहास कर रहा था। मैं, तुम्हें अपने से अलग कैसे कर सकता हूँ? तुमसे अलग होने का विचार मेरे मन में आए इससे पहले मैं अपने प्राण दे दूँगा।"

यह सुन कर प्रेमिका का हृदय द्रवित हो गया। वह आगे बढ़ कर अत्यंत प्रेम भाव से उसे अपने गले लगा लेती है और भविष्य में ऐसा उपहास न करने का वचन देती है। दोनो के आंसू बहने लगते हैं।

प्रेम (का आभास), शब्दों का नहीं भावनाओं का मोहताज होता है। शब्द प्रेम की कसौटी नहीं हो सकते। शब्द छलावा हैं। भावना का संबंध आत्मा से होता है। यदि आत्मा गवाही न दे तो प्रभावशाली शब्द हृदय में प्रेम को जन्म नहीं दे सकते। प्रेम की उपस्थिति में शब्द गौण हो जाते हैं। निःशब्दता प्रेम की चरम सीमा को दर्शाती है। यह वह स्थिति है जहाँ कुछ कहने या सुनने की ज़रूरत नहीं रहती। दो आत्माओं के बीच मूक संवाद देखा जा सकता है। प्रत्यक्षतः प्रेम का प्रदर्शन किए बिना ही आत्मिक स्तर पर प्रेम को अनुभव किया जा सकता है।

आदर भाव सर्वोच्च प्रेम का प्रतीक है। शारीरिक प्रेम अस्थायी है। शारीरिक आकर्षण प्रेम की शुरुआत हो सकता है, बुनियाद नहीं। क्षणिक / अस्थायी शारीरिक आकर्षण को प्रेम का स्वरूप लेने में बरसों लग सकते हैं। प्रेम का मार्ग बहुत कठिन है। बाधाओं से भरा है।

हज़रत अमीर ख़ुसरो के अनुसार – *बहुत कठिन है डगर पनघट की*
कैसे मैं भर लाऊं मधवा से मटकी?

यहाँ पनघट को प्रेम की मधुशाला के रूप में प्रस्तुत किया गया है।
मधुशाला से मधु (मधवा) की मटकी भर लाना बहुत कठिन बताया गया है।

धीरे-धीरे हे मना धीरे सब कुछ होय
माली सींचे सौ घड़ा रितु आवे फल होय
– संत कबीर

कबीर की इन पंक्तियों में जीवन का सार है प्रकृति के नियम के अनुसार धैर्य रखते हुए किए गए प्रयासों का सदैव प्रतिफल मिलता है। इसके विपरीत अत्यंत शीघ्र परिणाम हासिल करने के प्रयास से निराशा हाथ लगने की संभावनाएं अधिक होती हैं।

सब्र का फल मीठा होता है।

पाश्चात्य सभ्यता के आधीन हो कर बहुत शीघ्र – 'आई लव यू' बोलने की प्रथा आम हो गई है। जितनी आसानी से कहा जाता है उतनी ही आसानी से ब्रेक-अप भी हो जाता है। कारण कि यह सिर्फ़ शब्दों पर आधारित प्रेम है। Hybrid. इसके बीज को अंकुरित हो कर पौधा बनने की प्रतीक्षा करने की ताब बाक़ी नहीं रही। सब कुछ तुरंत चाहिए – 'instant'.

संभवतः, हमारे सब्र का प्याला इतना भर चुका है कि कोई गुंजाइश बाक़ी नहीं। भावनाओं का स्थान उपभोक्तावाद ने ले लिया है। हर संबंध को फ़ायदे – नुक़सान के दृष्टिकोण से देखा जाने लगा है। मोहब्बत के सौदे दिल से होते हैं दिमाग से नहीं। दिमाग का इस्तेमाल व्यापार के लिए उचित है।

और, प्यार व्यापार नहीं।

इश्क़, मोहब्बत व प्यार में ऊंच-नीच, धन दौलत की दीवार आड़े नहीं आती।
संबंधों में व्यापार करने वालों को अंततः निराशा हाथ लगती है।

जनाब मख़मूर देहलवी का एक शेर याद आता है –

मोहब्बत के लिए कुछ ख़ास दिल मख़्सूस होते
यह वो नग़मा है जो हर साज़ पे गाया नहीं जाता।

लेखक और उनकी रचनाएँ :

विज्ञान, गणित व भूगर्भ शास्त्र के स्नातक श्री महेश बजाज कॉलेज के दिनों से ही लेखन कार्य में रुचि रखते थे। प्रतियोगिताओं हेतु कविता एवं निबंध लेखन से इस कला में निखार आया।

राष्ट्रीयकृत 'सेंट्रल बैंक ऑफ़ इंडिया' में सेवारत् रहते हुए देश के विभिन्न भू-भागों में कार्यरत रहे। जिसमें उत्तर प्रदेश, बिहार, मध्य-प्रदेश, दिल्ली, चंडीगढ़, पुणे व मुंबई शामिल हैं। अखिल भारतीय सेवा के माध्यम से सम्पूर्ण भारत में भ्रमण एवं संपर्क का अवसर प्राप्त हुआ। सेवाकाल का एक महत्वपूर्ण अंश बैंक के आई.टी. विभाग में गुजरा। सेवा कार्यकाल के दौरान प्रबंधन, बैंकिंग व आई. टी. संबंधित विषयों पर लिखते रहे। हिन्दी व अँग्रेज़ी लेखों का प्रकाशन राष्ट्रीय स्तर के "बुलेटिन्स व जर्नलस" में जारी रहा। भोपाल अञ्चल में बैंक की गृह-पत्रिका "सेंट्रल-ज्योति" की शुरुआत व इसका सम्पादन कुशलता से किया।

सन् 1986 से निरंतर पत्र-पत्रिकाओं के माध्यम से पाठकों से संवाद जारी रखते हुए निम्न प्रकाशन संभव हुए।

प्रथम पुस्तक - "My Experiments with Management" - सन् 2000 में प्रकाशित।
2018 - "दस्तक" कविता-कहानी-लेख संग्रह
2020 – "कामिनी" काव्य संग्रह
2020 – "सफ़र" जीवन के अनुभवों व यात्राओं पर आधारित उपन्यास
2022 – "सहर होने तक" कविता, नज़्म व ग़ज़ल संग्रह
2022 – "बरगद" - मो. जावेद अनवर की उर्दू कहानियों का हिन्दी अनुवाद

साहित्यिक अभिरुचियों के फलस्वरूप अनेक सम्मान प्राप्त हुए।

बिहार हिन्दी साहित्य सम्मेलन, पटना द्वारा –

1. "महाकवि आरसी प्रसाद सिंह पुरस्कार – 2018"
2. "राजा राधिका रमण प्रसाद सिंह – 2020"

एवं

3. राष्ट्रीय हिन्दी परिषद से "साहित्य शिखर सम्मान – 2022"
   सिक्किम के महामहिम राज्यपाल के कर-कमलों द्वारा गंगटोक में प्राप्त हुआ।

संप्रति, पटना से महाप्रबंधक के स्तर से सेवा-निवृत हो, पुणे में निवास करते हुए साहित्य सृजन में रत् हैं। नवोदित लेखकों/कवियों को प्रोत्साहन व मार्गदर्शन देने में रुचि रखते हैं।

उपनाम 'अंजुम लखनवी' से हिन्दी-उर्दू कविताओं, नज़्मों एवं ग़ज़लों का लेखनकार्य जारी है। इनकी कुछ ग़ज़लों का "सांगीतिक रूपांतरण" भी किया गया जिसे श्रोताओं द्वारा अत्यंत सराहा गया है।

याद 'उस' की इक कॉफ़ी ओ' इक शेर
है मिरा शौक़ हर शाम ओ' सहर

- अंजुम लखनवी

www.ingramcontent.com/pod-product-compliance
Ingram Content Group UK Ltd.
Pitfield, Milton Keynes, MK11 3LW, UK
UKHW041828031026
15587UKWH00002B/635